디지털 시대의 시 창작교육방법

국립중앙도서관 출판시도서목록(CIP)

(디지털 시대의) 시 창작교육방법 / 지은이: 임수경. ─ 서
울 : 청동거울, 2007
　　p. ;　　cm. ─ (문화콘텐츠 총서 ; 05)
참고문헌과 색인수록
ISBN　978-89-5749-083-9　93810 : \15000
802.1-KDC4
808.1-DDC21　　　　　CIP2007000665

문화콘텐츠총서 05

디지털 시대의 시 창작교육방법

2007년 3월 9일 1판 1쇄 인쇄 / 2007년 3월 14일 1판 1쇄 발행

지은이 임수경 / 펴낸이 임은주 / 펴낸곳 도서출판 청동거울 / 출판등록 1998년 5월 14일 제13-532호
주소 (137-070) 서울 서초구 서초동 1359-4 동영빌딩 / 전화 02)584-9886~7
팩스 02)584-9882 / 전자우편 cheong21@freechal.com

주간 조태림 / 편집 이선미 / 디자인 임명진 / 마케팅 김상석 / 관리 김현명

값 15,000원

ISBN-13 : 978-89-5749-083-9

문화콘텐츠총서 05

디지털 시대의
시 창작교육방법

임수경 지음

청동거울

1990년대 후반부터 전국 대학(교)에 문예창작과가 신설되면서 시 창작교육방법에 대한 관심과 필요성은 날로 증대하고 있다. 특히 기존의 문학교육과 창작교육의 교육적 의의나 변별성을 확립하여 앞으로 제기될 문제의 혼선을 줄이기 위해 각 학교에서는 다양한 창작교육방법이 시도되었다. 창작교육에 대한 새로운 시각을 정립하기 위해 창작이라는 실천적인 차원과 학습자-교수자 간의 유대관계를 통한 발전적인 교수-학습 모형을 설정하여 모든 면에서의 조화를 염두에 두어 왔다. 그러나 이러한 노력에도 불구하고, 시 창작교육의 방법적 시도는 선언적인 차원에서만 주장되어 왔을 뿐 실천적인 면에서나 체계적인 면에서 만족할 만한 성과를 거두지 못하고 있는 것이 사실이다. 이러한 창작교육의 현실을 감안해 본다면, 시 창작교육방법 연구는 관련학과 연구자들이 가히 필연적으로 기울여야만 하는 노력임에 분명하다.

이 연구는 창작방법에 대한 실제적인 방향을 살펴봄으로써 창작교육방법에 대한 방향성과 학습자의 수용성의 극대화 방법을 모색하고자 한다. 이를 위해 창작교육에 접근하는 기본 관점과 학습자를 중심으로 한 교육 모형의 실체를 제시함으로써 효율적인 시 창작교육방법으로 접근하는 데 목적을 둔다. 그러므로 이 연구의 진행은, 우선 시 창작교육에 대한 방법을 거론하기에 앞서 시 창작방법과 시 창작교육방법을 연구하기 위한 기초 자료를 정리하여 논의의 방향을 설정하였다.

문학교육과정의 이론과 실제를 제시하고, 교수-학습 모형의 비교를 통해 실제 교육 현장에서 이루어지는 교육의 한계점과 문제점, 새로운 창작교육의 방향 제시를 도출해냈다. 이때, 시 창작과정에서의 상상력의 확장과 기법의 확장, 경험의 확장의 필요성을 인식하여 시 창작방법의 시 창작교육방법화 과정을 이론화했다.

두 번째 단계에서는 1990년대의 현대 시문학의 흐름을 바탕으로 창작방법의 유형을 세 가지로 분류했다. 첫째, 시 창작활동에 가장 기본이 되는 시적 상상력의 확장에 초점을 맞춘 시 창작방법 유형이다. 여기서는 문학작품에서의 시적 상상력의 적용 범위와 그 유형을 분석하고 상상력 확장의 기대 효과를 정리했다. 둘째, 주요 문학소통의 변화에 따른 시적 기법의 확장에 초점을 맞춘 시 창작방법 유형이다. 1980

년대부터 계속 시도되어온 시 창작기법의 유형들을 살펴보고 이러한 시도에서 확장되는 기대 효과를 정리했다. 셋째, 문학작품에 접근할 수 있는 과정인 시적 경험의 확장을 활용한 시 창작방법 유형이다. 답사 경험과 디지털 매체 경험을 통하여 확장되는 창작방법의 유형을 살펴보고 그 기대 효과나 발전 가능성을 예측했다.

세 번째 단계에서는 현재 대부분의 대학(교) 문예창작과에서 여러 방향의 시 창작교육방법을 도입하여 효과적이고 보다 안정적인 교육방법을 정립시키기 위해 노력하고, 이 결과로 여러 종류의 시 창작교육방법이 제시되고 있다는 것을 확인하였다. 따라서 이와 같은 노력의 일환으로 본 연구에서는 시 창작교육방법과 실제의 유형을 세 가지 측면에서 제시하였다. 첫째, 상상력 확장을 위한 창작교육방법에서는 학습자들이 창작과정에 접근할 수 있도록 기본적인 사고의 훈련을 통해 시 창작교육의 방법을 제시하여, 가장 기초적인 상상력 확장 모형을 구축했다. 둘째, 기법 확장을 활용한 시 창작교육방법에서는 현재 사용되는 시적 기법 중에서 활용이 자유롭고 변형된 교육방법을 제시할 수 있는 패러디 기법을 중심으로 시 창작교육방법을 제시했다. 셋째, 경험 확장을 활용한 시 창작교육방법에서는, 시문학에서 나타난 문학공간을 학습자로 하여금 직접 답사를 하면서 창작과정과 연결되는 교육방법을 구체적인 사례를 통해서 제시했다.

물론 문학이란 당대의 특정한 사회적 규범과 문화적 환경에 영향을 받는다. 특히 시 장르가 가진 다의성과 함축성에 의거한 다의적인 해석과 감상을 요구하므로, 그에 따른 더 많은 시 창작교육에 대한 방법론이 제기될 수 있다. 시의 수용 활동뿐만이 아니라 상상력의 확장 등 학습자로 하여금 시 창작활동을 전개시키는 데 그 목적을 두고 있는 본 연구는 앞으로 제시될 시 창작교육방법에 대한 수많은 시론(試論)들에 접근하기 위한 도량적 역할을 담당하는 데 만족하고자 한다.

더불어 이 연구를 위해 나의 모든 시간을 허락해 주고 날 믿고 지켜봐 주신 나의 소중한 사람들에게 이 자리를 빌어 감사의 말을 전하고 싶다.

2007년 겨울과 봄 사이
임 수 경

차례

제1장 서론

1
연구 목적

이 연구는 현대시의 새로운 창작방법을 체계화하고, 수용 과정에서 작용하는 원리와 이론을 밝혀, 시 창작교육에 대한 효율적인 방법론을 제시하고, 학습자의 수용 능력과 시적 상상력을 확장하는 교수-학습 방안을 마련하는 데 목적이 있다.

우리나라의 시문학은 신라시대의 향가, 고려시대의 가요, 조선시대의 시조와 가사, 그리고 신체시, 근대시로 이어지면서 현대시에 이르렀다. 시문학이란 학문연구 대상이기도 하면서 사회 전반을 반영하는 예술의 복합 개념이기도 하다. 따라서 지금까지 시문학은 종에서 종으로의 형식적인 변화를 추구했다면, 이제는 시대 환경에 적응하고 존립을 유지하기 위하여 문자예술로부터 멀티미디어예술로의 혁명(변화)을 시도하고 있다. 사실 현대 생활 주변 구석구석에 파고든 각종 디지털 기술은 생활양식이나 인식뿐만 아니라 문화 전반에 걸친 주요 패러다임까지도 변화시키고 있는 실정이다. 이것은 웹 생활양식(Web life style)

이 익숙하게 교육되어진 N세대(Net Generation)들이 사회·문화의 중심부에 위치하면서 각 미디어에 영향을 미치고 있기 때문이다. 변화 자체가 N세대 위주로 진행되고, 점점 더 그들이 차지하는 비중은 커져서 더욱 그들의 영향력은 가중될 것으로 예상된다. 특히 시 창작 입장에서 볼 때, 웹 생활방식으로의 변화란, 곧 컴퓨터가 창작도구로 작용하고, 인터넷이 창작 소통의 수단으로 자리잡음을 의미할 수 있다.

새로운 창작도구와 소통수단의 출현은 기존의 방식과는 다른 새로운 형식과 내용을 요구하고 있다. 실제 생활보다 오히려 더 생생하고 선명한 가상공간에서 시문학은 어떻게 유지되고 변화되는가에 대한 문제가 당면 과제로 떠오르고 있다. 사실상 컴퓨터가 창작도구이고 소통수단으로 자리하게 될 때, 현실 세계의 대체문화 세계인 사이버 세계라는 새로운 가상 세계를 창출하게 된다. 실제 현실보다 더욱 현실적일 수 있는 공간에서 창출되는 창작품에 기존의 시문학의 범위를 적용하기란 쉽지 않다. 또한 인터넷이 일반적인 문학의 소통수단으로 자리하면서, 일방적인 커뮤니케이션으로만 존재했던 문학의 영역이 쌍방향 소통의 장으로 새롭게 탄생하여, 생산과 소비를 직접 연결하고, 독자와 작가가 융합되는 공간을 형성하면서 경계를 허무는 일이 실현되고 있다. 이것 또한 다른 매체들과 연결이 가능해져, 복잡하고 다채로운 텍스트를 생산해낼 수 있다는 장점을 가지는 반면, 그러한 연결에서 파생될 수 있는 문제점도 고려해야 한다.

예술의 주체, 문학의 주체가 바뀌고 있다. 주체가 바뀌면서 향유되는 문학의 형태도 변화했다. 그리고 이러한 변화 현상은 이미 문화의 흐름으로 자리를 잡았기 때문에 낯설지 않다. 향유자의 차원에 머물러 있던 소비자(consumer)가 스스로 문화예술의 생산자(producer)로 참여하기 시작했고, 생산자 역시 다른 방향의 소비자 역할을 동시에 하고 있는 셈이다. 엘빈 토플러가 말한 공급자이면서 수요자인 '프로수머(prosumer)'의 개념이 적용될 수 있는 것이다. 즉, 시인과 독자가 함께 만들어 가는 인터랙티브 포엠(Interactive Poem)의 제작까지도 가능해졌다. 이러한 변화를 단순히 일시적인 실험적 현상이라 비하하던 창작자들까지도 스스로 변화의 물결에 가세하여[1] 문학작품 창작방법의 형식 자체까지 변화시키고 있다.

이처럼 21세기는 디지털 시대, 정보화 사회라는 새로운 패러다임을 융합하면서 시라는 장르에 대한 진지한 반성과 점검과 재인식을 시작했다. 특히 시문학은 현실을 그대로 반영하는 것뿐만 아니라 굴절·변형·조합으로 이루어진 재의식 과정을 거치기 때문이다. 1980년대 이후 시문학은 이러한 변화 징후가 뚜렷이 대두되면서 기존 이론을 해체하고 분석하여 재창조시키는 시문학에서의 변혁이 현재까지 진행되고 있다. 그러나 1990년대 중반 이후부터 본격화된 디지털 시문학에 관한 논의는 원론적인 수준에만 머물러 생산적이고 발전적인 담론으로 심화되지 못하고 있는 것이 현 실정이다. 이런 실정은 사이버 시문학 역시 활발한 창작방법의 수단임에도 불구하고 뚜렷한 심미적 성과물을 제시하지 못한 채 여전히 실험적이고 불안한 수준에 머물러 있는 모습을 보이고 있다.

현재 대학교 문예창작과에서 시행되는 시 교육 역시 체계화된 교육방법론에 대한 조속한 정립을 요구하고 있다. 사실 시 창작교육의 현장에서는 이러한 필요성을 절감하면서도 '시 장르의 주관화'라는 특성화된 담론 때문에 해결점을 찾지 못하고 있기도 하다. 특히 학습자가

---

1) 가상현실이나 꿈 속 유토피아를 넘어 예술은 실제로 체험하는 유토피아가 될 것이다. 새로운 미학이 생겨나고, 더는 삶 자체를 예술 작품화하고자 할 것이다. 예술을 창조할 권리는 차세대의 인권으로 자리잡힐 것이다. Jacques Atali, 편혜원·정혜원 역, 『21세기 사건』, 중앙 M&B, 1999, p.214. 참고.

가진 감성에 창작 동기를 고무하지 못하고 독자적으로 시를 감상하고 그것의 가치를 판단할 수 있는 능력을 키워 주지 못하고 있다는 점이 가장 시급한 문제점으로 제기되고 있다.

따라서 교육현장에서는 21세기 시문학에서 나타나는 새로운 창작방법의 변화를 인식하고 그에 따른 새로운 창작교육방법론을 제시하는 것은 필연적이라 할 수 있겠다. 그 필요성뿐만 아니라 창작방법론에 대한 접근이나 그와 연결되어 창작교육에 대한 방법 및 효과 등에 관한 적극적인 논의가 이루어져야 할 시기가 도래했다는 것이다.

이러한 필요성에 의하여 본 연구는 ① 1980년대 이후 시인들에 의해 실험되어 점차 창작방법으로 고정되어 가는 시 창작방법의 유형을 분류하여 분석한다. 이 유형은 그 시기에 나타난 다형화된 시문학의 특성을 밝힌 후, 본 연구에서는 그 유형을 한정시켜 상상력의 확장, 기법의 확장, 경험의 확장이라는 논지로 분류하여 작품을 분석한다. 이처럼 시 창작방법에 대한 미학적 특성을 규명하는 데 연구의 첫 번째 목적을 둔다. 이러한 규명은 21세기 한국시의 흐름과 경향을 예측하는 데 도움이 될 것이고, 직접적으로 문학의 주체에게는 시의 능동적인 수용 활동뿐만 아니라 시적 상상력 계발과 창작활용에까지 영향을 줄 수 있을 것이다. ② 그 분석 내용을 토대로 현재 대학교 문예창작과에서 실행할 수 있는 시 창작교육방법을 제기한다. 이 연구는 현 대학교 문예창작과 대학생을 대상으로 하였고, 시 창작방법의 분류와 같이 시 창작교육방법에 대한 다양한 측면에서 접근하여, 그 중 주로 교육 과정과 학습자의 결과에 주목하고자 한다. 이러한 교육방법의 연구는 현재 대학교에서 교육하고 있는 교수자에게 구체적인 지도 방법의 예시를 제시하여, 학습자에 따른 시 창작에 대한 기대 효과를 예측하고, 더나아가 21세기에 맞는 효과적인 교육방법론을 모색하기 위함이다.

2
선행 연구 검토

본 연구는 21세기에 이르러 변화하고 있는 새로운 시 창작방법을 모색하고 그 이론을 기저로 하여 효율적인 시 창작교육방법을 제시하고자 한다. 따라서 선행 연구의 검토는 시 창작방법에 대한 선행 연구와 시 창작교육방법에 대한 선행 연구인 두 가지 방향으로 접근한다.

먼저 시 창작방법에 대한 선행 연구는 세 가지 유형으로 분류할 수 있다.

첫째, 시 장르를 작품 분석을 통해 내용적 측면과 형식적 측면으로 나누어 설명하는, 신비평을 기저로 한 일반적인 창작방법 연구이다.

공광규는 「신경림 시의 창작방법 연구」에서 신경림의 작품을 서정시와 서사시, 리얼리즘 시의 방법적 확장으로 나누어 설명하였다.[2] 지금

---

2) 공광규, 「신경림 시의 창작방법 연구」, 단국대학교 대학원 박사학위논문, 2005.

까지 신경림 시에 대한 민중성, 민요성, 서사성 중심이라는 연구와 단평 수준을 넘어 창작방법에 대한 총체적 접근을 시도하여 창작의 방법적 영역을 넓혔다. 이와 같은 유형에는 오규원의 시작품을 형이상학적 창작방법으로 고찰한 엄정희와 정지용 시 작품을 대상으로 창작방법을 연구한 이태희, 백석 작품을 대상으로 한 양문규, 김소월 시 작품을 대상으로 한 이희중이 여기에 속한다.[3] 이러한 연구는 시인 개인별 시 창작방법을 모색하는 데 체계적이고 효율적이기는 하나 앞에서 언급한 대로 다양한 접근방법과 해석을 요구하는 21세기 시문학에 접목시키기에는 고정화된 접근 개념이라 볼 수 있다.

둘째, 외국의 이론을 우리나라 문학에 접목시켜 이해하려는 시 창작방법론이다.

최동호 편저인 『현대시 창작법』[4]에서는 테드 휴즈(Ted Hughes)의 시 작법을 도입하여 시 창작에 대한 방법을 제시하고 있다. 외국 이론을 시 분석에 접목시키는 유형은 학위논문이나 단행본에서 일반적으로 나타나는 방법론이다. 그러나 이러한 접근 방법은 이미 문제점으로 제시된 바와 같이 우리나라의 문학적 정서와 외국의 정서가 차이를 보이고 있기 때문에 한국문학 자체의 창작방법론으로 정립하기에는 무리가 있다.

셋째, 시 장르의 개별적이고 주관적인 특성을 살려 시 창작방법론 역시 개별적인 창작 노트나 감상론, 주관적 이해론을 정리한 경우이다. 주관적인 감상과 이해에 초점을 둔 이 논의의 경우는 시인들의 개인

---

3) 엄정희, 「오규원 시 연구 : 시와 형이상학의 관계 고찰」, 단국대학교 대학원 박사학위논문, 2005. : 이태희, 「정지용 시의 창작방법 연구—전통 계승의 측면을 중심으로」, 경희대학교 대학원 박사학위논문, 2003. : 양문규, 「백석 시 연구 : 시 창작 방법론을 중심으로」, 명지대학교 대학원 박사학위논문, 2003. : 이희중, 「김소월의 시 창작방법 연구 : 어법·구성·배경을 중심으로」, 고려대학교 대학원 박사학위논문, 1994.
4) 최동호 편, 『현대시 창작법』, 집문당, 1997.

경험과 논지를 내세운 형식으로 발표되었다. 대표적 단행본으로 조지훈 외 4인의 공동 시론집인 『시창작법』과 유종화의 『시 창작 강의노트』가 있다. 최근까지 이상옥은 문예창작과 학생을 위한 『시창작 강의』(삼영사, 2006)를, 송수권은 『송수권의 체험적 시론』(문학사상, 2006)을 발표하여 시 창작방법에 대한 관심이 지속되고 있음을 보여주고 있다. 네 명의 중견시인이 발표한 『시창작법』은 조지훈이 정리한 시의 본질과 서정주의 시 창작에 관한 노트, 박목월의 시 감상론, 강우식의 시 이해론으로 구성[5]되어 있으나, 객관적인 이해나 개념 정리, 혹은 기준점을 제시한다기보다는 발표된 작품에 대한 주관적인 감상과 이해에 논의가 한정되어 있다.

2000년 이후 많은 논자들은 효과적인 문학교육의 방법론에 대해 많은 관심을 보이고 있다. 특히 창작교육방법론에 대한 연구에 중점을 두고 있는데 그 중 시 창작교육방법에 대한 선행 연구는 세 가지로 분류할 수 있다.

첫째는 시 교육의 이론과 실제적 지도 방법을 제시하는 연구이다.

유병학은 「시문학 교육 연구」를 통해 현행 교육과정에 입각하여 시문학 교육이 가장 효과적으로 이루어질 수 있는 지도방법의 실제를 구체적으로 모색하고 있다.[6] 시문학의 본질과 특성을 정립하고 시의 이해, 감상, 창작 지도로 세분화하여 학습자 중심의 학습을 구체적인 예시로 들었다. 시문학 교육과정에는 명시되지 않았으나 작문교육과 연계하는 시 창작 지도의 방향을 제시해 주었다.

최순열의 「문학교육론 연구」 역시 문학과 교육의 연계성, 문학과 사

---

5) 조지훈 외, 『시창작법』, 예지각, 1990. ; 유종화, 『시 창작 강의노트』, 당그래출판사, 2003.
6) 유병학, 「시문학 교육 연구」, 세종대학교 대학원 박사학위논문, 1993.

회의 연계성을 고찰하면서 문학교육 이론에 대한 네 가지 하위개념-생산교육론, 반영교육론, 형식교육론, 수용교육론-을 설명했다.[7]

권혁준의 「문학비평 이론의 시교육적 적용에 관한 연구」에서는 시 비평은 시 교육에 부정적인 영향을 끼쳤으나, 기초적인 훈련이 되는 유용성을 전제로 하여 시 읽기 전략의 단계를 축어적 읽기, 해석적 읽기, 심미적 읽기, 창조적 읽기로 제시하였다.[8] 시 비평에 목적을 두지 않고 학습자의 능동적인 읽기를 통해 해석과 감상 능력을 기르는 데 필요한 문학 비평이론의 시 교육적 적용에 관한 연구를 통하여 신비평과 독자반응이론을 중심으로 이론적 탐색을 시도했다는 점에서 타 연구와 변별성을 가진다.

위의 논의들은 학습자 중심의 사고 전환을 향한 문학교육의 접근방법을 새롭게 모색하고 있어, 문학교육의 본령에 대한 가능성을 제시했다는 데 큰 의의가 있다. 그러나 이러한 연구 방법은 교과 자체를 교육 대상으로 보고 있다는 한계를 가지고 있다. 즉, 시문학에 대한 문학적 개념과 구조에 대한 체계적인 교육방식은 이루어졌지만, 상대적으로 시 교육의 본래 목적인 상상력의 계발과 정서 함양이라는 학습자의 능동적 학습 형태를 억제하고 수동적 수용교육의 형태를 보인다는 문제가 제기되었다.

둘째는 문학 텍스트의 구조 분석을 통해 교육방법론을 모색하는 연구이다.

강경호는 「국어과교육의 변천에 관한 연구」를 통해서 교육과정에서 나타난 시 교육의 목표가 시의 형식적 지식만을 습득하게 할 뿐 삶에

---

7) 최순열, 「문학교육론 연구」, 동국대학교 대학원 박사학위논문, 1987.
8) 권혁준, 「문학비평 이론의 시교육적 적용에 관한 연구-신비평과 독자반응이론을 중심으로」, 한국교원대학교 대학원 박사학위논문, 1997.

서 우러나오는 진실이나 시적 감동을 배우기에는 어렵게 되어 있다는 것을 지적하고 있다. 실제 생활과 국어과 문학교육과의 거리를 거론하면서 학습자가 가지는 거리감과 이해도에 관한 연구를 통해 작품 선정에 신중을 기해야 한다고 주장하고 있다.[9] 그러나 교육 내용에 관한 직접적인 언급은 시도되었으나, 구체적인 개선 방향을 제시하지는 못하였다.

유영희는 「이미지 형상화를 통한 시 창작교육 연구」에서 창작의 중심을 이미지에 두고 그 이미지를 어떻게 형상화하고 전달될 수 있는지 살펴보고 있다. 구체적인 방법으로, 시의 가장 기본 개념인 이미지를 파악하지 못하면 결코 시를 이해할 수 없으며 시 창작 행위로까지 이어질 수 없다고 하면서 이미지의 중요성을 강조했다.[10] 그의 연구는 지금까지 나온 교육방법론 중에서도 가장 실제적인 이론을 세웠고, 시의 이미지와 현실 세계의 이미지를 비교하면서 창작 주체의 시적 의식에 따라 결정된다는 수용론까지 포괄했다. 특히 창작이 창작 주체의 사고 작용에 의해 이루어짐을 중시하여 시 장르의 고유 영역인 이미지 형상화라는 논제를 검토한 점이 다른 논문과의 변별성을 갖고 있다.

이러한 연구방법들은 국어교과를 분석하고 교육한다는 문학 텍스트의 구조 분석을 중심으로 교육방법론을 모색하고 있다. 그러나 시 장르가 가진 성격과 특성 등을 분석하여 시의 구조를 설명하는 데는 체계화를 이루었지만, 이것 역시 학습자의 능동적인 학습활동을 이끌어내는 데는 크게 성과를 이루지 못했다.

셋째, 학습자의 수용 관점에서 교육방법론을 모색하는 연구이다.

경규진의 「반응중심의 문학교육연구」는 지금까지의 교육방법론을 정

---

9) 강경호, 「국어과교육의 변천에 관한 연구」, 건국대학교 대학원 박사학위논문, 1988.
10) 유영희, 「이미지로 보는 시 창작교육론」, 서울대학교 대학원 박사학위논문, 1999.

리하고 반응 중심 교수 학습 방법의 검증을 통해 교육방법체계를 정립했다는 점에 의의를 지니고 있다.[11] 학습자가 가지는 반응의 범주뿐만 아니라, 텍스트와 독자의 거래를 통한 독서 방법까지 논의의 폭을 넓혀 2차적 감상방법인 재창작과 역할 놀이를 포괄한 모형을 구상했고, 교육방법의 검증을 통한 결과 분석 및 논의까지 방법론을 확대했다.

김창원은 「시 텍스트의 해석모형과 적용에 관한 연구」에서 시 감상의 원리로 수용이론을 가져와 텍스트와 독자와의 상호 작용을 통해 문학작품의 수용방법에 대해 설명하고 있다.[12] 이 연구는 교수자와 학습자 간의 지속적인 연계를 활용한 수업 과정을 도식화하여 능동적인 수용방법을 모색함으로써 연구 방향의 새로운 시도라는 의의를 지니고 있으나, 방법적인 측면에서 타 논문과의 변별성을 드러내지는 못했다.

송문석은 「시 텍스트의 창작과 수용방법에 관한 연구」에서 시 장르가 가진 서정적 성격을 창작과 수용 과정 속에서 체계화하고, 이 과정에서 작용하는 원리와 절차를 밝혀, 시 텍스트의 올바른 교육방법을 마련하고, 학습자의 수용 능력을 신장시킬 수 있는 방안을 마련하는 데 연구 목적을 두었다.[13] 이런 방법은 교과를 분석하기에 앞서 학습자에게 객관적인 지식을 학습한 후 능동적으로 수용할 수 있는 방법을 제시한다는 점에서 그동안의 교육방법과 변별성을 가진다. 그러나 학습자의 능동적 수용에 따라 학습자 별로 달리 나타나는 다양한 반응을 고려하지 않을 뿐 아니라 학습자의 재창작 영역까지는 교육과정에서 배제하고 있다. 또한 평가에 있어서 객관적 기준만을 요구하기 때문에 학습자의

---

11) 경규진, 「반응중심의 문학교육연구」, 서울대학교 대학원 박사학위논문, 1993.
12) 김창원, 「시 텍스트의 해석모형과 적용에 관한 연구」, 서울대학교 대학원 박사학위논문, 1994.
13) 송문석, 「시 텍스트의 창작과 수용방법에 관한 연구」, 제주대학교 대학원 박사학위논문, 2003.

수용 절차를 논리적으로 가시화하지 못한 한계를 가지고 있다.

이상의 연구들은 기존의 시 교육에 대한 반성과 고찰을 유도함으로써 시 교육에 대한 인식의 변화를 가져오게 하였다. 그러나 제시된 시 교육방법에 대한 연구 모델은 다분히 추상적이며 학습자의 학습과정에 따른 개별성에 대해서는 고려하지 않고 있다. 결국 이러한 교육방법에 관한 연구들에서 제기하는 교육 자체는 기존 방법론에서 크게 벗어나지 못하고 있다.

이와 같은 선행 연구와는 달리, 홍홍기의 연구논문 「시 텍스트의 창작과 수용방법에 관한 연구」는 이제까지 제시된 연구방법과는 다르게 예술고등학교 과정의 문예창작과 시 창작 전공 학생들을 대상으로, 학습자의 능동적인 시 창작을 이끌어내기 위해 시 창작교육방법을 구체적으로 제시하고 있다.[14] 이 같은 창작교육의 방법 제시는 본 연구와 공통된 부분을 가지고 있다. 즉, 학습자들에게 시 창작 과정을 교수-학습 모형과 각 단계에 있어서 시의 구성 요소들의 효과적 활용 실태들을 이해하도록 유도했고, 결과의 기록물인 포트폴리오(portfolio)를 마련하여 차후 시 창작 능력의 향상을 도모하고자 했다. 그러나 일정 기간 동안 학습자들의 창작 과정에 대한 객관적인 학문적 연구방법을 도출해내지 못했다는 것이 한계로 지적될 수 있다. 이 한계는 바로 본 연구의 한계가 되기도 한 시 장르가 가진 주관성을 이유로 들 수 있다. 이는 시 장르가 가지고 있는 주관화의 불가론으로서 시 장르가 가진 창작이론을 과학화하기 어렵고, 교육의 성과가 직접적으로 가시화되지 못하기 때문이다. 논의가 보다 진전되기 위해서는 우선 실제 창작방법과 창작교육방법의 연계가 필요하다고 판단된다.

---

14) 홍홍기, 「시창작교육의 방법론적 연구」, 중앙대학교 대학원 박사학위논문, 2002.

시 교육에 있어서 무엇보다 중요한 것은 시 장르의 특성을 이해하는 것이다. 그러나 개별적이고 주관적 서정성을 강조하는 장르임에도 불구하고 실제 교육 현장에서의 시 교육은 교수자의 일방적인 이론을 전달하는 데 제한되어 있다. 또한 교과 내용 역시 현재 발표·진행되고 있는 창작의 실상과 동떨어져 있는 경우가 많다. 시 교육은 학습자가 시를 마음으로 느끼고, 시를 즐기며 주체적으로 감상할 수 있는 능력을 기르면서 동시에 직접 시 감상 활동에 참여하고 표현할 수 있는 능력을 배양하는 방향으로 시 창작교육을 접근해야 보다 발전적인 교육 효과를 기대할 수 있을 것이다.

3
연구 방법 및 범위

창작교육에 대한 새로운 시각을 정립하기 위해서는 먼저 창작과정에 대한 이해뿐만 아니라 창작 주체와 창작 대상에 대한 이해도 선행되어야 할 것이다. 그리고 이론화된 실천적인 차원과 학습자-교수자 간의 유대관계를 통한 발전적인 교수-학습 모형을 설정하여 모든 면에서의 조화를 염두에 두어야 할 것이다.

이 연구에서 언급하는 시 창작교육은 근본적으로 인간이 가지는 모든 교육의 기초를 마련해 준다. 따라서 시 창작교육과정이라는 것은 문학이라는 인식 아래에서 이루어지고 발전되어지는 모든 쓰기 작업을 포괄하는 개념을 가진다. 따라서 양식화된 글쓰기 작업으로써의 시 창작교육이 아닌 생활 전반에 걸친 쓰기 훈련을 바탕으로 한 창작과정을 총칭한다. 문예창작과 관련 학과가 신설되어 수업이 개설·진행되고 있는 대학(교)에서는 인성교육을 기저로 한 창작교육 중 시문학 전반에 걸친 창작과정을 좀더 구체적으로 제시해야 할 것이고, 이를 통해 교수자가 가진 교수 방법과 평가가 학습자의 성과 내용과 밀접한 연관관계를 가질 수 있도록 세부적으로 접근을 해야 한다. 이러한 모든 과정은 이해 중심이었던 시 창작교육을 이해와 감성을 포괄한 학습자의 자유로운 표현으로 연결되는 균형 잡힌 교수-학습 모형으로 접근할 수 있게 해준다. 이러한 지향은 2000년에 발표된 중·고등학교 학생을 대상으로 한 국어과 교육과정 중, 쓰기 영역을 포괄한 문학 과목에서 언급하고 있는 교육목표가 본 연구가 지향하고자 하는 궁극적인 시 창작교육의 목표에도 부합된다고 볼 수 있다. 현재 대학교에서 실시되고 있으나 문예창작에 관한 체계화된 이론 상정이 미흡한 관계로, 시 창작교육의 실천적 연구를 좀더 효과적으로 객관화하는 과정이 필요하다. 그러한 이유로 본 연구는 중·고등학교 국어과를 대상으로 한 제7차 교육과정을 이론의 기저로 삼아 좀더 객관성 있는 교육방법론에 접근하고자 한다.

먼저, 2장에서 현재 우리나라에서 실행되고 있는 시 창작교육의 현황을 제7차 교육과정을 근거로 하여 현 교육 실정과 비교 분석하고자 한다. 그 분석 결과를 1990년대에 발표된 시문학 작품의 분석 동향과 비교한다. 이는 창작교육의 현황 속에 함의되어 있는 창작방법론적인 한계를 확인함으로써 새롭게 제기되는 교육방법론에 대한 접근을 찾아, 그 전개를 모색하고자 한다.

이를 토대로, 3장에서는 1990년대에서 2000년대에 발표된 시 작품을 기법상 분류를 통해 주류를 이루고 있는 시 창작방법을 분석하고자 한다. 실제적으로 21세기의 문학은 세분화되고 미시화된 다형(多形)을 보이기 때문에, 이 분류 기준 역시 명확하다고는 할 수 없으나 창작교육방법의 실천적 연구라는 목적과 필요성에 의해 본 연구에서는 시적 상상력의 확장, 시적 기법의 확장, 시적 경험의 확장으로 시 창작방법을 분류하여 논의를 전개한다.

첫째, 시 창작방법에 있어서 시적 상상력의 확장을 활용한 창작방법은, 창작과정에서 학습자가 구상하는 사고 자체를 일상어의 사용을 통해 문학적으로 표현한다는 전제에서 출발하여, 전반적인 사고의 확장으로 작품 유형을 분석한다. 둘째, 시 창작방법에 있어서 기법의 확장을 활용한 창작방법은, 기존의 시 형식에서 탈피하여 실험적 기법의 형태를 분류기준으로 삼고 작품 분석에 접근한다. 셋째, 시 창작방법에 있어서 경험의 확장을 활용한 창작방법은, 작품에 나타난 시적 화자의 경험 유형을 다시 직접 경험과 간접 경험으로 나누어 작품 공간에 대한 경험을 분석하고, 논의를 확장하여 디지털 매체의 경험에 대해 언급한다.

이러한 창작방법의 유형 분류는 4장에서 언급될 창작교육의 실천적 연구와 연결되어 이를 기반으로 새롭게 제기되는 창작교육 모형이 구안되고, 모형에 따른 시 창작 학습이 전개되도록 구체적인 시 창작방법론을 작품에 적용·분석하도록 한다. 이때 3·4장에 언급되는 분석 대상은 1990년대 출간된 작품집으로 한정하되, 시 창작방법 및 시 창작 교육방법을 논의하면서 필요에 따라 대상을 확장하여 작품을 거론하기도 한다. 실질적으로 창작교육이 나아가야 할 시론(試論)을 제시하고 창작교육의 평가와 자기 검증의 가능성을 제시하였다.

첫째, 시적 상상력의 확장 방법으로는 〈문학적 상상력〉과 〈마인드맵〉을 활용하고, 둘째, 시적 기법의 확장 방법으로 〈패러디 기법〉을 활용하고, 셋째, 시적 경험의 확장 방법으로 〈문학공간 답사〉와 〈문학관〉을 활용하는 등의 각 교육방법은 시론과 실제를 제시함으로써 기대 효과를 예측하였다. 이 교육방법은 시적 공간화를 세분화하여 새롭게 구안한 모형을 교육방법에 적용하여 현재 교육 현장에 알맞은 시 창작교육방법까지 언급하였다. 따라서 이 장에서는 대학(교)에서 개설되어 있는 문예창작과가 가지고 있는 창작교육 전반에 주체자로 떠오른 학습자가 시문학을 인식하는 방식을 새롭게 하여 시 창작의 효과적인 발현을 목적으로 하고, 이런 전제로 그들이 능동적으로 학습에 참여하는 새로운 창작교육방법 과정에 주목한다. 아울러 기존의 수동적인 학습 수용 방법이나 문학의 정형화된 가치판단을 바꿔 주고, 문학의 현장성과 역동성을 체험하여 직접 문학의 재해석을 통한 창작교육을 유도하고자 했다.

본 논문은 현재 급변하는 사회·문화 전반에서 문학이 겪고 있는 위기를 또 다른 문학의 전성기로 전개되는 계기가 되는 시점으로 보고 새로운 시 창작방법과 그에 상응하는 시 창작교육방법을 제시함으로써 시문학이 나아가는 긍정적인 방향을 제시하고자 한다. 따라서 이 연구는 창작방법에 대한 구체적인 방향을 살펴봄으로써 창작교육방법에 대한 방향성과 학습자의 수용성의 극대화 방법을 모색하고자 한다. 이를 위해 창작교육에 접근하는 기본 관점을 제시하고, 학습자에 의한 구체적인 창작활동을 중심으로 한 교육모형의 실체를 제시함으로써 효율적인 시 창작교육방법으로의 접근을 시도하고자 한다.

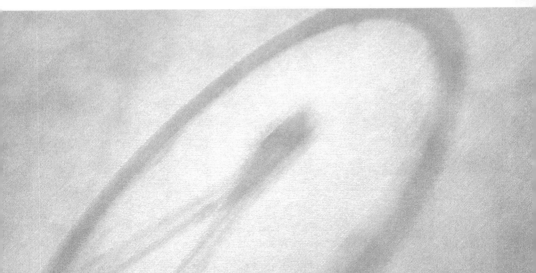

제2장 시 창작교육의 현황

시 창작교육의 현황

시 교육은 문학교육의 일환으로 '상상력의 세련, 인간 삶의 총체적인 체험, 그 결과나 과정으로 문학적 문화를 고양'[1]하게 하는 것을 궁극적인 목적으로 한다. 따라서 시 교육이란 좁은 의미에서는 '한 편의 시를 효과적으로 수용할 줄 아는 창조적인 독자'[2]를 기르는 일이겠지만, 그 개념을 확장시킨다면 문학을 포함한 모든 현대 사회에서 제시되는 문화를 향유하기 위해 필요한 총체적인 소양을 기르기는 일이다. 따라서 시 문학교육의 직접적인 지향은 자신에 대한 표현력과 타인에 대한 이해력을 기본으로 한다. 그리고 그 표현과 이해를 발전시키기 위해서는 문화에 대한 다양한 체험을 통해 문학의 감상 능력을 확장시키고, 세련된 언어로 표현할 수 있는 감각을 기르는 일이 중요하다. 시와 관련된 모든 현상들이 교육이란 과정을 거치면서 '문학적 상상력과

---

1) 구인환 외, 『문학교육론』, 삼지원, 1988, p.246.
2) 최순열, 「문학교육론 연구」, 동국대학교 대학원 박사학위논문, 1987, p.46.

미의 세계에 대한 인식력을 길러 바람직한 인생관을 형성'[3]해야 한다. 따라서 시 창작교육의 방향은 인간이 지닌 타고난 본성의 심미성을 체계적으로 표현할 수 있도록 교육하고, 또 문학을 통하여 문학의 상상적 세계와 현실 세계를 조화시켜 생활하는 문학적 교양을 기르는 데 그 목적을 두어야 한다.

이 장에서는 현재 대학교에서 실행되어지는 문예창작과의 시 창작교육의 현황에 보다 실질적으로 접근하고자 한다.

먼저 1990년대에 발표된 시문학의 동향을 분석함으로써, 현재 시 창작의 현황 속에 함의되어 있는 창작방법론적인 변화와 새롭게 제기된 방법론에 대한 접근을 찾아, 교육방법 시론으로서의 이론적 배경을 확립하고자 한다. 이 이론적 배경을 기저로 현재 우리나라에서 실행되고 있는 시 창작교육의 현황을 제7차 교육과정을 근거로 하여 비교 분석하고, 현재 대학교 문예창작과 시 창작교육의 현황을 간략하게나마 정리한다. 이러한 논의는 창작교육의 시적 세계관 확립을 전제로 시 창작에 있어서 확장된 사고와 기법에 대한 필요성을 언급하고자 한다.

---

3) 오경순, 「멀티미디어를 활용한 학습자 주도의 시 교육방안」, 성신여자대학교 교육대학원 석사 학위논문, 2001, p.1.

1
시문학의 동향 및 시 창작 유형

    한국 시문학은 1992년 동부권 몰락과 더불어 해체된 거대서사나 1990년대 갑자기 등장한 디지털 혁명에 따른 영상매체의 급속한 보급 등으로 인해 전통적 문학관이 근본부터 교란되는 충격을 받게 되었다. 특히 88서울올림픽 이후 언론매체의 급격한 증가로 상업화 계열에 합류한 출판사의 급증과 사회 전반에 걸친 민주화, 경제 성장, 탈냉전체제, 정보화, 포스트모더니즘의 유입 등은 더욱 문학과 사회를 강력하게 관련지어 주는 계기가 되었다. 이후 1990년대 후반 IMF시대를 맞으면서 협소화된 소비사회에서 문학이 살아남기 위한 일종의 방편으로 '대중적 다양화'라는 기존에 없었던 새로운 생존전략이 생성된 것이다. '대중적 다양화'를 통해 컴퓨터·(뉴)멀티미디어·영상·사이버·정보화, 또는 녹색(그린)·페미니즘·다국적 기업·문화 제국주의 등등의 새로운 용어들이 문학을 포함한 20세기 말 문화담론의 중심어가 되었다.[4] 이는 1980년대 후반부터 문학이 가지고 있었던 리얼리즘의 효력이 상실되면서 바로 뒤이어 1990년대 문학의 탈이데올로기론이 대중적으로 흡수되는 과정이 되었다.[5] 따라서 새롭게 변모한 작가들을 포함한 다수의 많은 기성작가들은 이제 더 이상 문학에서는 '이데올로기적 사고가 생산성이 없다'[6]는 식의 주장을 하기 시작했던 것이다.

다시 말해, 1980년대는 '운동'으로서의 자리를 고수하고 있었던 문학이 1990년대로 넘어가면서, 역사철학적인 상상력이 삶을 이해하고 실천을 주동하는 준거로는 더 이상 되지 못한다는 것이다. 이는 '문학' 자체가 가지고 있는 사회적 위치가 1980년대까지의 모습과도 확연히 다른 경향을 보여주고 있기 때문이다. 즉, '민족이니 민족문학이니 이런 단어들이 이젠 지겹다'라는 말이 나올 정도로 1980년대까지를 지배했던 모든 이론들이 거부당하고, 특히 리얼리즘과 모더니즘, 참여와 순수, 구세대와 신세대식의 이분법적 관점은 더 이상 통용되지 않는 시점이 도래하게 되었다. 사고의 다양화와 형식(기법)의 다양화가 나타나는, 즉 시의 '대중적 다양화'의 시대가 도래한 것이다.

> 소비에트가 무너지던 날, 난, 난
> 光州空港에서 일간스포츠를 고르고 있었지.
> 내가 이 삶을 통째로 배신할 수 있는 기회가
> 없어져버렸다고 할까? 처음엔 내가 마흔살이

---

4) 위의 글, p.665.
5) 80년대가 이념이 지배하는 시대였다면 90년대는 욕망이 지배하는 시기이며, 또한 80년대가 이성이 강조되는 시기였다면 90년대는 감성이 자유롭게 파동 치는 시기이고, 80년대가 사회과학을 중심으로 하여 과학적인 합리성이 중시되는 시대였다면 90년대는 상대적으로 예술을 중심으로 한 상상력이 중시되는 시대, 그리고 80년대가 인과론적 질서라든가 환원론이 강조되는 시대였다면 90년대는 우연이라든가 운명, 복잡성, 혹은 신과학의 용어를 빌리자면 〈혼돈이론〉에 대한 담론들이 범람하는 시기이다. 염무웅 외, 「좌담 : 90년대 소설의 흐름과 리얼리즘」, 《창작과비평》, 1993. 여름, p.31.
6) 조남현, 『1990년대 문학의 담론』, 문예출판사, 1998, p.16.

되었다는 것을 도저히 받아들일 수가 없드라고.

"개좆 같은 세기"가 되어버린 거 있지.

물론 나더러 평양 가서 살라 하면 못 살지이.

그런데 왜 내가 그들보다 더 아프지?

—황지우, 「우울한 거울 2」 일부[7]

갑작스레 다가온 사회 변화는 문화적 충격으로 파장되어 1980년대 말과 1990년대 초로 들어오면서 생성된 다양한 문학을 이해하기에 앞서, 기존 문학의 주체자들은 자신들이 가지고 지켜야 할 정체성을 찾아야 했다. '도저히 받아들일 수' 없는 사회 속에서 정체성의 확립이라는 삶의 '우울한' 자화상일 뿐이었다. '광주공항에서 보는 일간스포츠'는 1980년대의 '광주'로 대표되는 사회적 분위기와 1990년대의 '일간스포츠'로 대표되는 사회적 분위기를 단적으로 대조해 주는 내용이다. 그 시대를 지난 '마흔 살의 화자'에게 문학이란 사회를 반영하고 개인을 분석한다는 에이브럼즈의 이론을 언급하지 않더라도, 사회와 문학과 개인의 관계를 절대적으로 인지하고 있기 때문이다.

(ㄱ)

누이가 듣는 音樂 속으로 늦게 들어오는

男子가 보였다 나는 그게 싫었다 내 音樂은

죽음 이상으로 침침해서 발이 빠져 나가지

못하도록 雜草 돋아나는데, 그 男子는

누구일까 누이의 戀愛는 아름다워도 될까

의심하는 가운데 잠이 들었다

---

7) 황지우, 『어느 날 나는 흐린 주점에 앉아 있을 거다』, 문학과 지성사, 1998.

牧丹이 시드는 가운데 地下의 잠, 韓半島가

소심한 물살에 시달리다가 흘러들었다 伐木

당한 女子의 반복되는 臨終, 病을 돌보던

靑春이 그때마다 나를 흔들어 깨워도 가난한

몸은 고결하였고 그래서 죽은 체했다

잠자는 동안 내 祖國의 신체를 지키는 者는 누구인가

日本인가, 日蝕 인가 나의 헤픈 입에서

욕이 나왔다 누이의 戀愛는 아름다와도 될까

파리가 잉잉거리는 하숙집의 아침에

—이성복, 「정든 유곽에서」 일부[8]

(ㄴ)

그 여름 나무 백일홍은 무사하였습니다 한차례 폭풍에도 그 다음 폭풍에
도 쓰러지지 않아 쏟아지는 우박처럼 붉은 꽃들을 매달았습니다

그 여름 나는 폭풍의 한가운데 있었습니다 그 여름 나의 절망은 장난처럼
붉은 꽃들을 매달았지만 여러 차례 폭풍에도 쓰러지지 않았습니다

넘어지면 매달리고 타올라 불을 뿜는 나무 백일홍 억센 꽃들이 두어 평 좁
은 마당을 피로 덮을 때, 장난처럼 나의 절망은 끝났습니다

—이성복, 「그 여름의 끝」 전문[9]

1990년대는 1980년대에 조금도 연연해 하지 않았다. 연연해 하기는

---

8) 이성복, 『뒹구는 돌은 언제 잠 깨는가』, 문학과 지성사, 1980.
9) 이성복, 『그 여름의 끝』, 문학과 지성사, 1990.

커녕 오히려 방관적이고 자기 개별화된 내용으로 분화된다. 이성복의 작품을 보면, ㉠은 사회에서 유린당하고 '벌목 당한 소녀의 반복되는 임종' 속에서도 화자는 '지하의 잠'이나 '죽은 체하'는 행동 이외에 '욕이 나오'지만 할 수 있는 건 없다. 1980년대 사회가 시인에게 요구하는 것은 조용히 침묵하는 일이었다. 이와는 다르게 ㉡의 화자가 있는 세계는 확실히 '무사하다'. '한차례 폭풍이, 그 다음 폭풍'이 지나가도 떨어지지 않은 백일홍은 떨어지기는커녕 오히려 '우박처럼 붉은 꽃들을 매달'고 안전함을 과시한다. 1990년대 사회의 안전함은 개인에게 평준화되고 일상화된 일인 것이다. 그리고 1980년대를 거친 화자가 느끼고 있는 시대적이자 개인적인 '절망'은 1990년대에서 장난처럼 끝이 난다. 1980년대 민족문학론은 흔들릴 수 없는 하나의 깊은 뿌리에서부터 빠져나온 가지와 같다면 1990년대부터는 하나의 다양성에서 파생되어 현상으로, 문학의 자리를 자기화시키는 작업으로 바라보는 하나의 시각에 불과하다. 이러한 시각은 사회적인 한계 상황을 자기 상황으로 끌어내리는 과정으로 볼 수 있다.

이처럼 1980년대 문학과는 현저히 변화를 보이고 있는 1990년대 문학을 규정짓기 위해 많은 논자들이 연구에 관심을 가지기도 했다. 황종연, 진정석, 김동식 이광호의 좌담을 살펴보면 1990년대 문학담론을 이해하기 수월하다. 이 좌담은 ① 1990년대의 정신사적 풍경 ② 1980년대와 1990년대, 단절인가? ③ 신세대 문학 논의는 아직 유효한가? ④ 장정일, 신경숙을 어떻게 볼 것인가 ⑤ 1990년대 여성 문학의 문제성 ⑥ 90년대 후반의 새로운 작가들을 어떻게 이해할 것인가 ⑦ 근대성 논의의 재인식. ⑧ 21세기 문학을 예감한다로 나누어 잘 정리가 되어 있다. 한 가지 아쉬운 점은 20세기 말 문화 전반에 걸쳐 화두로 자리했던 '녹색(그린)문학'에 대한 내용은 언급되어 있지 않다는 점이다.[10] 이와는 다르게 20세기 말 자본주의 사회상과 문학을 결부시켜 김병익은 1990년대를 진단했다. ① 문학적 주제의 미시 권력으로 옮겨진 상황 ② PC문학의 새로운 개발과 리얼리즘으로부터의 탈피 ③ 소비사회 속에서 엔터테인먼트로서의 장르가 왕성해진 상황 ④ 광고와 유통으로 연결되는 생산과 소비의 시장 경제적 메커니즘 ⑤ 영상문화까지 연결되는 문화산업 ⑥ 작가의 소멸과 변두리 문학의 정착으로 나누어 인과관계에 따른 정리를 시도했지만, 역시 의식화되어 대두되기 시작한 여성문학의 독자(소비자)의식 변화에 대한 인식이 부족하여 이해 면에서 협소한 부분을 보이고 있다.[11]

따라서 1990년대 시문학은 일종의 '포스트'의 개념으로 집중되어 진다고 말할 수 있다. 포스트산업사회, 포스트포디즘(post—fordism), 포스트모더니즘, 포스트식민주의 등과 이데올로기의 죽음, 역사의 종말, 인간의 죽음, 문학의 죽음 등 묵시록적인 의식이 1990년대를 지배한 것이 아닌가에 대해 많은 평론가들이 논의한 바 있다. 특히 '세기말'과 문학적 상상력이라는 주제로 네 명의 비평가들이 집중 논의한 내용[12]이나, 1990년대 말에는 '세기말'의 코드와 '복고'의 코드가 합쳐졌다는 황종연 등의 좌담과 기사[13]를 포함한 많은 논평들이 1990년대 갑자기 다가온 다양화의 물결의 조짐을 정의내리려고 노력했다. 그러나 이들 역시 문학의 전반적인 흐름과 사회적 흐름, 디지털 시대에 대한 인식이 부족한 탓에 단순 담론에 그치는 경향을 보이고 있다. 이는 21세기 시문학이 다면(多面)성을 띠는 것과 연결된다고 볼 수 있다. 물론 다른

---

10) 황종연 외, 「90년대 문학을 어떻게 볼 것인가?」, 『90년대 문학 어떻게 볼 것인가』, 민음사, 1999. 참고.
11) 김병익, 「자본—과학 복합체 시대에서의 문학의 운명」, 《문학과사회》, 1997. 여름. 참고.
12) 남진우, 「공허한 너무도 공허한 ; 김현 비평이 남긴 것」, 《문학동네》, 1995. 봄. 참고.
13) 황종연 외, 앞의 글 ; 「문학 공간 ; 1999년 겨울」, 《문학과사회》, 1999. 겨울. 참고.

식의 주장도 이 시기에 문학의 다양성만큼이나 많이 거론되었지만, 집약되는 문구는 바로 '탈—'이라는 뜻의 '포스트(post)'이다. 이러한 인식은 후기 산업화 사회라는 시대적 조건과 무관하지 않다. 특히, 오늘날 제기되는 시를 포함한 문학의 정체성에 대한 위기 담론 역시 대부분의 논의가 후기 산업화 사회의 문화적 징후들과 긴밀하게 연결되어 있다는 사실에서 쉽게 확인된다. 대중화, 상업주의, 포스트모더니즘, 멀티미디어 등과 같은 용어들은 오늘날 우리 문학이 어떤 유혹과 압력 속에서 갈팡질팡하고 있는지를 잘 설명해 주는 단어라 할 수 있는 것이다.[14] 이러한 배경 위에서 고급문학과 저급문학, 혹은 본격문학과 대중문학 사이의 경계가 허물어지고 있다는 점이다. 가벼운 포르노그라피(pornography)라고 불러야 할 성문학의 범람, 역사의 키치(kitsch)물인 야사류 문학의 유행, 그리고 PC통신이라는 새로운 매체를 이용한 통신문학의 출판 붐(boom) 등[15] 대부분의 내용과 형식에서도 '포스트'의 개념을 가지고 있는 것이다.

이처럼 시 창작방법의 다면화 현상이 보이는 한국문학의 또 다른 원인은 1980년대까지만 해도 문학은 예술성, 대중성, 상업성, 심지어는 정치적인 면까지 상호관계를 맺어 유기적인 발전을 도모했지만, 1990년대에 들어서서 경제 발전, 출판사의 급증, 표현의 자유 신장 등에 따른 양적 팽창의 결과에도 있다. 시문학의 질적 상승은 별개의 문제로 치더라도 엄청난 양의 문학 팽배 현상은 1990년대 문학 현상은 더 이상 순진한 문학적 논리로 분석할 수 없다. 문화산업의 팽창과 디지털 매체의 발전으로 인한 문학의 주변화, 더 극단적으로 말하면 '문학의 죽음'이라는 풍문은 1990년대 내내 문학의 미래에 대한 우리의 불안감

14) 장영우, 『소설의 운명, 소설의 미래』, 새미, 1999, P.11.
15) 황순재, 「젊은 비평의 주체와 진정성」, 《작가세계》, 1996. 겨울, pp.401~402.

을 자극했다.[16] '자본'과 '권력'을 둘러싸고 생산되는 문학 외적 논리가 문학 내부까지 침투해 있는 것이다.

여기에 더불어 디지털 매체의 보급 및 대중화된 상황은 문학 작품이 예전에 비해 독자에게 일으키는 반향이 좁아졌을 뿐 아니라 기존의 감상 계층이 줄고 있다는 점을 예견해 주었다. 이 현상은 거대담론의 부재로 사람의 시선을 모을 중심이 부족해서 뿐만 아니라 새로운 매체의 영향 때문이기도 하다. 구술 시대를 거쳐 책을 중심으로 지식이 생산, 전달되던 전통이 이제 디지털 매체의 발달로 새롭게 바뀌고 있다. 하이퍼텍스트상에서 지식은 전혀 새로운 방식으로 생산, 교환, 소비되고 있다.[17] 작가의 눈과 귀를 막는다고 해서 매스미디어 상에 퍼지는 사실들이 독자들 또는 일반 대중들에게 들어가는 것을 막을 수는 없기 때문이다. 더욱이 출판계를 거치지 않고도 매체를 통해 공급을 할 수 있는 문화의 변화는 기존의 문학과 확실한 차이를 보이게 된다. 일반적인 의미에서의 대중(Mass)이란 관료 제도나 대중매체를 통해 조정되는 '시장지향형'의 비합리적이고 개별화된 인간의 무리를 가리킨다. 그러므로 1990년대 들어와 가볍고 흥미 위주의 '재미'를 추구하는 새로운 대중문학이 나타난 것은 전혀 우연이 아니며, 또한 단순히 새로운 문학 장르의 형성이라는 식으로 설명될 수 있는 것도 당연한 결과이다. '흥미·재미'를 핵심으로 한 새로운 대중문학은 컴퓨터 통신망이라는 새로운 정보통신매체의 대중화를 배경으로 한 전체적인 사회적

---

16) 이광호, 「'90년대'는 끝나지 않았다—'90년대 문학'을 바라보는 몇 가지 관점」, 《문학과사회》, 1999. 여름, p.761.
17) 최혜실, 『사이버 문학의 이해』, 집문당, 2001, P.26.
   90년대에 거대 담론의 부재와 단순히 동구권의 몰락만으로 사람들의 시선이 분산된 것이 아니라, 책을 중심으로 지식이 생산, 전달되던 전통이 이제 디지털 미디어의 발명으로 새로운 전기를 맞았다는 것이다. 텍스트와 본질적으로 다른 하이퍼텍스트에서 지식은 전례에 없던 방식으로 생산, 교환, 소비되고 있고 이와 동시에 영상매체는 훨씬 쉽고 본격적으로 작가와 독자를 연결시켜 주었다. 같은 책, P.86.

흐름과 대중의 인식 변화 또한 문학적인 차원에서 이해되어야 한다. 대중문학론에 대한 논의는 상당히 많은 평론가들이 직·간접적으로 참여함으로써 별다른 큰 논쟁이 없이 문학에서 수용되어 그 저변으로 움직였고, 1990년대 문단의 이목을 집중시키는 데 성공했다고 할 수 있다.[18] 이러한 사회적 배경의 변화와 매체의 보급뿐 아니라, 1990년대 문학을 얘기할 때 더욱 간과해서는 안 되는 점이다. 사물을 평면거울에 비춰 보던 1980년대의 리얼리즘에 비해 1990년대의 시는 오히려 비중 없이 가볍게 사회를 다루면서 미시적인 차원으로 개인화시키고 있다는 점이다. 1930년대 시인 이상(李箱)이 그래 왔던 것처럼 렌즈를 도구로 써서 세상을 보지 않고 종이를 태우는 놀이기구로 만들 수 있는 등 접근의 다양성이 1990년대에서는 거부감 없이 수용되고 있고 또 그것을 독자들은 무리 없이 받아들이고 있다. 그렇기 때문에 1990년대 이후의 문학은 분류하기 힘들 정도로 다양한 다형(多形)성에 대한 긍정이 선행됨은 물론이다. 따라서 시문학뿐만 아니라 기존의 형태를 고수하는 이른바 전통적 창작문학 자체의 존립까지 영향을 미치는 내용과 형식의 포스트주의가 1990년대부터 생겨나서 21세기까지 가장 큰 영향력을 끼치고 있는 특징이라고 볼 수 있다.

이처럼 사회와 문학이 끊임없이 생성되고 소멸되는 과정에서 시문학 역시 새로운 시 창작방법으로 시도되고 변화되어지고 있다. 그에 따라 그러한 여러 모습의 시작품들을 수용하고 향유하는 독자들 역시 변화

---

18) 특히 이들 대중문학론을 보호해 주기 위해, 진형준의 「문학의 대중성, 상품성, 전통성의 문제」(《상상》, 1995. 여름), 정재서의 「대중문학의 전통적 동기」(《상상》, 1995. 여름)가 동참하였게 되었다. 그러다가 같은 해 고미숙의 「새로운 중세인가, 포스트모던인가」(《문학동네》, 1995. 가을)와 방민호의 「대중문학의 '복권'과 민족문학의 갱신」(《실천문학》, 1994. 가을)에서 그 앞의 논의, 즉 대중문화 옹호론이 비판되었다. 개괄적 검토가 이루어진 고미숙의 「대중문학론의 위상과 "전통성"에 대한 비판적 검토」(《문학동네》, 1996. 가을)에 보면 자세히 정리되어 있다.

하고 있지만 학교 교육 현장에서 이루어지는 시 교육은 여전히 과거의 시적 정의에 머물러 있다는 것이다. 이에 본 연구는 20세기 후반에 성행하고 21세기로 이어지고 있는 시 창작방법을 포스트의 개념으로 접근한다. 기존의 시론에서 변형된 새로운 기법으로 유형별로 정리하고, 그에 맞는 시 창작교육방법을 연결하여 실제를 확인하려 한다.

2
시 창작교육의 이론과 실제

1) 문학교육과정의 이론과 교수─학습 모형

현대사회는 갈수록 점점 복잡해지면서 개별화되고 있다. 이러한 문명사회 속에서 사회생활을 원활히 수행하기 위해서는 자신의 의사를 효과적으로 표현·전달할 수 있는 기능을 습득하지 않으면 안 된다. 효과적으로 자신을 표현하고, 정보를 전달하거나 설득하기 위한 텍스트를 생산하는 능력은 현대사회를 살아가는 사람들이 기본적으로 갖추어야 할 중요한 특성 중의 하나이다. 표현이란 사회에 속해 있는 인간들이 가지고 있는 가장 기본적인 방식이며 욕구이다. 즉 자신의 의지와 의사를 표현하기 위해 노력하는 것은 인간의 본성으로 점차적으로 사회적 배경과 조건을 통해 언어를 습득하면서 언어를 통해 표현한다. 따라서 언어 행위 자체가 사회적 환경에 지배적인 영향을 받고 있으므로, 인간이 가진 사회성을 배제하고 이루어지는 언어의 표현행위는 극히 제한적일 수밖에 없다.

　창작과정에서 직접적으로 드러나는 '언어를 활용한 표현행위로는 크게 '표현(말하기)'과 '기록(쓰기)'의 영역으로 양분'[19]된다고 할 수 있다. 따라서 창작교육은 인간이 가지고 있는 기록과 표현의 욕구를 통하여 발현되는 창의성[20]을 기저로 한다. 그러한 창의성을 발견하고 지도하여 표현할 수 있는 능력을 기르는 교육이 바로 창작교육인 것이다. 이때 창작이란 체험이나 지식을 통하여 자신이 새롭게 생각한 바를 효과적으로 표현하는 행위이다. 창작에서는 생각을 떠올리고, 그 생각을 체계적으로 표현하는 과정을 반드시 거치게 된다. 주제를 새롭게 마련하는 과정이나 새롭게 표현해내는 과정에서는 항상 생각하는 행위가 따르지 않을 수 없다. 그런 만큼 표현을 통해 자신의 존재를 자각하고 드러내며 그것을 통해 사회에 참여하여 '올바른 사회적 관계의 회복을 위한 가장 중요한 수단'[21]이 되는 것이다.

　대학(교)의 문예창작과에 들어온 학습자는 중·고등학교 때까지 국어교육의 일환으로 창작교육을 받아 왔다. 따라서 그동안 받아온 창작교육 역시 학습자의 능동적인 이해와 재해석을 고려하지 않고, 수동적인 텍스트 분석으로 이론에 관련된 지식을 단순 암기하거나 미리 정의해 놓은 해석을 습득하는 정도로 그쳤다. 이는 중·고등학교의 국어교육에서 교육의 '도구교과론으로 표방되는 실용주의 내지 기능주의 이념'[22]

---

19) 구인환, 「교육과정과 창작교육」, 문학과 문학교육연구소, 『창작교육, 어떻게 할 것인가』, 푸른사상, 2001, pp.92~93.
20) 일반적으로 창의성(creativity)이란 아이디어를 풍부하게 이끌어내고, 융통성 있으며, 제시된 아이디어를 새롭게 해석하고 이해할 수 있는 능력이다. 그러므로 문학 수업에서 창의성 계발은 문학 텍스트를 수용하고 음미하는 과정에서 문제 발견적이고 독창적인 생각을 두드러지게 발현할 수 있는 방향으로 전개되어야 할 것이다. 차호일, 『현장중심의 문학교육론』, 푸른사상, 2003, p.171.
21) 김진호, 「학교에서의 글쓰기 교육은 어떻게 할 것인가」, 전국국어교사모임, 『(함께 여는) 국어교육』, 2001, p.93.

때문에 문학작품의 이해를 통한 궁극적인 목적인 쓰기 영역 즉, 재창작으로 연결되는 창작교육의 실질적인 한계를 드러내고 있다. 이러한 교육의 한계는 국어과 교육과정이 5차, 6차 교육과정의 변화를 거쳐 전면적으로 개정되면서 문학에 대한 교육 방식이 많이 개선되었다고는 하나 아직까지 교육 현장에서의 적용에는 많은 시행착오를 겪고 있다.

제7차 국어과 교육과정은 기존 국어교육의 도구교과론이라는 교육 방향에서 인간의 삶을 총체적으로 이해하는 것으로 그 목적을 수정함으로써 문학교육의 방향 자체에 큰 변화를 가져왔다. 특히 국어과 교육과정에서 창작교육이 강화되어 중·고등학교 국어교육 현장에서도 학습자의 창작교육에 대한 관심이 증폭되기까지 했다. 그러나 아직까지 현 교육실정에 맞는 구체적인 교육적 적용 방안은 제시되지 않고 있다. 국어과 교육과정의 변천을 요약하면 다음과 같다.[23]

1. 교육 요목 강조의 시기(1945~1955학년도) : 교수 요목 강조(경전과 명문장)
2. 제1차 교육과정의 시기(1956~1963학년도) : 교과교육 교육과정의 강조
3. 제2차 교육과정의 시기(1964~1972학년도) : 생활중심 교육과정의 강조
4. 제3차 교육과정의 시기(1973~1981학년도) : 학문중심 교육과정의 강조
5. 제4차 교육과정의 시기(1982~1988학년도) : 고전문학 · 현대문학 · 문법
6. 제5차 교육과정의 시기(1989~1994학년도) : 문학 · 작문 · 문법
7. 제6차 교육과정의 시기(1995~1999학년도) : 문학 · 독서 · 작문 · 문법 · 화법
8. 제7차 교육과정의 시기(2000~) : 국어생활 · 화법 · 독서 · 작문 · 문법 · 문학

---

22) 국어교육에서는 주로 국어교육의 도구교과론으로 표방되는 실용주의 내지 기능주의 이념 때문에 창작교육이 배제되었다. 문학교육에서는 문학 작품을 이해하고 감상하는 일이 문학교육의 목표로 상정하는 데서 창작은 억제되었다. 우한용, 「창작교육의 이념과 지향」, 한국문학교육학회, 『국어교육학』 제2호, 1998. 여름, p.221.
23) 구인환, 앞의 글, 2001, p.91.

교육과정은 문학의 이해와 감상에 초점을 둔 교육 방향(2차 국어과 교육과정)에서 이해와 표현이라는 개념에 초점을 둔 교육 방향(3·4차)으로 변하게 되었다. 이런 이런 교육과정은 5·6차에 들어 오면서 학습자를 중심으로 한 인지심리학과 스키마 이론, 반영론과 수용론에 초점을 두게 된다. 이 교육과정은 마지막으로 문학의 이해와 감상에 창작과 문화 철학으로서 문학교육을 예술과 가치의 체계와 접목하는 7차로 변형되었다. 이 7차 국어과 교육과정은 도구교과로서의 언어 기능의 신장에 머물던 문학교육을 삶의 총체적 이해와 수용과 창작, 그리고 문화현상으로서의 문학, 가치의 수용과 창조로서의 문학교육을 외연적으로 넓히고 있다는 평가를 받기도 했다.[24] 이처럼 기존의 일반적인 시 교육방법은 시 이론에 근거한 작품 분석의 일변도였다고 해도 과언이 아니다. 문학 창작교육의 목적과 중요성을 재차 강조함에도 불구하고 현재 문학작품은 공급자인 작가와 수용자인 독자까지도 상당한 괴리를 보이고 있다. 이는 '문학이 변화하는 시대적 요구를 충분히 수용하지 못하여'[25] 문학의 위기까지 거론되고 있기도 하다. 이는 '수동적인 텍스트 분석으로 일관했던 문학교육이 학생들의 동감과 이해를 유도'[26] 해내지 못했을 뿐 아니라, 학생들에게 창조적인 상상력을 부합시켜 창작행위로의 이완을 실행하지 못한 현 창작교육방법의 한계를 드러내 보이고 있는 셈이다. 이러한 경향은 제4차 교육과정에서 강조된 학문 중심 교육관과 50년대 이후 우리의 문학교육을 주도해 온 영미 신비평에[27] 원인을 들 수 있다. 교육은 곧 지식의 구조라는 부르너(J. S.

---

24) 위의 책, pp.91~92. 참고.
25) 최혜실, 『디지털 시대의 문화읽기』, 소명출판사, 2001, pp.16~17.
26) 진중섭, 「학교현장창작교육의 현실과 과제」, 앞의 책, pp.112~115.
27) 경미경, 「멀티미디어를 활용한 시 지도 연구」, 숙명여자대학교 대학원 석사학위논문, 2003, p.4.

Bruner)의 교육관에 기초하여 구조화된 지식을 가르치는 학문 중심 교육관과 50년대 신비평의 형식적이고 분석적인 문학 연구 방법이 입시 위주의 교육 풍토와 일치하면서 문학 수업은 지식의 전달과 암기라는 구조로 일관하게 되었다. 이러한 교육방식이 지속되면서 현재의 교육 현장에서는 문학을 학습하는 학습자의 상상력 계발과 정서 함양이라는 시 장르의 본래 목적이 상실된 채 시를 규정짓는 개념과 구조만 남게 되었다.

2000학년도부터 시행된 제7차 국어과 교육과정에서는 문학 영역에 대한 교육 비중이 기존 교육과정에 비해 현격히 강해지고 있다. 문학의 본질과 수용의 이해, 문학과 문화 관계, 문학의 가치와 태도를 주안점으로 해서 학습자들에 의한 텍스트의 감상과 창작, 특히 쓰기 영역에 대한 비중을 높여 창작 교육의 중요성을 강조하고 있다. 창작교육은 곧 언어 사용 능력뿐 아니라, 인지·정의적 사고 능력을 신장시키고 자아 정체성을 확립하는 데 효과적인 방안으로 모색되고 있다.

창작교육은 '창조적인 국어사용 능력의 신장'과 동시에 감상과 정립이라는 총체적인 수용 활동에 목적을 둔다. 이러한 '문학의 수용과 창작'이라는 목표는 제6차 국어과 교육과정에서 보이는 '문학 작품의 이해'에 변화되어 최근의 논의 과정을 단적으로 보여주고 있다. 이것은 전문작가 육성을 목적으로 하지 않는 쓰기 영역의 총체적인 과정을 강조하면서, 고등학교 수준의 창작교육이 지향하고자 하는 바를 언급하고 있다. '듣기', '말하기', '읽기', '쓰기' 영역의 학습으로 나누어진 국어과의 실제적인 목적은 표현하고 이해하는 언어활동을 강조하여 창조적 국어 사용 능력을 향상시키는 것이다. '국어지식' 영역의 학습은 언어 현상에서 규칙을 찾아내는 탐구 학습 활동을 중심으로 하되, 학습한 지식을 국어 사용 상황에 적용하는 활동을 강조한다.

'문학' 영역의 학습은 문학작품을 스스로 찾아 읽고 토론하는 학습 활동을 중시하여 작품에 나타난 인간의 삶을 총체적으로 이해하고 문학적 상상력이 향상되도록 한다. 국어과 학습은 학습 능력과 성취 수준을 고려하여, 정확하고, 해석적이며, 비판적이고, 창의적인 수준으로 국어를 사용하는 경험이 확대되도록 하는 학습 활동에 중점을 둔다.[28] 이에 문학교육 또한 문학작품에 대한 이해와 감상 및 나아가 독자적인 창작에 관련된 교육 내용과 교육방법, 교육 평가 등에서 국어과 교육의 목적을 실현시키는 것이 바람직하다는 방향을 제시할 수 있다.

제7차 국어과 교육과정 중 문학 영역의 내용 체계는 다음 표와 같이 정리할 수 있다.

문학 영역	수업내용
(1) 문학의 본질	(개) 문학의 특성 (내) 문학의 기능 (대) 한국 문학의 특질 (래) 한국 문학의 사적 전개
(2) 문학의 수용과 창작	(개) 작품의 미적 구조 (내) 문학의 창조적 재구성 (대) 작품에 반영된 사회·문화적 양상 (래) 문학의 창작
(3) 문학에 대한 태도	(개) 작품의 미적 구조 (내) 문학의 창조적 재구성 (대) 작품에 반영된 사회·문화적 양상 (래) 문학의 창작
(4) 작품의 수용과 창작의 실제	(개) 시(동시) (내) 소설 (동화, 이야기) (대) 희곡 (극본) (래) 수필

[표 1] 제7차 국어과 교육과정의 문학 영역 내용 체계

위의 표[29]를 보면, 문학교육 내용은 '문학의 본질', '문학의 수용과 창작', '문학에 대한 태도', '작품의 수용과 창작의 실제'로 나눈 학습 이론을 중심으로 문학에 대한 학습자의 능동적인 감상과 실제를 통해 문학 가치 체계의 정립과 그 활동에 의한 문학적 문화의 고양을 위한 내용을 구조화하고 있다.

문학의 수용과 창작 활동을 통하여 문학 능력을 길러, 자아를 실현하고 문학 문화 발전에 능동적으로 참여하는 바람직한 인간을 기른다.

가. 문학 활동의 기본 원리와 문학에 대한 체계적인 지식을 이해한다.
나. 작품의 수용과 창작 활동을 함으로써 문학적 감수성과 상상력을 기른다.
다. 문학을 통하여 자아를 실현하고 세계를 이해하며, 문학의 가치를 자신의 삶으로 통합하는 태도를 지닌다.
라. 문학의 가치와 전통을 이해하고 문학 활동에 능동적으로 참여하고 문화 발전에 기여하려는 태도를 지닌다.

제7차 교육과정이 국어과목 문학 영역에서 창작 영역의 교육과정을 명시하면서 학교 교육에서 시 창작교육의 실시가 더욱 뚜렷이 요청되었다. 어떠한 방법으로든 한 교수자의 일방적인 문학수업이 아닌 창작교육에 대한 구체적인 방안을 가질 필요성이 요구되고 있는 실정이다.

실제로 일부 특수 고등학교를 중심으로 대학(교)의 문예창작과 진학을 위한 창작교육이 시행되고 있다. 이는 기존에 대학 이상의 교육기관에서 시행되어 오던 전문적인 창작교육이 고등학교에서부터 필요성

---

28) 교육부, 「국어과 교육과정」, 교육부 고시 제1997—15, 「별책 5」, 1997, pp.28~29. 참고.
29) 위의 책, p.31.

을 가지고 있다는 것이다. 이것은 단순히 대학 진학이라는 목적 뿐만 아니라, 21세기 사회가 필요로 하는 '창의적인 인간'을 육성하고 그들의 '표현의 욕구'를 충족시키기 위한 결과일 수도 있다. 더는 발전적이고 창조적인 사회를 구현해 나가는 목적을 위하여 창작교육의 연령이 점차 낮아질 수 있다는 명분이 되고 있다. 더 이상 창작교육은 특정한 전문인 육성을 위한 교육과정이 아님은 분명한 사실이다.

이러한 교육과정의 이론은 지금까지 진행되어 온 국어교육, 즉 말하기·읽기·쓰기·듣기의 언어 능력 신장을 목적으로 한 도구교과로 그 실용성을 강조하던 차원에서 벗어나, 문학 전반을 이해하기 위한 작업으로 먼저 인간의 삶을 총체적으로 이해하고 수용하여 새로운 창작에 임할 수 있도록 문학 이해와 문학 창작의 상보적 발전을 목표로 하고 있다.

따라서 창작 영역이 단순히 국어과목의 하위 영역의 하나로 분류되는 것이 아니라, 범교과적인 쓰기 활동과 학습의 장이 연결되어 총체적인 표현의 학습활동으로 이루어져야 할 것이다. 문학작품의 해석은 독자를 통해서 이루어진다. 수용자의 능동적인 해석을 권장함으로써 진정한 창작교육의 효과적인 결과를 유도해낼 수 있을 것이다.

제7차 문학교육과정에서 권장하는 교수-학습 모형은 첫째, 지식, 개념 획득 및 작품 구조 분석의 경우, 둘째, 사고력, 창의력을 강화하기 위한 학습 모형, 셋째, 가치 및 태도 학습의 경우, 넷째, 감상 활동 중심 학습의 경우가 있다.[30] 따라서 국어과 교육은 학습자가 가지는 학습 능력과 성취 수준을 고려하여, 국어를 사용하는 경험이 확대되도록 하는 학습 활동에 중점을 두고 있음을 알 수 있다. 즉 이것은 '언어 활동과

---

30) 차호일, 앞의 책, pp.170~178. 참고.

언어와 문학의 본질을 총체적으로 이해'하여 '문화를 바르게 이해하고, 국어의 발전과 민족의 언어문화 창달에 이바지할 수 있는 능력과 태도를 기른다'[31]는 교육의 궁극적인 목표와 연결된다. 단순히 전문적인 작가를 만드는 것을 목표로 하지 않고 다른 교육과 연계되어 사회생활을 정확하고 효과적으로 유지하는 데 필요한 능력과 자질을 국어교육을 통해 유도할 필요성을 강조하고 있다. 그러므로 이러한 이론적 체제를 바탕으로 발전되는 대학교의 창작교육은 고등학교 교과에서 한 단계 심화된 교과과정의 선택과, 꾸준한 관심과 방법의 모색으로 체계적인 학습 모형을 세우는 방안이 마련되어야 할 것이다.

2) 문예창작과 시 창작교육의 현황

대학교에서 이루어지는 문학수업(문예창작과 실기수업을 제외한 각 학교별 문학전공·문학교양 수업 포함) 역시 학습자에게 독자적으로 문학에 접근하고 감상하고 그것의 가치를 판단할 수 있는 교육과정을 제시해 주지 못하고 있다는 문제가 제기되고 있다. 이는 앞에서 언급한 중·고등학교에서부터 받아오던 문학교육의 연장에서 대학교의 문학수업이 이루어지고 있다는 점에서 파생된 것이다. 따라서 학습자의 요구에 따라 변화되는 문학교육 없이는 앞으로의 문학 역시 변화·발전할 수 없다고까지 유추하게 된다. 이는 학습자 개인에게 한정된 문학적 기능을 넘어서 사회 전반에 걸친 실용적 기능으로의 그 확장의 폭을 대폭 넓혀야 한다는 인식까지 연결된다. 이것은 문학이 예전처럼 취미나 즐거움의

---

31) 위의 책, p.29.

대상이 아닌 '사회에 능동적으로 대응할 수 있는 창의적 인간'[32]을 기르는 데로 그 영역이 확대되고 있기 때문이다. 더욱이 창작을 전공으로 한 문학 창작의 전문인을 길러내는 것을 목적으로 하는 문예창작과에서 그 인식의 변화는 확연하다고 볼 수 있다.

현재 문예창작과는 전국 24개 대학원과 42개 대학교와 18개 대학에서 총 84개의 과가 개설[33]되어 시 창작교육이 진행되고 있다. 1980년대까지는 각종 사회교육 기관에서만 교육받을 수 있었던 문예창작교육이 1990년대 이후 전국 대학으로 퍼져 나가면서 작가 지망생이나 문예창작에 관심을 가진 사람들의 관심이 문학의 사회적 위상과 함께 계속되고 있다는 것을 입증해 주고 있다. 일반적으로 시 교육은 시 이론교육과 시 창작실기로 나누어지고, 1, 2학년에는 기초이론을, 2학년부터 창작교육을 시행하고 있다.[34] 단국대학교 문예창작과 시문학 교과과정은 다음과 같다.

▶ 단국대학교 문예창작과 시 문학 교과과정(2005년 기준)

(1학기)
1학년 시 창작 기초연습

---

32) 이상호, 「시 창작 교육에 대한 성찰과 전망」, 『한국문예창작』 제3권 제2호, 한국문예창작학회, 2004. 12. p.160.
33) 한국문예창작학회에서 발행한 학회지 『한국문예창작』(2005년 6월, pp.340~342.)에 수록된 바와 같이, 2005년까지 전국에 총 84개의 문예창작과가 개설되어 있다.
34) 이상호의 「시 창작 교육에 대한 성찰과 전망」(앞의 글)에서는 A, B, C, D대학의 교과목을 예시로 하여 교과목에서 실시되고 있는 교과과정과 교과교재를 정리하고 있다. 각 대학별로 시문학에 대한 교과가 많게는 10개 과목에서 적게는 3개 과목으로 과정이 개설되어 있다. 이러한 편차는 각 대학별로 가지고 있는 학습자의 교육목표나 교수자의 특성, 선택과목의 다양성 등이 중요한 변수로 작용했다고 이상호는 분석하고 있다. 따라서 어느 대학에서 어느 교과과정을 거쳤느냐에 따라 학습자가 경험하는 시 교육의 내용과 질의 차이는 현격하게 나타난다고 했다. 따라서 본 연구의 방향은 시 교육방법의 유용한 사례를 제시한다는 점에서 이상호의 분석을 기저로 한다.

2학년 시의 이론과 창작 연습

3학년 시 창작 세미나2, 창작과 사상

4학년 시 창작 세미나4

(2학기)

1학년 현대시 분석과 이해

2학년 시 창작 세미나1

3학년 시 창작 세미나3

4학년 시 워크숍

위에서 본 바와 같이 단국대학교 문예창작과에 개설된 시 관련 교과과정은, 1, 2학년에 시 창작에 대한 기초 이론과 연습이 집중되어 있고, 3, 4학년에 창작실기 과정이 개설되어 있다. 이는 시 창작교육은 우선 시문학이 가지고 있는 정립된 이론체계를 기저로 하여 기존 작품의 감상에 대한 접근방법이 배운 후 학습자의 능동적인 창작행위로 이어지는 체계적인 교과과정을 지향하고 있다는 것이다.

특히 문예창작과가 가진 창작실기 교과의 궁극적인 목적인 전문 작가를 배출한다는 점에서 일반 국문학과(한국어문학전공)가 가진 교과 목적과는 차별성을 가진다. 그런 점에서 현재 각 대학의 문예창작과마다 더 많은 문인을 배출하기 위해 교과의 선별이나 교수의 교수방법 개선 등에 많은 관심을 보이고 있다. 즉 교수자와 학습자, 교과과정의 삼위일체의 모형을 가장 효과적인 결과를 창출해내기 위해 능률적인 시 교육과정으로 개편하고 있는 추세이다.

문학교육은 학습자를 단순하게 각급 학교의 재학생으로 파악하기보다 다원화된 계층이 포함된 집단으로 설정할 필요가 있다. 문학교육의 학습자 설정에 있어 스피로(J.Spiro)가 설정한 학습자 역할 모형이 도움이 될 것이다. 그의 견해를 도표[35]로 정리하면 아래와 같다.

역할모형	문학교육을 보는 관점	
문학비평가	비판적이고 분석적인 사고의 발전	철학으로서의 문학
문학연구사	지식의 습득과 이 지식을 분석하고 종합하여 맥락화 하는 능력	정전으로서의 문학
작가	언어를 매개로 하는 실험과 창조적인 자기표현의 재능을 계발	창조성을 훈련하는 자료로서의 문학
감식력 있는 독자	텍스트나 대상이 되는 문화가 무엇이든 간에 읽기를 통해 자율성, 향유, 감상능력을 계발	자율적 읽기를 촉발하는 자료로서의 문학
인문주의자	인간조건에 관한 공감과 이해의 계발	인문주의적 훈련자료로서의 문학
능력 있는 언어 사용자	언어기능의 계발과 모든 장르와 맥락 안에서 언어 기능의 인식	언어 사용 실례로서의 문학

[표 2] 스피로(J.Spiro)의 관점에 따른 학습자 역할 모형

최근 들어 각 대학에서 문예창작과를 중심으로 비로소 이러한 역할 모형을 충족하기 위한 움직임이 활발히 진행되기 시작했다. '인문주의자의 경우는 일련의 교육수업과 전공수업을 통해서, 문학연구자의 경우는 국어국문학과의 전공과정을 통해서, 그리고 문학비평가와 작가의 경우는 문예창작과의 전공과정을 통해서'[36] 교육이 진행되고 있기는 하지만, 대학교에서의 창작교육 역시 창작교육을 담당하는 교수자의 역량과 자질 평가 또한 여타의 수업 현장에서 제기되는 문제점을 드러내고 있다.

---

35) J. Spiro, 『Assessing Literature;Four Papers』, Assessment in Literature Teaching(ed. C. Brumfit), Modern English Publ., 1991, p.18. ; 김상욱, 『문학교육의 길 찾기』, 나라말, 2003, p.41. 재인용
36) 김수복, 「문학 공간답사와 문학교육」, 김수복 편, 『한국문학 공간과 문화콘텐츠』, 청동거울, 2005, p.70.

창작교육은 학습자가 논리적이고 체계적인 다가치적 사고를 습득하는 과정을 거쳐야 한다. 문학교육 측면에서 총괄적인 형태의 과점이 요구되고 있음에도 불구하고, 현재 교육이 진행되는 현장에서조차 창작교육의 필요성을 인식하지 못하고 있는 건 사실이다. 문학연구와 학교교육의 분야에서 많은 연구자와 교육자들이 문학연구를 단지 관습적인 형태로 유지·지속시키고 있다는 사실은 이미 대두된 문제이다. 그만큼 중·고등학교 때부터 받아오던 '고정화되고 관습화된 제도 속의 문학교육'[37]은 새로운 세대가 겪고 있는 현실과 더 이상 어울리지 않는다는 것이다. '작품의 이해와 감상'으로만 국한된 문학교육이 한계를 드러냈기 때문에, 이에 대한 인식의 전환 차원에서 창작교육의 중요성이 강조되기 시작했다. 시 창작교육은 창조적 언어활동을 통해 표현물의 생산을 활성화하는 교육적 활동이다. 현재 창작교육의 불가능론 또는 불필요론 등의 논란이 제기되는 이유는 '창작'이라는 말이 갖는 혼란 때문으로 보인다. 창작을 고도의 예술성을 가진 문학작품을 생산하는 행위로만 국한한다든지, 창작 능력은 천부적이어서 가르칠 수 없다는 말이 이러한 인식의 대표적인 예이다. 창작교육이 '쓰기를 하는 문학교육'[38]이라는 인식의 전환이 절실히 요구되고 있다. 즉 문예창작과에서 시행되는 직접적인 창작교육은 단순히 문학적 능력의 향상만을 목표로 하기보다는 언어 사용 능력의 신장을 위한 방안이라 볼 수도 있다.

이러한 시창작 교육 방법의 시각에 따른 변화는 급작스럽게 이루어진 것이 아니다. 고정화된 문학교육에서 벗어나고자 하는 노력이 각 교육현장에서 개별적이고 산발적으로나마 지속적으로 이루어진 결과이

---

37) 김명준, 「문학 공간에 대한 분석적 기술방법」, 김수복 편, 앞의 책, p.32 참고.
38) 박현동, 「시조 창작지도를 어떻게 할 것인가」, 문학과 문학교육연구소, 앞의 책, p.137. 참고.

다. 직접 문학공간을 답사하는 노력, 합동으로 제작해내는 노력, 인터넷을 활용한 학습프로그램 개발과 작품의 재해석을 통해 재연하는 영상프로그램 도입 등이 바로 그 예[39]이다. 그러나 이러한 노력 역시 체계적이고 기존의 문학교육과 연계가 되지 않는 개별적인 교육 과정이라는 점에서 교육방법적 문제점도 제시되고 있다. 또 교육대학원에 한정된 방안 연구이므로 실질적으로 창작교육이 이루어지고 있는 교육현장의 비교육대학원 출신 교수자에게 그 내용이 전달되지 않는 한계 역시 문제점으로 제시되고 있다. 따라서 개별 교사의 취향과 능력에 일방적으로 수업 방향과 교과과정이 맡겨져 있는 현재의 창작교육과정의 교육적 효과는 교사에 따라 그 차이가 극명하게 나타난다. 이는 창작과정을 조직화할 일관되고 체계적인 교수–학습의 원리가 부재하여 일어나는 현상으로, 교육방법론에 대한 필요성이 절실히 요구되고 있다.

따라서 시 창작교육은 문학 텍스트의 지식, 개념, 구조 분석 등에 대한 이론을 전달할 뿐만 아니라 사고력과 창의력을 길러 주어야 할 필요가 있다. 여기서 언급하는 문학 텍스트란, 예술 텍스트를 의미한다. 따라서 현실 세계에 존재하는 다양한 텍스트인 음악, 미술, 사진, 문학 등의 단순한 개별 텍스트를 의미하기도 하고, 더 포괄적으로는 그것들이 연결되어 합성된 혼합 텍스트를 의미하기도 한다. 텍스트란 완결된 의미가 담겨진 것이라기보다는 필자와 독자가 만나 의미를 생성하는 공간이기 때문이다.[40] 그러므로 문학적 사고를 통해서 문학 텍스트를

---

39) 이러한 노력은 최근 발표되고 있는 학위논문에서 확인할 수 있는데, 대표적인 예는 다음과 같다. 오경순, 앞의 논문. ; 남동수,「웹기반 창작학습 환경 구현」, 춘천대학교 교육대학원 석사학위논문, 2003. ; 이명길,「정보통신기술 활용을 통한 효율적인 국어과 교수·학습 방안 연구」, 계명대학교 교육대학원 석사학위논문, 2005. ; 남석,「소설 텍스트 이해를 위한 영상 매체 활용 방안」, 상명대학교 교육대학원 석사학위논문, 2005. ; 김정희,「비판적 사고력 신장을 위한 읽기 지도 방안 연구」, 홍익대학교 교육대학원 석사학위논문, 2005. ; 이승민,「다양한 매체 활용을 통한 시 쓰기 능력 신장 방안 연구」, 대구대학교 교육대학원 석사학위논문, 2005.

새롭게 해석하는 과정이야말로 사고의 확장을 이루어낼 수 있기 때문이다. 교수자는 문학 텍스트를 통해 학습자의 시적 상상력을 확장시키고 자극하여 시에 대해, 나아가 시문학을 문화 전반에 대한 흥미와 표현 욕구로 확대하여 가지게 함을 목적으로 가져야 한다. 자신이 직접 표현하는 능력을 가지고 사회와 개인의 간극을 좁힐 수 있는 언어 사용 능력을 신장시키는 것이 아울러 문학 창작교육과정의 목적임을 인지해야 하고, 교수자의 학습 내용 또한 이러한 목적에서 교육 방향이 설정되어야 할 것이다.

---

40) 김봉순, 「텍스트 의미 구조의 표지 연구」, 서울대학교 대학원 박사학위논문, 1996, 참고.

3
시 창작방법론의 시 창작교육방법화 과정

1) 시적 세계관과 창작교육

여타의 창작문학 장르와는 다르게 시를 접근하는 데 있어 시적 세계관은 세계에 대한 중요한 이해의 폭을 설정하고 있다. 이는 한 편의 시를 통해 시인(창작자)은 자신의 세계관을 직접적으로 담아내기 때문이다. 1990년대 이후 발표된 창작 유형에 대한 관심은 활자매체 중심의 문화에서 전자매체 중심의 사회로 이동한 것과 같은 큰 변화를 가져왔다. 이미 현실화되어 버린 고도로 발달된 기술의 정보사회, 저층까지 확대된 소비사회의 여러 상황까지 변화의 한 조건이 되었다.

이런 변화는 삶의 절대명제였던 기존의 사회 기준이 아닌 자기 검열에 의한 평가와 정의에서 작품 이해의 시작이 되게 하였다. 1920년대 대표 시인으로 뽑히는 한용운의 시는 초등학교 6학년 교과서에서부터 찾아볼 수가 있다. 그의 작품에 접근하는 전통적 교육방법은 거대 서사가 존재하던 시절의 시인 한용운의 작품을 설명함으로써, 시인인 동시에 승려이자 독립지사라는 점을 강조하는 것이다. 그럼으로써 그의 시적 세계가 시대 속의 민족 종교 시인이라는 테두리에서 민족사와 민족문화에 공헌을 한 동시에 한국의 전통적 서정성을 계승하고 있는 점에 중점을 두어 이해와 분석을 전개[41]하는 방향이 일반적인 교육방법으로 진행되었다.

> 님은 갔습니다.
> 아아 사랑하는 나의 님은 갔습니다.
> 푸른 산빛을 깨치고 단풍나무 숲을 향하여 난 작은 길을 걸어서 차마 떨치고 갔습니다.
> 황금의 꽃같이 굳고 빛나던 옛 맹세는 차디찬 티끌이 되어서 한숨의 미풍(微風)에 날아갔습니다.
> 날카로운 첫 키스의 추억은 나의 운명의 지침(指針)을 돌려놓고 뒷걸음쳐서 사라졌습니다.
> 나는 향기로운 님의 말소리에 귀먹고 꽃다운 님의 얼굴에 눈멀었습니다.
> 사랑도 사람의 일이라 만날 때에 미리 떠날 것을 염려하고 경계하지 아니한 것은 아니지만, 이별은 뜻밖의 일이 되고 놀란 가슴은 새로운 슬픔에 터집니다.
> 그러나 이별을 쓸데없는 눈물의 원천을 만들고 마는 것은, 스스로 사랑을 깨치는 것인 줄 아는 까닭에 걷잡을 수 없는 슬픔의 힘을 옮겨서 새 희망의 정수배기에 들어부었습니다.
> 우리는 만날 때에 떠날 것을 염려하는 것과 같이 떠날 때에 다시 만날 것을

---

41) 이희숙,「만해 한용운의 한시 연구」, 국민대학교 교육대학원 석사학위논문, 2004. p.65. 참고.

믿습니다.

　아아, 님은 갔지만은 나는 님을 보내지 아니하였습니다.

　제 곡조를 못이기는 사랑의 노래는 님의 침묵을 휩싸고 돕니다.

—한용운, 「님의 침묵」 전문[42]

　일반적인 중·고등학교 문학교육에서 작품 분석의 방향을 살펴본다면, 이 시에서 '님'을 말하는 화자는 절대적으로 여성이다. 이 시의 주된 정서가 우리나라 전통적 정서인 〈여성의 기다림〉과 〈한〉이 연결된 역설적 표현이라고 하면서도, 작가의 의도와는 상관없이 '님'에 대한 대상의 의미를 역사적으로나 사회적인 시각으로 설정하고 해석하고 있다. 이러한 방식은 시에 대한 철학적 측면으로 접근한 연구방법으로, 평범하고 보편적인 문학적 감상의 방법은 아니다.

　현재 중등학교 문학교육은 학계에 발표된 논문의 내용을 여과없이 수용하여 지식체계가 아직은 미성숙한 학생들에게 소개하는 경향이 있다. 이것은 문학교육적 차원에서 세 가지의 심각한 문제점을 야기시키고 있다. 첫째, 문학작품에 대한 전문적인 연구 내용은 학생들이 문학작품을 잘 감상하고 이해하는 데 도움이 되지 않는다. 둘째, 현재 수용하고 있는 전문 연구 내용 중 타당성이 입증되지 않은 것들이 적지 않다. 셋째, 이런 연구 내용을 배우다 보면 무조건 문학작품은 어렵다는 선입견이 생기고, 이로 인해 자발적이고 적극적인 감상의 폭을 제한하는 결과를 초래하게 된다[43]는 것이다. 따라서 교육 내용을 설정하는 것만큼 교육 방법을 설정하는 일은 변화하는 시대상을 고려하고 학습자의 적절성에 기준하여 교수자가 풀어야 할 숙제라고 할 것이다.

---

42) 한용운, 『님의 침묵』, 민음사, 1990.
43) 이남호, 『교과서에 실린 문학작품을 어떻게 가르칠 것인가』, 현대문학, 2001, pp.50~51. 참고.

시에 대한 중·고등학교 교육은 대체로 시의 구성 요소에 초점이 맞춰져 있는 신비평 중심의 시 형식에 관한 시론이나, 인용한 작품과 같이 시인이 포함되어 있는 세계에 초점을 맞춘 시인론이나 시의 주제론을 중심으로 연구되어 수업이 진행되었다. 신비평에 근거한 문학 수업은 작품을 지나치게 분석적으로 이해하도록 함으로써 학습자들의 자유로운 상상력을 제한하고, 작품이 품고 있는 사회·역사적 의의를 간과했다는 지적이 있다. 근 30여 년 동안 한국 문학교육의 성공과 실패에 대한 원인이 바로 신비평 이론의 수용이라 말할 수 있다.[44] 이러한 방법으로 시 교육을 받아온 학습자에게 문예창작과가 가지고 있는 교육 방향은 교육론 전반에 걸친 충격으로 다가올 수 있는 것이다. 넓은 의미에서 시 창작교육은 작품을 만들어내는 주체와 향유하는 객체, 그들이 향유하고 있는 세계가 의도적으로나 비의도적으로 작품(텍스트)에 반영되어 있다는 상호텍스트성을 가진 패러디풍의 총괄론이라 볼수 있다. 물론 문학교육론은 문학이 현실이라는 배경적 공간에서 벗어날 수 없는 산물임을 명시한다면 그 관점이 인정되지만, 주체적으로 작품을 읽는 학습자의 이해 측면을 배제하고(학습자론), 교육 현장에서 직접적으로 이루어지는 교육 방향을 결정하는 교수자의 노력과 방법적 측면을 배제하고(교수자론), 시대와 공간을 넘어선 작품을 선별하는 인식적 측면을 배제한(교재론) 편협된 관점이기도 하다.

대학(교)의 시 창작교육 강의는 시문학에 접근하려는 학습자에게 우선 이러한 시각에 따른 차이점을 상기시켜야 할 것이다. 사실 이러한 시적 세계관에 따른 문제는 기존 이론에 익숙한 교수자보다 학습자에 의해 이질적인 반응을 보이고 있다. '리얼리즘 문학론이 붕괴되고 해

---

44) 김창원, 앞의 논문, pp.10~11. 참고.

체시와 정신주의가 충돌하던'[45] 20세기 후반을 지나는 시기에 이와 같은 시대착오적 작품을 수업 텍스트로 거론하는 것은 오히려 시 장르에 대한 학습자의 관심을 소외시키는 일이 아닐 수 없다. 문예창작과에서의 시 교육은 한 편의 시를 '효과적으로 수용할 줄 아는 창조적 독자를 기르는 일'[46]에서 출발하여 문화 전반을 이해하고 전문적인 작가를 기르는 것이 궁극적인 목적이다. 따라서 학습자가 공감할 수 없는 내용을 교과과정으로 담는다거나, 현 사회에서 도태된 현실에 접근한 작품에서 학습자의 어떤 시적 감동을 느낄 수 있느냐는 것이 시 교육에서 주요 관점이 될 수 있다. 다음 작품을 예로 들어본다.

어미를 따라 잡힌
어린 게 한 마리

큰 게들이 새끼줄에 묶여
거품을 뿜으며 헛발질할 때
게장수의 구럭을 빠져나와
옆으로 옆으로 아스팔트를 기어간다
개펄에서 숨바꼭질하던 시절
바다의 자유는 어디 있을까
눈을 세워 사방을 두리번거리다
달려오는 군용 트럭에 깔려
길바닥에 터져 죽는다

45) 최동호, 『인터넷시대의 시 창작론 2』, 고려대학교출판부, 2002, p.12.
46) 최순열, 앞의 논문, 1987, p.46.

먼지 속에 썩어가는 어린 게의 시체

아무도 보지 않는 찬란한 빛

— 김광규, 「어린 게의 죽음」 전문[47]

배경은 시장이다. 바닥이 질퍽거리는 끈적끈적한 생과 닮은 시장 한 가운데에서 게거품을 내뿜으며 헛발질을 해대는 게들은 암담한 생에서 탈출하려는 인간의 모습과 흡사하다. 더구나 어미를 따라온 어린 게, 어미(큰 게들)는 새끼줄에 묶여 있는데, 어린 게는 홀로 그 주위를 방황한다. 눈을 씻고 찾아봐도 '바다의 자유'와는 사뭇 다르다. 아무것도 모르는 어린 게, 아무도 모르는 어린 게의 죽음, 그런 어린 게는 아무도 찾지 못하는 곳에 홀로 찬란한 빛을 내며 썩어 간다. 아무도 모르지만 이런 서글픈 생은 잠시 왔다가 사라진다는 것을, 그리고 그 어린 게에게도 '눈을 세워 사방을 두리번거리'며 찾고 싶은 어미 게와 함께 했던 '바다의 자유'가 있었다는 것을 표현하고 있다.

이 작품에서 학습자(독자)는 각자의 시적 세계관에 따라 시적 화자에 대해 설정의 차이를 확인할 수 있다. 수용미학(受容美學)이 출현한 이후, 일반적으로 작가가 창작해 놓은 그 상태를 '텍스트(text)'라고 부른다. 그리고 독서 과정에서 독자에 의해 재생되는 텍스트를 작품(work)이라고 부르면서 생산자의 텍스트와 수용자의 작품을 구별한다.[48] 더욱이 매스미디어의 보급으로 시 창작 주체와 시 향유 주체의 직접적인 경계가 없어진 시점에서 상호 영향이 가능한 수용자(학습자)에게 작품에 대한 주체적인 감상방법을 제시하는 것은 서정적 장르인 시 텍스트의 올바른 교육방법인 동시에 학습자의 수용 능력을 신장시킬 수 있는

47) 김광규, 『우리를 적시는 마지막 꿈』, 문학과지성사, 1979.
48) 고영근, 『텍스트 이론—언어문학 통합론의 이론과 실제』, 아르케, 1999. pp.10~15. 참고.

기본적인 방안이라 볼 수 있다. 기존 텍스트에 대한 분석을 설명하지 않더라도 학습자는 텍스트를 이해하는 데 어려움이 없다. 어린 게를 죽인 것이 왜 하필 '군용 트럭'인가. 장보러 나온 엄마의 사소한 헛발질도 아니고, 성실하게 움직이는 배달원의 자전거 바퀴도 아니다. 이 시를 쓴 시인이 가진 세계관에서 어린 게를 죽이는 것은 '군부 독재 세력'이라는 작은 암시를 가진다. 그 '군용 트럭'이라는 시어 덕분에 어린 게는 단순한 삶의 일면이 아닌, 새로운 상징물로 대치될 수 있는 것이다. 새끼줄에 묶여온 게들은 민주화 운동을 하다 잡혀온 '반독재 투쟁가들'[49]이라 할 수 있고, 군부에 대항하는 큰 게들은 가여운 희생양이 되기도 한다. 학습자의 수용방법과, 교수자의 교육방법과 정확한 텍스트의 선별이 함께 통합되면서 자유롭고 능동적인 학습자의 감상으로 연결되는 것이다.

그러나 1990년대 중반을 넘어가면서 끊임없이 변화하는 시기에 개별화, 개인화된 미시담론의 팽창으로 시문학에 대한 선별 기준 역시 모호해졌다. 특히 개개인에게 보편화된 컴퓨터 생활로 시 창작의 활성화는 진행되었지만 시문학의 공급 과잉 현상을 초래하기도 하였다. 그 여파로 문예창작과 교수자나 학습자 모두는 '시 텍스트의 선별'[50]에서부터 텍스트로의 접근방법과 수용방법 등이 고려되는 것은 물론이고, 교육적 차원에서 거시적 조망 아래 교육의 목표와 시적 특성을 밝히고자 한 논의들을 진행시켜야만 했다. 창작교육에서 학습자의 세계관은 교수자의 세계관에 따라간다고 해도 과언이 아니다. 따라서 교수자가 제시하는 세계관에 따라 학습자는 텍스트를 향유하는 시각을 정립하게 된다. 오늘날 많은 젊은 시인들은 이 문제를 심각하게 생각하지 않

---

49) 이지엽, 『시창작강의』, 고요아침, 2005, p.52.
50) 위의 책, p.45.

지만 적어도 학습자 자신은 무엇을, 어떤 사유와 목적을 위해, 어떻게 창작하려 하는지를 명확히 인지해야 하기 때문에 교수자를 통한 시 창작교육방법론에 대한 실제적 효용성까지도 대두되기 시작했다.

창작교육은 창작과 교육의 합성어이다. 또한 문학창작은 문학과 창작의 합성어이다. 창작은 문학을 이해하고 향유하는 데서 출발하므로 문학교육에서 한 단계 더 나아간 위치에 놓여 있다고도 볼 수 있다. 문학창작교육이론에도 문학창작 쪽에서 바라보는 교육이론과 교육 쪽에서 바라보았을 때 제시되는 교육이론이 있다. 문학창작 쪽에서 바라본 창작교육이론은 무엇을 가르치고 어떻게 활용할 것인가에서 파악되는 교육이론이며, 교육 쪽에서 바라본 창작교육이론은 어떻게 가르칠 것인가의 문제이다.[51] 이러한 시창작교육의 연구와 실천에 따른 문제는 1971년에 발표된 에이브럼즈(Abrams. M. H)의 『The Mirror and the Lamp』와 접목시켜 정리할 수 있다. 에이브럼즈는 문학에 대한 세계 인식 방법을 네 가지[52]로 분류한 바 있는데, 이 네 가지 분류를 교육 쪽에서 접근하여 문학창작교육이론과 접목시켜 정리하면 다음과 같은 교육론의 틀을 제시할 수 있다.

---

51) 차호일, 『현장중심의 문학교육론』, 푸른사상, 2003, p.78. 참고.
52) Four elements in the situation of a work of art are discriminated and made salient, by one or another synonym, in almost all theories which aim to be comprehensive. Frist, there is the work, the artistic product itself. And since this is a human product, an artifact, the second common element is the artificer, the artist. (……) this third element, whether held to consist of people and actions, ideas and feelings, materal things and events, or super—sensible essences, has frequently been denoted by that word—of—all—work, 'nature' ; but let us use the more neutral and comprehensive term, universe, instead. For the final element we have the audience : the listeners, spectators, or readers to whom the sork is addressed, or to whose attention, at any rate, it becomes available. M.H. Abrams, 『The Mirror and The Lamp』, London, Oxford Univ. Press, 1971, p.6.

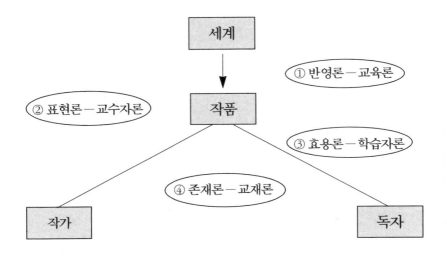

①반영론－교육론

작품을 현실과 관련시켜 파악하는 방법이다. 한국 전쟁 이후 1990년
대까지의 현대시 흐름을 정리하고 해석하기에 가장 수월한 방법이다.
작품은 현실 세계의 반영이라고 보고 작품을 이해하기 위해서는 재현
된 대상과 그 현실 세계를 병치시켜 비교·대조하고 사회적 요인이 작
품에 끼친 영향과 요인을 파악해야 한다는 것이다. 따라서 사회성의
구현 여부와 작품내 사건의 개연성 여부가 중요하다는 이론이다.

이것은 문학교육이론에서 교육론과 일치한다. 문학교육은 문학이 향
유되고 있는 세계를 의도적으로나 비의도적으로도 반영하고 있는 것
이다.[53] 문학이 현실의 실용적 수준을 넘어선 창조적 산물임을 명시한
다면 현실적인 세계를 탈피할 수 있다는 관점도 있지만, 구체적인 체
험적 상상력의 한계와 인지적 소통을 전제로 하기 때문에 교육론의 범
주에서 교육이 이루어진다.

---

53) 문학교육은 자기 체험을 통해 비의도적으로 이루어질 수 있는 이유는 문학의 속성에서 찾을
수 있다. 구인환 외, 앞의 책, pp.56~62. 참고.

② 표현론 - 교수자론

창작 주체는 작가(학습자)이다. 작품은 작가의 체험과 사상, 감정 등 전지적인 사실과 매우 밀접한 관련이 있다. 인간이 가진 표현의 욕구를 감안한다면, 작품을 쉽고 빠르게 이해하기 위해서는 작가의 의도를 파악하는 것이 가장 중요하다는 이론이다.

이것은 문학교육이론에서 교수자론과 일치한다. 교육 현장에서 실행되는 교육 방향은 전적으로 교수자의 노력과 방법론에 따라 결정된다.[54] 이것은 문학교육에 있어 교수-학습이 문학 또는 개별 문학작품에 대한 감상과 해설을 통해 단순히 학습자에게 전달하고 수용을 요구하는 것이 아니다. 학습자의 적극적이고 능동적인 작품 해석과 비평 활동을 이끌어내야 하는 교수자의 역할에 초점을 두었다. 즉, 교수자가 가진 문학관이 문학교육의 향방을 결정하게 되므로, 교수자는 끝없이 새로운 교수 방법을 개발하고 문학적 감수성과 문학 지식의 습득을 겸하는 전문성과 창조자적 사명감을 갖고 있어야 한다.

③ 효용론 - 학습자론

독자는 작품을 읽으면서 1차적으로 미적 쾌감을 일으키지만, 궁극적으로는 작품으로 인해 인생에 대한 교훈적 측면에 영향을 받는다.[55] 이는 작품이 독자에게 일으킨 감동의 효과를 통해 문학을 인식하는 관점을 뜻한다. 이러한 관점은 독자의 감상에만 치중하여 오류를 가져오기

---

54) 문학교육의 목표와 학습자의 도달점 행동 설정, 학습자의 출발점 행동과 배경 지식 확인, 학습 내용 요소의 확정과 교재 구성, 교수·학습 방법의 구안과 교구의 준비, 학습 평가 및 피드백 등을 포함한 가장 효율적인 교수·학습 체제 조성의 책임자는 문학 교사이다. 김봉군, 「문학 교육의 기본 과제」, 『선청어문』 제26집, 서울대학교 사범대학 국어교육과, 1998, pp.67~73. 참고.

55) 아리스토텔레스가 "비극은 연민과 공포를 통해 감정의 카타르시스를 행한다."라고 한 것이 대표적 효용론의 관점이다. 차호일, 앞의 책, p.81.

도 하지만 문학은 곧 사회적 산물이라는 측면을 고려해 볼 때, 문학에 대한 인식방법에서 빠뜨릴 수 없다.

이는 곧 문학교육이론에서 학습자론과 연결된다. 문학교육 역시 학습자로 하여금 문학을 향유하여 총체적으로 삶의 질을 향상시키고, 인간성 상실의 현대사회를 변화시키고자 하는 데 궁극적인 목적이 있다. 또한 창작교육은 학습자에 의한 문학교육의 일환으로 학습자 주체로 이루어지는 감상과 수용, 이해와 표현의 종합적인 행위임을 명시하면서, 학습자의 문학적 반응을 강조하여 문학적 표현 활동을 의도하는 것이다. 현행 제7차 교육과정이 다각도로 변모해 가는 세계화·정보화 사회에서 21세기를 주도할 인재 양성을 위한 새로운 교육방법을 제시하고 있다는 점을 감안할 때, 앞으로 문학은 인문 교육의 목표인 '인간화 교육'에 공헌해야 할 것이다.

④존재론─교재론

작품을 다른 외부 조건과 결부시키지 않고 독립적인 존재로 탐구하는 관점이다. 이는 다른 관점과는 다르게 외부적인 요인들을 모두 배제하고 단지 작품 내재적인 요인들만을 중시한다는 점에서 변별성을 가지고 있다. 따라서 시작품에서는 작가와 발표 연도 등을 배제하고 시의 운율이라든가 비유, 상징, 구조 등만을 분석한 형식주의적 관점이라 볼 수 있다.

이는 문학교육이론에서 교재론과 결부된다. '즉, 하나의 텍스트는 자율적이고 구조적인 기호 체계일 뿐만 아니라 의미를 독자적으로 무한히 증가시킬 수 있는'[56] 상대적인 자율성이 있으므로 독립적으로 존

---

56) 서혜련, 「시 텍스트에 대한 기호학적 접근 방법 연구」, 전북대학교 대학원 박사학위논문, 1992, p.167.

재해야 한다는 것이다. 물론 교육 교재는 교육 현장에서 직접적으로 교육을 실행하는 교수자의 의견보다 교재 편찬자의 인식 패러다임과 교육 철학 등이 주로 반영되기는 하지만, 시대적 요청에 따라 변화한다. 또한 학습자들의 학습 발달에 따른 텍스트가 구성되고, 이 모든 작업이 단일 작업이 아닌 학계에서 펼쳐지는 공동 작업이라는 장점을 감안한다면, 교재론 역시 교육이론에 접근하는 균형 잡힌 관점이라 볼 수 있다.

여기에서 하나를 더 덧붙인다면 문학교육이 아닌, 문학창작교육이므로 ⑤도구론을 들 수 있다. 현재 학교 수업은 더 이상 종이에 문자로 인쇄되어 있는 매체로만 이루어질 수 없는 것이 현실이다. 이런 상황에서 국어교과가 전통적인 방법만을 고수해서도 안 되지만, 정제되지 못한 실험적인 교육방법만을 제시할 수도 없다고 본다. 텍스트와 영상, 다양한 매체를 통해 학생들의 욕구를 충족시키며 교사의 학습 효율도 높이고, 수업에 대한 적극적이고 능동적인 참여를 유도해 창작활동으로 연결할 수 있는 바탕을 마련하여야 할 것이다.

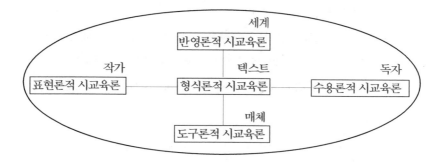

작가[57]가 가진 명확한 시적 세계관의 확립은 곧 독자의 이해와 연결되어 그 작품이 가진 정당성을 찾게 되는 것이다. 즉, 작가가 가지고 있는 시적 세계관에 따라 작가가 창조해내는 문학작품은 내포하는 의미가 달라지고, 그것을 향유하는 독자의 시적 세계관에 따라 다시 문학작품이 표현하고 있는 의미가 달라진다는 것이다. 따라서 교수자는 작가를 희망하는 학습자에게 시적 세계관의 확립에 대한 중요성을 인지시키고 그 확장에 대해 강조할 필요가 있다. 이때, 교육과정에서 시 작품은 고정불변의 해석이 아닌, 모든 관점이 소통되는 관계를 형성하고 인간정신을 '탐구하는 학문이자 역동적인 예술행위'[58]라는 것을 간과해서는 안 될 것이다. 제공하는 관점(작가)과 향유하는 관점(독자)에서 문학은 각기 다른 모습으로 정립·유지될 수 있기 때문이다. 그러므로 문학교육도 역시 이러한 두 가지 측면이 모두 고려되어야 할 것이다. 특히 정보화와 문화산업의 중요성으로 대표되는 시대 변화는 문학의 연구와 창작에 직접적으로 영향을 미치고 있다. 그러나 이러한 교수자가 가진 작품에 대한 이해의 차이는, 작가가 의도하였든 의도하지 않았든 작품과 독자의 사이를 떨어뜨리는 결과를 초래하게 된다. 따라서 시를 이해하기 위해서는 시인의 세계관과 독자의 세계관이 최대한 밀접하게 연계되어야 할 것이다.

따라서 문학창작교육은 문학창작을 교육할 수 있다는 전제에서 출발해야 한다. 능동적인 텍스트의 생산에서 서로 영향을 주고받은 상호작용을 통해 문학창작교육방법의 주체, 객체, 대상(텍스트), 도구라는

---

57) 여기서 언급하는 작가는 창작의 주체인 학습자이기도 하고 교육자인 교수자를 지칭하기도 한다. 또한 뒤에 나오는 독자 역시 창작 결과물을 향유하는 학습자이기도 하면서 학습자의 결과물을 향유하는 교수자일 수 있다. 공급자이면서 동시에 소비자가 될 수 있는 역할의 유형에 대해서도 이해가 선행되어야 할 것이다.
58) 김수복, 「문학 공간답사와 문학교육」, 김수복 편저, 앞의 책, p.60.

모형이 설정될 수 있다. 그리고 전체를 아우르는 문학창작교육은 총체적인 가치 체계인 이 다섯 변수의 합이 최고점에 이르렀을 때, '총체적인 문학행위의 한 양상'이라는 전제에서 창작교육의 성패가 좌우될 수 있다.

2) 시 창작방법의 시 창작교육방법화 과정

시 교육은 학습자가 주체가 되어 시를 감상하고 능동적으로 창작할 수 있는 능력을 기르는 데 목적이 있다. 당연히 시 창작 주체 역시 학습자이다. 따라서 시 교육은 학습자가 시 창작을 위해 주체적 자아계발에 도달하는 과정임 셈이다. 시를 쓰고 문학을 향유한다는 것은 자신의 언어, 언어가 지닌 의미, 의미의 사고, 행동 즉 총체적 삶과 이어질 수 있다. 특히 시 장르는 사고에 의한 영역인 동시에 무엇보다 학습자의 독창적이고 주관적인 영역이라는 점이다. 그런 사고를 시는 이미지화나 은유화를 통해 사물에 대한 시적 자아의 일정한 감정 상태를 압축과 상징의 언어로 표현해내게 된다.

따라서 학습자는 새로운 시어의 사용을 통하여 일상어의 용법인 일상적, 관습적 표현을 넘어선 낯선 의미[59]로 접근하기도 하고, 직접 의미를 창출해내는 등 향유할 수 있게 된다. 쉬클로프스키는 일상어가 가진 자동화된 의미에서 일탈하고자 〈낯설게 하기〉라는 용어를 사용하여 시적 언어를 일상어에서 분리했다. 시어가 애매하고 시를 해석하는 것이 어려워진 이유는 언어가 가진 일상어의 의미에서 시적 언어의 의

---

59) Victor Erlich, 박거용 역, 『러시아 형식주의』, 문학과 지성사, 1983, pp.98~99.

미로 일탈해 있기 때문이다. 또한 학습자는 새로운 의미를 부여받는 시어를 포함해서 음운, 단어, 문장 부호까지 모든 언어행위는 시적 장치에 포함될 수 있다. 이것들이 모여 리듬을 만들고, 은유와 상징을 통해 이미지화로 전개되는 모든 과정까지 미적 장치에 속하는 일이다. 따라서 시를 창작하는 데 있어서 창작자의 확장된 사고를 독창적인 기법으로 전개하는 일련의 과정이 창작의 기본적 소양이면서 동시에 가장 중요한 부분임을 인식해야 한다.

이처럼 세계의 변화에 따라 대학교의 문예창작과 학습자에게 요구되는 현실과 그에 따라 변화되어야 하는 교수자의 교육방법 또한 빠른 속도로 진화하고 있다. 이러한 변화의 실체를 분명히 인식하고 능동적으로 받아들이며, 앞으로의 변화를 주도해 나갈 학습자에게 제공되는 교육 방향 역시 변화하는 것은 당연한 시대적 요청이다. 전통적인 문학의 의미를 유지하면서 학습자와의 공감대를 형성할 수 있는 교육방법의 변화는 반드시 유념하고 실현해야 할 사안이라고 하겠다. 지나치게 학습자의 창작행위에 대한 개인성과 주관성을 거론하면서 교수자의 역량에만 초점을 둔 교육방법의 단점이 야기되면서, 이제 가르치는 과정은 기본적으로 체계와 논리를 바탕으로 한 주관과 객관을 모두 수용하는 하나의 접점으로써 '창작론 및 창작교육의 이론화의 필요성'[60]이 제기되고 있다.

이러한 필요성에 의해 최두석은 〈시 창작 교육자의 소양〉으로 두 가지를 들었다. 하나는 학습자의 입장을 이해하고 대화의 수단을 만드는 것이고, 다른 하나는 '학습자의 정신의 도야와 함께 운문의 형태로 자신의 진심을 적절히 표현할 수 있게 돕는 일'[61]이라고 했다.

---

60) 심재휘, 「시창작교육방법론」, 『어문논집』 제42집, 암암어문학학회, 2000. 8, pp.134~135.

이러한 견해에 우한용은 학문적인 조건을 갖추었을 때라야 대학에서 가르칠 만한 조건이 충족된다고 하면서, 궁극적으로 대학교에서의 이론화된 창작교육방법론에 대한 필요성을 주장하고 있다.[62] 이러한 시 교육의 연구와 실천에 따른 변화는 바로 문학교육적 지향점을 확고히 하여야 독보적인 시 장르의 영역과 사유가 가진 설득력을 실제 학습자를 통해 정당화할 수 있을 것으로 예상된다. 시 창작교육에서 교육 목표를 설정하는 것은 중요하다. 물론 교수자의 상황에 따라 목표는 다를 수 있다. 그러나 교육수업이나 창작의 기초과목, 나아가 창작과목까지도 학습자의 어떤 목표에 집중하느냐에 따라 교수자의 교육방법에 차이를 가지게 된다. 따라서 교수자는 자신의 시 창작수업의 의미를 제대로 정립하고 학습자에게 인지시켜 수업의 목표에 접근할 수 있도록 해야 한다.

이 같은 문제의식을 전제로 본 연구에서는 시 창작방법에서 출발하여 시 창작교육방법으로 접근해 보고자 한다. 그에 대한 구체적인 방법론은 다음과 같다.

첫째, 시 창작 영역에 대해 기능이나 가치를 현대적 의미로 확장·재해석하기 위해 학습자의 '시적 상상력을 확장'[63]시켜야 한다는 것이다. 시 장르에 대한 인식을 확장시키는 차원으로, 시적 착안에서부터 전개의 모든 과정에 대한 상상력 확장의 방법을 모색한다. 즉, 작품을

---

61) 최두석 「창작지도를 어떻게 할 것인가」, 김은전 외, 『현대시 교육론』, 시와 시학사, 1996. pp.327~329. 참고.

62) 우한용, 「소설 창작의 이론화 가능성 탐색」, 『현대소설연구』제10호, 한국현대소설학회, 1999. 6. p.8.

63) 상상력은 전혀 이질적인 것을 종합하여 새로운 의미로 창조해낼 수 있는 힘을 갖고 있기 때문이다. 예를 들자면, 시적 상상력은 오늘날 관심사인 동충하초식 사고나 퓨전식 사고, 또는 시너지 효과를 갖게 하는 데 결정적인 역할을 할 수 있다. 이상호, 앞의 글. p.172.

현실과 결부시켜 학습자가 통합적인 구조물로 인식하도록 유도하는 방법이다. 이러한 시적 상상력의 확장 부분은 시 장르를 포함한 모든 문학, 더 넓게는 변화하고 있는 문화를 이해하고 창작 영역으로 끌어들이는 데 가장 기본이 되는 정신 영역이 될 수 있다. 이런 점에서 우선 '시적 상상력의 확장'에 초점을 둔다.

둘째, 시문학의 소통수단은 문화와 더불어 활자매체 사용에서 매스미디어의 활용이라는 범주로 대폭 개방하고 확장해야 한다는 점이다. 특히 디지털 시대에는 무엇보다 풍부한 자료를 통합하여 유용한 정보로 새롭게 재창조해낼 수 있는 능력이 가장 효과적인 가치를 만들어낸다는 것을 인식하고 학습자에게도 그 활용도에 대한 교육이 이루어져야 할 것이기 때문이다. 따라서 시적 상상력의 확장을 기본으로 한 정신활동을 활용하고, 컴퓨터를 주축으로 하는 디지털 매체가 가진 특성을 소재로 인지하여 시도된 시 창작방법에 대해 집중할 필요가 있다.

셋째, 시문학은 이제 창작자의 사색만으로 이루어지는 영역이 아니다. 이는 모든 학문의 기저로서 언어적 표현력의 완성, 상상력의 세련과 확장 및 풍부한 경험(제재 또는 콘텐츠의 원형) 등이 모두 포괄될 수 있기 때문이다. 따라서 공감각으로 느낄 수 있는 모든 영역과 연계하여 시 교육을 효과적으로 진행시킬 수 있다. 이런 목적을 위하여 많은 시 교육방법이 제시될 수 있는데, 그 중 본 연구에서는 학습자의 감성 능력을 효과적으로 활용하기 위하여 문학작품이 가지고 있는 공간에 대한 인식을 넓히는 교육방법을 모색한다. 대학교 문예창작과에서 쉽게 활용할 수 있는 문학공간 답사를 활용하는 방법은 학습자가 직접 공간을 경험함으로써 앞에서 제시한 시적 상상력의 확장을 수월하게 진행할 수 있고, 학습자가 가지고 있는 영상 세대적 특성에 맞게 각종 멀티미디어를 활용할 수 있는 창작 방향을 제시함으로써 흥미를 유발시키는 이상의 교육 기대 효과를 창출해낼 수 있을 것이다.

제3장 시 창작방법의 유형과 분석

시 창작방법의 유형과 분석

　우선 시 창작교육에 대한 방법을 거론하기에 앞서 현재 이루어지고 있는 시문학의 창작방법을 개괄하는 것이 선행되어야 할 것이다. 시문학은 단순히 언어의 집합체가 아니라 현실에 속해 있는 인간이 만들어내는 재인식과 반성이며, 더 나아가서는 변화되고 싶은 주체의 욕구의 발현체로 볼 수 있기 때문이다. 따라서 시문학은 시대와 문화에서 영향을 주고받는 상호관계에 놓여 있음으로써, 교육 역시 그 시문학이 가진 특성을 잘 이해하고 활용해야 효과적인 결과에 도달할 수 있을 것이다.

　1990년대 시문학의 담론은 크게 네 가지로 분류할 수 있다. 첫째, 거대담론이 미시담론화되면서 새롭게 선보인 신서정시의 등장과 더불어, 둘째, 컴퓨터의 보급으로 통신문화적 신세대풍을 가진 문학의 무게가 전반적으로 가벼워지는 성향을 보이게 된다. 셋째, 그동안 남성문학에서 소외되었던 여성문학이 활동 영역을 찾으면서 여성시의 대중화로 인해 공급의 급증을 보이며, 넷째, 급변하는 사회에서 자연으로의 회귀를 지향하는 생태시 등장 등으로 개괄할 수 있다. 특히 개별화, 여성화로 치닫는 미시담론과 신서정시의 급증은 전통 서정시의 형태를 이어받으면서도 시인이 가진 시적 상상력의 영역을 확고히 넓혀 갔다. 또한 신세대풍의 시문학은 유비쿼터스(ubiquitous) 시대의 문화와 맞물려 인간의 생활을 편리하게 하는 데 기여했지만, 동시에 인간 외적인 요소인 주위 환경을 심하게 파괴하였다.

이러한 파괴와 충동 속에서 문학의 긍정적인 사고의 한 형태로 생태문학을 통해 사유의 노력을 이어 나갔다. 이러한 전체 시문학의 흐름을 바탕으로 본 3장에서는 1990년대의 현대시 창작방법의 유형을 세 가지로 분류한다. ① 시 창작활동에 가장 기본이 되는 시적 상상력의 확장에 초점을 맞춘 시 창작방법 유형이다. 여기서는 문학작품에서의 시적 상상력의 적용 범위와 그 유형을 분석하고 상상력 확장의 기대 효과를 살펴본다. ② 주요 문학소통의 변화에 따른 시적 기법의 확장에 초점을 맞춘 시 창작방법 유형이다. 1980년대부터 계속 시도되어온 시 창작기법의 유형들을 살펴보고 이러한 시도에서 확장되는 기대 효과를 살펴본다. ③ 문학작품에 접근할 수 있는 과정인 시적 경험의 확장을 활용한 시 창작방법 유형이다. 답사 경험과 디지털 매체 경험을 통하여 확장되는 창작방법의 유형을 살펴보고 그 기대 효과나 발전 가능성을 예측하고자 한다.

1

상상력 확장을 활용한 시 창작방법

1) 문학작품의 상상력과 확장성

시대는 농경사회에서 산업사회를 거쳐 이제 '정보와 지식을 중시하는 정보화 사회'[1]로 진화되고 있다. 진화된 정보화 사회에서 1990년대의 시는 '세기말적 불안과 휴머니티의 상실'[2]이라는 위협에 직면한다. 즉, 계급·민족·계몽·진지성 등이 소재의 대상이었던 시문학은 탈계급·탈민족·탈계몽·탈진지성(가벼움) 등 탈(post)에 대한 관심으로 변모되면서 새롭게 그 형태를 갖추기 위해 노력했다. '낡고 억압적이었던 1980년대의 거시적 시문학'[3]에서 해방되어 1990년대라는 미시적 세대론을 구축하고자 했다. 역사철학이나 거대서사에 의존하지 않고,

---

1) 손종호, 「21세기의 시 창작 혁명」, 『인문과학논문집』, 대전대학교 인문과학연구소, 2001, p.199.
2) 박주택, 『반성과 성찰』, 하늘연못, 2004, p.95.
3) 윤지관, 「90년대 정신분석 : 문학담론의 징후읽기」, 《창작과비평》, 1999. 여름, p.81.

개인의 정체성 확립이나, 지극히 개인적인 유년시절의 기억, 체험 등을 소재로 한 작품들이 많이 발표되어졌다. 이런 작품은 독자들에게 작가에 대한 주관적 정의가 세워지면서 독자와 작가의 거리를 좁히는 새로운 관계가 형성되기에 이른다. 즉, 주관화된 공감대의 형성으로 보다 인간적인 차원에서 작품을 이해하고자하는 패러다임까지 만들게 된다. 이처럼 독자가 가지고 있는 주관적 다양성은 문화는 물론 문학에서도 커다란 인식의 전회를 주도하게 되었다.

시문학의 미시화는 창작 주체의 인문적 사유에 초점을 두고 있다. 이러한 관점에서 주체가 가지고 있는 상상력이라는 것은 인간이 사회에 적응하고 융화될 수 있는 모든 정신활동을 뜻할 수 있다. 정신활동에서의 상상은 고정되고 한정될 수 있지만, 이런 상상에 시간과 공간의 질서를 부여하여 선택이라는 말로 표현하는 의지의 경험적 현상과 혼합하여 만들어내는 일체의 과정이 바로 상상력의 발현인 셈이다. 시적 상상력을 활용한 문학적 경험을 통하여 '정신적 가치에 관한 깊은 이해와 통찰력을 체득'[4]할 수 있는 기회로 활용할 수 있다.

> 시(poesise)는 단순히 사물을 모방하거나 시인의 자아를 표현하는 작업이 아니다. (……) 시는 언어나 그 언어를 부리는 시인 이전에 이미 존재하며 또 개별적인 사물과 세계 이전에도 존재할 수 있다. 사물과 세계는 오히려 시에 의해 비로소 하나의 연속적인 전체로서 존재할 수 있는 그 어떤 것이라고 해야 한다.
>
> ─김진수, 「서정시의 지평과 새로운 모색」[5] 일부

---

4) Robert Whitehead, 신헌재 역, 『아동문학교육론』, 범우사, 1992, p.7.

시문학에서의 주체가 가진 시적 상상력은 시 창작 영역을 결정짓는 중요한 기준이 된다. 상상력이란 문학을 포괄한 세계를 전체적으로 사유하는 힘이다. 즉, 상상력은 의식/무의식, 이성/감성으로 구분하여 상호간에 기능적인 모순성을 강조하는 일차적인 습득 기관인 이성에 의한 분석적 판단을 통해 생성되는 것이 아니다. 인간이 가진 능력 중 통합적이고 종합적인 정신/영혼을 통해 습득된 능력으로 정의해야 한다. 상상력(imagnation)은 이마고(imago)라는 "표상, 모방"과 이미토르(imitor)라는 "모방하다, 재생하다"와 깊은 관련을 맺고 있다. 모방과 재생은 현상학적 차원뿐만 아니라 정신적 판단을 반영하고 있다. 끊임없이 현상이 가진 이미지를 판단하고, 모방하고, 재생하는 반복 능력이다. 따라서 상상력이 확장되고 적용되는 세계는 그 전체성 속에서 바라본다는 뜻이다. 사물이 가지고 있는 개념에 적용되는 모든 시어들이 지시하고 전달하는 것이 바로 상상력이 가지고 있는 '이미지의 힘이자 사명'[6]인 셈이다.

　따라서 상상력을 통한 시 창작활동은 모두 환상성[7]을 포함한 영역에 속한다라고도 볼 수 있다. 환상적(Fantastic)이라는 단어는 라틴어 phantasticus에서 나온 말이다. 그것은 그리스어에서 파생된 단어로, '가시화하다, 명백하게 하다'라는 의미를 가진다. 이러한 일반적 의미에서 볼 때 모든 상상적 활동은 환상적이며, 따라서 모든 문학작품은 환상물이 된다. 그러므로 상상력은 환상성과 함께 정의되어 '신화, 전설, 민담이나 동화, 유토피아적 알레고리, 몽상, 초현실주의 텍스트, 공상과학 소설, 공포물 등 사실적 재현[8]'을 우선시했다고 볼 수 있다.

5) 김진수, 「서정시의 지평과 새로운 모색」, 《문학과사회》, 2001. 겨울, p.1531.
6) Mircea Eliade, 이재실 역, 『이미지와 상징』, 까치글방, 1998. p.24.
7) Rosemary Jackson, 서강여성문학연구회 역, 『환상성―전복의 문학』, 문학동네, 2001. p.23.

환상성을 포함한 작품에서 전달되는 언어는 언어가 가진 성질인 씨니
피앙보다 씨니피에에 초점을 두고 있다. 시어가 품고 있는 환상적인
내면성이란 공급자의 한계에 구애받지 않고 자유롭게 수용자에게까지
전달되고, 수용자의 상상력의 한계를 제한하지 않고 인식될 수 있다는
것이다. 즉, '누가 말한다는 것은 중요치 않다'(베케트)는 것처럼 수용
미학의 중요성을 입증해 주고 있다. 상상력이란 주변의 세계가 제시하
는 환경과 한계보다 자신 스스로가 가진 독자적인 경험[8]에서 형성되기
때문이다. 이러한 작가의 경험에 의하여 창조된 작품이 가장 독창적이
라고 평가될 수 있다. 이를 몇 가지 유형을 통하여 살펴보고자 한다.

2) 시적 상상력의 확장 유형 및 분석

(1) 언어 재해석의 확장

시의 주제는 시의 소재나 문맥 속에 있지 않을 수도 있다. 객관적 상
관물인 실체가 존재하고, 그 실체를 바라보는 시적 화자의 각도에 따
라 작품이 가지는 시적 상상력이 형성된다. 따라서 시인의 말은 사물
을 바라보는 각도에 따라, 화자의 위치에 따라, 혹은 확장하여 독자에
게 수용되어 이해되는 관점에 따라 충분히 비유적인 시적 상상력을 가
질 수 있다. 즉, 지금까지 이해되지 않고 있던 사물의 관계를 명백하게
하고, 관계의 이해를 영속화하고, 마침내 그 관계를 기호로 되어 버린
다는 것이다. 따라서 시의 안과 밖, 객체와 주체, 발화자와 수신자 사

---

8) 위의 책, p.24.

이의 길트기, 상호소통의 기의가 될 수 있다는 것이다. 콜리지
(Coleridge)는 이처럼 시인이 가지고 있는 상상력의 성질을 제1상상력
과 제2상상력을 구분하여 설명했다.

```
┌────────────────────────────────┐
│         제2상상력                │
│      경험 ― 인식의 세계          │
│   ╭──────────────────────╮     │
│   │      제1상상력         │     │
│   │   현실 ― 선험적 세계   │     │
│   ╰──────────────────────╯     │
└────────────────────────────────┘
```

제1상상력은 모든 인간이 살아 있는 힘이고 또 인간 지각의 최초의
작동자라고 주장한다. 그것은 '무한한 신' 안에서 영원한 창조 행위를
유한한 마음속에서 반복하는 것이기도 하다. 본능으로 질서의 가능성
을 믿고, 세상에 대한 지각을 정리하도록 의미를 부여해 주는 전제가
되는 정신활동이다. 이 부분은 칸트가 말한, 선험적인 세계에서 경험
을 통한 인식의 세계를 초월할 수 없다는 이성론과 같은 맥락이다. 그
러나 콜리지는 이 이성론에서 또 하나의 상상력을 상정하고 있다. 즉,
개개인의 지성으로 자연계를 표현하고 그 표현을 반복한다는 것 외에,
정신의 자율적인 의지 행위로 자연을 재창조한다는 것이다. 이 개인적
인 창조 행위를 바로 제2상상력의 발화라고 본다.

제2상상력은 전자의 반향이고 의식적인 의지와 공존하고 있으나 그
작용의 종류에 있어서는 제1상상력과 동일하고 단지 그 활동의 정도와
양식에 있어서만 다르다고 생각했다. 따라서 제1상상력을 재창조하기
위해 재구성, 재설정, 재인식하고 또는 그 과정이 불가능할 때에도 늘
이상화하고 통일을 하기 위해 노력하는 과정 자체가 제2상상력의 발현

인 셈이다.

그러나 콜리지 또한 상상력에 대하여 충분한 설명을 하지 않고 있다. 이것은 콜리지 자신의 명백한 정의가 없는 데 원인을 두고 많은 학자들이 그의 상상력에 대한 정의를 확립하여 다양한 해석을 시도했다. 그러나 콜리지 자신이 상상력에 대한 구체적인 설명이 불가능하다는 것을 인식하고 자기의 설명 또는 설득력이 부족하여 독자들이 '불평을 말할 권리를 가지고 있다'는 사실을 인정했다. 이러한 사실을 고려할 때, 상상력은 정립될 수 있는 한계를 가지지 않은 일종의 경험을 통한 정신 발화 현상인 것이다.[9]

시인은 늘 새로운 비유를 통해서 언어에 새로운 의미를 공급해야 한다. 이는 곧 시인이 가진 상상력을 확장시키는 것이며, 또한 그것을 향유하는 독자의 상상력에까지 영향을 미친다는 것이다. 시 창작은 상상력과 직접적 연관을 가진다. 그러므로 여타의 작품을 감상하고 상호텍스트성을 인식하는 단계 역시 시인이 가지는 능동적이고 적극적인 자세까지도 상상력의 확장에 포함시킬 수 있다.

지금 어드메쯤
아침을 몰고 오는 분이 계시옵니다.
그분을 위하여
묵은 의자를 비워 드리지요.

지금 어드메쯤
아침을 몰고 오는 분이 계시옵니다.

9) J. 엥걸·월터 J 베이트 편, 김정근 역, 『콜리지 문학평전』, 옴니북스, 2003, pp.443~454. 참고.

그분을 위하여
묵은 의자를 비워 드리겠어요.

먼 옛날 어느 분이
내게 물려주듯이

지금 어드메쯤
아침을 몰고 오는 분이 계시옵니다.
그분을 위하여
묵은 의자를 비워 드리겠습니다.

―조병화, 「의자」전문[10]

작품의 소재인 '의자'는 의자가 가지고 있는 일상적 의미에서 시인이 부여한 시적 상징 의미가 덧붙여진다. 작품에서 '의자'의 시적 상상력은 일상어인 '의자'가 가진 사물의 개념에 시인의 개별적 상징성이 부합된 경우이다. 따라서 여느 의자와는 다른, '먼 옛날 어느 분'에게 받은 '묵은 의자'는 평범한 '아침'과도 서로 대비될 수 있다. 즉, 시간의 흐름과 세대의 교체는 모든 것을 변화시킨다는 사실을 내포하고 있다. 그러나 변화되는 일상에서도 변하지 않는 '기다림'의 자세와 한곳을 비우겠다는 '여유'와 '배려'의 자세이다. 여기에서 '의자'는 시적 화자가 가진 삶의 자세에 대한 객관적 상관물로서 상징화되고 있다.

다음 두 작품을 조병화의 작품과 비교하면서, 공통된 객관적 상관물인 '의자'를 두고, 각각 작품이 가진 시적 상상력의 확장성을 분석해 본다.

─────────────

10) 조병화, 『시간의 숙소를 더듬어서』, 양지사, 1964.

(ㄱ)

극장에 사무실에 학교에 어디에 어디에 있는 의자란 의자는

모두 네발 달린 짐승이다 얼굴은 없고 아가리에 발만 달린 의자는

흉측한 짐승이다 어둠에 몸을 숨길 줄 아는 감각과

햇빛을 두려워하지 않는 용맹을 지니고 온종일을

숨소리도 내지 않고 먹이가 앉기만을 기다리는

의자는 필시 맹수의 조건을 두루 갖춘 네발 달린 짐승이다

이 짐승에게는 권태도 없고 죽음도 없다 아니 죽음은 있다

안락한 죽음 편안한 죽음만 있다

먹이들은 자신의 엉덩이가 깨물린 줄도 모르고

편안히 앉았다가 툭툭 엉덩이를 털고 일어서려 한다

그러나 한번 붙잡은 먹이는 좀체로 놓아주려하지 않는

근성을 먹이들은 잘 모른다

이빨 자욱이 아무리 선명해도 살이 짓이겨져도 알 수 없다

이 짐승은 혼자 있다고 해서 절대로 외로워하는 법도 없다

떼를 지어 있어도 절대 떠들지 않는다 오직 먹이가 앉기만을

기다린다

그리고는 편안히 마비 된다 서서히 안락사 한다

제발 앉아달라고 제발 혼자 앉아달라고 호소하지도 않는

의자는

누구보다 안락한 죽음만을 사랑하는 네 발 달린 짐승이다

—김성용, 「의자」 전문[11]

---

11) 《매일신문》 신춘문예 당선작, 2000.

(ㄴ)

병원에 갈 채비를 하며 어머니께서
한 소식 던지신다

허리가 아프니까
세상이 다 의자로 보여야
꽃도 열매도 그게 다 의자에 앉아 있는 것이여

주말엔 아버지 산소 좀 갔다 와라
그래도 큰애 네가
아버지한테는 좋은 의자 아녔냐

이따가 침 맞고 와서는
참외밭에 지푸라기도 깔고
호박에 돌도 받쳐야겠다
그것들도 식군데 의자를 내 줘야지
싸우지 말고 살아라
결혼하고 애 낳고 사는 게 별거냐
그늘 좋고 풍경 좋은데다
의자 몇 개 내 놓는 거여

—이정록, 「의자」 전문[12]

(ㄱ)은 2000년 신춘문예 당선작인 신인의 작품이고, (ㄴ)은 시인 이정록

---

12) 이정록, 『의자』, 문학과 지성사, 2006.

의 작품이다. 우선 두 작품의 공통점은 '의자'라는 사물에서부터 시적 상상력을 확장시켜 나간다는 것이다. (ㄱ)은 20세기 후반부터 문학에 팽배했던 '죽음' 미학으로 집약된다. 이 작품의 시적 상상력은 인간이 의자에 앉으면 일어나기를 거부하는 습성에 대한 반발에서 출발한다. 곧바로 화자는 세상의 의자란 의자는 모두 가지고 있는 일반적인 속성을 파악하고, 그 의자에 앉는 사람들은 모두들 의자의 편안함에 매료되어 일어나려 하지 않는 속성을 시적 상상력으로 확장시켜 전개시킨다. 그런 습성에서 출발한 상상력은 점차적으로 '의자에 엉덩이를 내어주고도 깨물린 줄 모르'는 어리석음과 그것을 결국 의자의 근성으로까지 연결하는 상상력의 풍부화 단계를 거치게 된다. 이때 시적 상관물인 의자라는 객체와 능동적인 주체인 인간이 가지고 있는 위치에 변형을 이루게 된다. 다시 말해서, 의자에 앉는 사람들은 객체가 되며, 그 객체를 능동적으로 놓아 주지 않는 의자는 주체가 된다는 뜻이다. 사람은 곧 의자의 먹이가 되고, 의자로 하여금 서서히 안락한 죽음에 이르게 된다. '의자란 의자는 모두 네발 달린 짐승'으로 결국 의자에 앉는 모든 것들을 '안락한 죽음'으로 이끄는 매개체가 된다.

(ㄴ)의 '의자'도 (ㄱ)의 '의자'처럼 그 사물이 가진 형태와 용도는 같다. 하지만 시적 화자가 바라보는 사물의 시각에 따라 전혀 다른 상상력으로 이미지화된다. 시적 상상력은 먼저 이 작품이 가지고 있는 '의자'의 개념을 설정한다. 이때 시인은 '의자'에 가족애를 이끌어오면서 완벽한 미시담론화로 규정짓는다. '허리가 아프니까 세상이 의자로 보인다'는 시적 상상력을 착안하여, 의자가 가지고 있는 일상적 관습으로의 사전적 의미가 아닌 시인의 상상력으로 본 '의자'를 설정하는 것이다. 이 설정된 개념에서 확장하여, 시인은 생활이 어려울수록 의자들이 더욱 분주할 것을 예측하며 의자를 다녀갔을 젊음과 그리움과 기대와 허

망 등을 자유롭게 연상한다.[13] 사람에게 한정된 '의자'라는 사물을 '참 외밭과 호박'에게까지 확장시켜 시적 이해의 폭을 넓히고 있는 것이다. 지극히 개인사를 이끌어내어, '병원에 갈 채비를 하는 어머니'와 '큰애 를 유독 좋아했던 아버지의 산소', '그늘 좋고 풍경 좋은 데다 의자 몇 개 내놓는 것이 결혼'이라는 정의까지 독창적인 상상력을 작품 전체로 이끌어내고 있다.

이처럼 위의 두 작품은 '의자'라는 공통된 언어를 개별적으로 재해 석함으로써, 시인 각자의 시적 상상력이 가지는 영역을 설정하고, 창 작방법의 유형을 확인할 수 있다. 이전에 발표된 시어의 해석을 답습 하는 단계에서 벗어나 또 다른 시어의 영역을 확보하기 위한 적극적인 도전을 의미한다. 또 한 편의 시작품을 예시로 들자면, 장정일의 시 「햄버거에 대한 명상」이다.

옛날에 나는 금이나 꿈에 대하여 명상했다
아주 단단하거나 투명한 무엇들에 대하여
그러나 나는 이제 물렁물렁한 것들에 대하여도 명상하련다

오늘 내가 해보일 명상은 햄버거를 만드는 일이다
아무나 손쉽게, 많은 재료를 들이지 않고 간단히 만들 수 있는 명상
그러면서도 맛이 좋고 영양이 듬뿍 든 명상
어쩌자고 우리가 〈햄버거를 만들어 먹는 족속〉가운데서
빠질 수 있겠는가?
자, 나와 함께 햄버거에 대한 명상을 행하자

---

13) 이재무, 「시가 있는 아침」 : 이정록의 「의자」, 《중앙일보》, 2005. 6. 25.

먼저 필요한 재료를 가르쳐 주겠다. 준비물은

(······)

이 얼마나 유익한 명상인가?
까다롭고 주의사항이 많은 명상 끝에
맛이 좋고 영양 많은 미국식 간식이 만들어졌다.

　　　　　　—장정일, 「햄버거에 대한 명상—가정요리서로 쓸 수 있게 만들어진 시」, 일부[14]

　장정일의 시적 상상력은 많은 사람들이 지적한 것처럼, 이전에 발표
된 작품들의 단아하고 보수적인 상상력을 변형시켰다. 뿐만 아니라,
그는 1980년대에 해체시를 쓴 대표적 시인인 박남철이나 황지우의 그
것과도 다른 방법을 구사하고 있다. 분명 그의 상상력은 러시아 형태
주의자들이 말하는 〈낯설게 하기〉의 전범을 보여주고 있으며, 1980년
대 시단에서 상당한 소격 효과를 창출하였다. 이 작품은 제목에서도
알 수 있듯 전체가 하나의 역설로 이루어져 있다. '요리하는 일, 즉 햄
버거를 만드는 일'이라는 물질적 행위와 '명상하는 일'인 정신적 과정
을 동급으로 놓는 새로운 시적 인식의 변화를 보여주고 있다. 우선 작
품은 이제 '단단하거나 투명한 것이 아니라 물렁물렁한 것에 대해 명
상하겠다'고 말한다. 여기서 시적 상상력(명상)은 '단단하고 투명한' 시
적 행위의 일반적 이미지로 규정되었으나 이것을 '물렁물렁'하다는 지
극히 유동적이고 감각적인 이미지로 대체된다. 햄버거를 만드는 과정
과 명상을 하는 과정이 나란히 전개되면서 명상이라는 정신적 과정이

─────────────

14) 장정일, 『햄버거에 대한 명상』, 민음사, 1987.

어떻게 햄버거 만들기라는 물질적 행위와 동일시될 수 있는지를 보여 준다. 이러한 대치 상황에서 명상 활동은 감각적으로 느끼는 성적 즐 거움과 동일시된다. '햄버거를 만드는 일'은 '잠자리에서 상대방의 그 곳을 만드는 일'이 된다. 이제는 '명상하는 일'이 '머리의 외피가 아니 라 머리 중심에 가득히' 온몸을 지배하게 된다. 그러므로 그 모든 행동 은 '가벼운 흥분으로 당신의 맥박을 빠르게 할 것'임이 당연하다. 소위 명상이라는 비물질적이고 정신적인 활동이 감각에 대해 초월해 있을 수 있는지에 대한 의문을 던지는 동시에 한편으로는 '미국'이라는 나 라로 표상되는 물질문명과 소비사회가 점차 우리나라에서도 번지고 있다는 행태를 '역설'이라는 방법으로 표현하고 있는 것이다. 정신과 물질, 햄버거와 명상, 감각과 머리 등 대조되는 것들을 동등하게 놓음 으로써 현 소비사회에 대한 부정적 이미지를 보여주는 이 시는 확장된 시적 상상력이 시에서 효과적으로 사용되고 있음을 확인할 수 있다.

언어의 개별적 해석은 자신만의 독자적인 작품세계를 구축해낼 수 있고, 새로운 창조를 위한 원천적인 정신활동의 모티프가 될 수 있고, 개인별로 다른 방식으로의 상상력 확장이라는 긍정적인 측면으로 접 근해야 할 것이다.

(2) 동화적 상상의 확장

상상력이란 정신활동의 일체를 뜻한다. 따라서 어떤 모티프를 가지 고라도 상상력에 영향을 끼칠 수 있다. 시 장르의 범위를 떠나서, 소 설, 동화, 각종 타 문학 장르를 대상으로 할 수도 있고, 그 이상의 문화 전반으로 범위를 확장시킬 수도 있다. 그 중 동화적 상상력이란, 시적 상상력의 모태를 동화적 모티프에 두고 확장시키는 것이다. 즉, 흔히 알고 있는 동화에서 출발하여 현실과 허구, 자연과 초자연의 경계를 허물어뜨림으로써 작품의 내용을 효과적으로 표현하기 위함이다.

그런 점에서 다음 작품들을 동화적 상상력 확장의 세 가지 형태로 분류하여 분석에 접근한다.

(ㄱ)

처음부터 파랑새는 아니었어 당신도 저런 새를 갖고 싶다면 좋은 방법을 알려주지 위험을 무릅쓰고 추억의 나라나 밤의 나라 따위를 헤맬 필요는 없어 우선 새를 잡아와 흔해빠진 참새라도 새를 잡을 정도로 민첩하지 않다고 그렇다면 새를 사오라고 그리고 남들이 모두 잠든 시간에 새의 주둥이를 틀어막고 때리란 말이야 시퍼렇게 멍들 때까지 얼룩지지 않도록 골고루 때리는 게 중요해 잘못 건드려서 숨지더라도 신경 쓰지 마 하늘은 넓고 새는 널려 있으니 오히려 몇마리 죽이고 나면 더 완벽한 파랑새를 얻을 수 있지 그리고 가족들 앞에서 말하라고 행복의 파랑새를 찾아왔다고 모두들 기뻐하겠지 물론 밤마다 새를 때리다 보면 둔해빠진 가족이라도 비밀을 눈치채겠지 걱정마 그 정도는 눈감아줄 거야 그리고 비밀 없는 행복은 하늘 아래 존재하지 않는 거야 뼛속 깊이 퍼렇게 골병든 행복 맞으면 맞을수록 강해지는 행복 처음부터 파랑새는 아니었어

—성미정, 「동화—파랑새」, 전문[15]

(ㄴ)

산다는 일이 뭐 뾰족한 일이 있으랴 넥타이 매고
소주잔 돌리며 지글지글 삼겹살이나 뒤집는 일 외에

---

15) 성미정, 『대머리와의 사랑』, 세계사, 1997.

뾰족한 일 찾으려다. 노총량이는 뽕 먹다 빵에 갔고 기어이
난 누에 같은 시인이 되었다 참 누에는 뽕 먹고 살지
언어의 뽕잎 갉아먹으며 내가 황홀해지는 시 한편 쓰고 싶었다
악마에게 몸을 팔아서라도 정말 내가 뽕 가는 시 한편 쓰고 싶었다
그런 면에서 노총량과 내가 추구하는 궁극적인 목표는 같다

　　　　　　　　　—유하, 「바람부는 날이면 압구정동에 가야 한다 5」 일부[16]

(ㄷ)

(자막 지나가는 동안) 초록의 고무 괴물이 시나리오를 가져왔어 나는 창문을
들어온 햇빛을 받아 청록으로 빛나는 그의 머리칼을 보고 있어

봐

그는 어느 틈에 그 자리에 놓여 있어 나와 가직 그리고 유리가 등장한다고
했어 액션물은 아니지만 치정살인극이래 서로가 서로에게 총부리를 겨누는
오우삼의 액션물과 비슷하게 서로가 서로에게 이야기를 겨누고 있는 내용이
라고 했어 자기는 아버지이자 연인이라고 했어 하긴 유리의 첫 남자는 틀림
없이 그였어 비 오는 거리 위로 자막이 지나가 초록의 고무 괴물은 시인이야
나는 질투를 느껴

　　　　　　　　　　　　—성기완, 「유리 이야기 1」 전문[17]

　동화적 상상력에서 확장된 작품은 (ㄱ)과 같이 직접적으로 작품내에
상상력의 모태인 동화가 삽입되어 있는 경우, (ㄴ)과 같이 간접적으로 작
품내에는 삽입되지 않았지만 상상력의 모태를 동화에 두고 있는 경우,
(ㄷ)과 같이 단지 동화의 모티프를 내용상 전개방법으로 가져온 경우가

16) 유하, 『바람부는 날에는 압구정동에 가야한다』, 문학과 지성사, 1991.
17) 성기완, 『유리 이야기』, 문학과 지성사, 2003.

있다.

㉠이 가지고 있는 시적 상상력은 널리 알려진 '파랑새'를 모티프로 사용하고 있다. 그러나 '동화는 환상적이고 아름다운 것'이 아닌 지극히 현실적이고 직접적이다. 일반적으로 독자가 가지고 있는 동화에 대한 환상이 '처음부터 파랑새는 아니었어'라는 시어로 무차별하게 파괴되면서 오히려 강하게 접근하고 있는 형식을 취하고 있다. '파랑새를 만드는 방법'이 '파랑새를 찾는 방법'과 일치하고 있다. 즉, '찾는다'라는 우연성이 아닌, '만든다'라는 필연성으로, 환상을 심어 주는 동화가 가진 특성을 무력화시키고 있다. 그것은 '위험을 무릅쓰고 추억의 나라나 밤의 나라 따위를 헤맬 필요는 없어'라고 단정 지으면서 어느 정도 확인할 수 있다. '오히려 몇 마리 죽이고 나면' 더 완벽한 목표에 도달할 수 있다는 방법의 제시로 이 작품이 가진 시적 상상력은 신선한 충격이 될 수 있다.

㉠처럼 직접적인 동화의 모티프를 차용하는 것과는 달리, ㉡의 화자는 거울 앞에 서 있다. 거울에게 매번 물어보는 '백설공주에 나오는 여왕의 안타까움'과 닮아 있다. 거울의 본성에 맞게 거울 앞에 서 있는 화자는 세계를 흉내내기에 급급하다. 어떠한 방식으로든 '백설공주를 흉내내고 있는 여왕의 모습'이다. 그러나 문제는 화자가 속해 있는 상황성에 있다. '소주잔 돌리며 삼겹살이나 뒤집는 일' 따위의 현실에서 '노충량이는 뽕 먹다 빵에 갔고', 화자는 같은 뽕을 먹어도 현실에 남아 있는 시인이 되었다. '노충량이를 흉내내는 시인인 화자'는 동화에서처럼 낭만적이거나 환상적이지 않은 지극히 현실적으로 전개되고 있는 현실에 놓여 있다. 사람에 따라 같은 시간과 현실 공간에 있어도 그 체험은 확연히 다른 방향으로 전개된다. 그가 거울 앞에 있다는 상황보다 그가 전개해 나가는 인식, 즉, 상황의 체험에 따른 인식에 초점을 맞춰야 한

다. 남과 다르다는 자기 인식은 곧 자기 정체성의 확립을 뜻하고, 이런 인식은 시적 상상력의 기저가 되어 확장에 영향을 줄 수 있다.

이런 동화적 상상력은 ㉢의 성기완의 작품에서 또 한 번의 변형을 이룬다. '자막이 지나가고' 청록으로 빛나는 머리칼을 지닌 '초록의 고무 괴물'과 '유리'는 서로 '치정살인극'을 벌인다는 시나리오의 내용으로 시적 화자의 대화체로 되어 있다. '유리의 첫 남자'를 질투하는 '시인인 초록의 고무 괴물'이 '서로가 서로에게 총부리를 겨누는 오우삼의 액션물'을 흉내내는 장면을 직접 묘사하지만 어떤 설명도 은유도 없다. 시인이 이끌어나가는 방향대로 작품은 제시만을 해주고 있다. 시인 역시도 사회와 어떤 소통을 시도하려는 노력도 없고, 그것에 대해 고민하지도 않는다. 그런 개인을 향해 사회 또한 어떤 액션을 취하지도 않는다. 스스로 고립되면서 스스로 타인으로 머물기를 희망한다. 이는 자의적인 소통 부재(혹은 단점)라는 낯설게 하기 방법을 통해 시적 상상력에 자극을 주고 있는 것이다.

이외에도 타 장르에서 비롯된 상상력의 모티프를 차용하는 갖가지의 방법이 논의될 수 있다. 이런 방법들은 시작품을 중심으로 작가와 독자가 한곳으로 모여 이해의 공감대를 형성하는 방법에 비해 시의 내용이 지극히 개별적이지만 오히려 디지털 시대에 맞는 문학의 자유로운 상상력 확장이라는 이점을 보이고 있다. 그리고 이런 방법의 활용은 시적 정신활동의 활성화 차원에서도 지극히 기본적인 요소라고 볼 수 있다.

(3) 매체상상력 재구성의 확장

컴퓨터와 매스미디어는 1990년대 온갖 영상매체와 전자매체를 통해

'심미적 감성을 훈련받은 세대'[18]인 일명 '영상세대'를 형성하는 데 가장 중요한 역할을 담당했다. 영상세대의 출현과 그들의 문화는 디지털 매체에 의해 급속도로 확산되어 시·공간의 제약을 넘어 보다 자유로운 분위기에서 새로운 정보를 흡수·종합·변형·재구성함으로써 독자적인 문학의 경향을 형성하기에 이르렀다. 이때 형성된 문화는 디지털 매체 속의 가상 공간을 배경으로 어디서든 존재할 수 있고, 이 공간 속에서 가상 텍스트 역시 디지털 매체의 상상력으로 재구성되면서 무한하게 확장될 수 있다는 성격을 가진다.

> 하늘에는 구름도 인공위성도 떠 있지 않다
>
> (……)
>
> 지도를 다시 펼친다
>
> 내가 지나온 곳의 맞은편 능선을 따라
>
> 에덴계곡 에덴동산 약속의 땅
>
> 모리아산 갈바리산
>
> 하늘나라 하늘나라 계곡으로 오르는
>
> 산책로가 있다
>
> 하늘나라와 하늘나라 계곡은
>
> 지도가 더 이상 오를 수 없는 끝에 걸려 있다
>
> 내가 닿고 싶은 곳은 이곳이 아니다
>
> ―이 원, 「나는 검색 사이트 안에 있지 않고 모니터 앞에 있다」[19] 일부

컴퓨터 속 시인의 세계는 비자연적인 인공의 세계이다. 아바타와 같

18) 정끝별, 『오륙의 노래』, 하늘연못, 2001, p.20.
19) 이원, 『야후!의 강물에 천 개의 달이 뜬다』, 문학과 지성사, 2001.

은 모습을 한 그의 사이보그들은 현실의 한계에서 벗어나 자유를 가지고 세상을 바라본다. 문학이 디지털 매체로 대체되면서 문학의 죽음이나 문학의 위기를 예고하는 등의 문제를 바꾸고 있다. '다른 이들이 전에 한 것과는 다른 방식으로 세상을 보고 듣고 만지고 느끼고 맛보도록 하는 것'[20]이 바로 오늘날 각종 기술을 통한 〈디지털화(Digitalization)된 문학〉이다. 창작 방식과 소통양식의 변화, 내용물에 대한 느낌 또한 달라질 수 있다. 느낌이라는 수요학적인 의미가 달라지면서, 정보화 사회에서의 디지털화된 문학을 향유하는 수용자는 많은 문학과 문화 전반에 걸쳐 자유롭게 이동하며 상호 교류를 제공받을 수 있고, 그 모든 결과는 예측할 수 없을 만큼의 다양화와 변모가 가능하다.

(ㄱ)

이 기록을 삭제해도 될까요?

친절하게도 그는 유감스런 과거를 지워준다

깨끗이, 없었던 듯, 없애준다

(……)

아아 컴ㅡ퓨ㅡ터와 썹할 수만 있다면!

—최영미, 「Personal Computer」 일부[21]

---

20) 예술은 미지의 길을 사용하고 새로운 방법을 빌려 쓰나 늘 동일한 목표를 추구할 것이다. 감동시키고 고양시키고 다른 이들이 전에 한 것과는 다른 방식으로 세상을 보고 듣고 만지고 느끼고 맛보도록 하는 것. 고전적인 표현 방식(그림, 조각, 음악, 문학, 연극, 영화)이 지금까지는 상상하지도 못한 문화와 기술의 만남을 주선할 것이다. 소리의 변조, 색깔의 혼합, 소재의 여과 등…… 선택한 재료를 개인의 취향에 따라 배합하는 손수 제작 '맞춤형' 예술을 추구할 것이다.—Jacques Atali, 편혜원·정혜원 역, 『21세기 사전』, 중앙M&B, 1999, p.213.
21) 최영미, 『서른, 잔치는 끝났다』, 창작과 비평사, 1994.

(ㄴ)

나는 세계를 연속 클릭한다

클릭 한 번에 한 세계가 무너지고

한 세계가 일어선다

해가 떠오른다 해에도 칩이 내장되어 있다

(······)

인류 최초의 로봇 인간을 꿈꾼다는 케빈 위윅의

웹 사이트를 클릭한다 나는 28412번째 방문객이다

나도 삽입하고 싶은 유전자가 있다

—이 원, 「나는 클릭한다 고로 나는 존재한다」 일부[22]

　이러한 시문학이 가진 내용의 변화는 단순히 문학 생산자, 즉 작가에게 한정된 것은 아니다. 컴퓨터를 주축으로 한 매스미디어의 보급은 문학과 대중과의 경계를 허물 뿐만 아니라, 문화 생산자와 수용자, 혹은 지식인과 대중을 가르고 있던 거대 장벽이 허물어지는 변화를 초래했다. (ㄱ)에서 나타나듯이 컴퓨터는 소통의 매체로서 존재하는 것이 아닌, 인간의 대용품 혹은 인간 그 이상의 위치를 차지하여 시적 주체의 정체성을 위협한다. '기억의 삭제'가 가능한 컴퓨터와 '씹(사랑)'을 하고자 하는 시적 화자는 (ㄴ)에서 말하듯 '삽입하고 싶은 유전자'를 통해서 스스로 변형까지를 기대하고 있는 것이다. '클릭 한 번에 한 세계가 무너지고 한 세계가 일어'설 수 있는 가상 공간을 향유하는 영상세대가 가지고 있는 시적 상상력의 확장은 현실과 가상을 넘나들면서 폭넓게 대중적 흡인력을 감지하고 있는 것이다.

---

22) 이원, 『야후!의 강물에 천 개의 달이 뜬다』, 문학과 지성사, 2001.

즉, 문학의 생산관계의 변화, 제도성의 변화, 당대의 지배적인 상징 질서와의 관련성 등 컴퓨터나 신세대의 정서 등의 문제는 문학 생산과 소비의 토대가 되는 상징 질서의 변화를 의미한다. 본질의 상실이라는 현실 인식 속에서 오히려 한층 강화된 본질에 대한 그리움이나 자아에 대한 애착으로 반어하는 것이다. 따라서 시인(시적 화자)은 현실에서만 머물러 있지 않는다. 현실에서의 상실을 강조하고 자아 정체성에 대한 애착을 보여주기 위해 그는 영화, 텔레비전, 광고, 포스터 등 종횡무진 하며 시적 인식의 폭을 넓힐 수 있다.

(ㄱ)

롱코트 휘날리며 지폐로 담뱃불을 붙이며 갖은 똥폼 다 잡는 주윤발
그 홍콩 영화가 무협지처럼 쉽게 읽히는 건 김현 선생 말씀처럼
그 안에 고민이 없기 때문이다 홍콩 느와르는 모더니즘 무협지에 불과하다
(……)
자, 다 함께, 홍콩 가는 표정으로, 따라 하시오 싸랑해요 밀키스—

—유하, 「싸랑해요 밀키스, 혹은 주윤발論」 일부[23]

(ㄴ)

삐삐 아빠는 섬 감옥에 갇힌 채
바다로 병을 던졌다
병 속에는 살려달라는 내용의 쪽지가 들어 있다
삐삐는 말을 타고 바닷가를 지나다
병을 줍고 아빠를 구할 결심을 했다

---

23) 유하, 『바람부는 날에는 압구정동에 가야한다』, 문학과 지성사, 1991.

힘센 삐삐는 빗자루를 타고 날아다녔다

—윤의섭, 「말괄량이 삐삐의 죽음」 일부[24]

　디지털 매체가 가지고 있는 상상력에서 확장되는 시적 인식은 무차별적이지만 상대적으로 그 파장은 효과적이다. 기존에 디지털 매체로부터 얻어진 감각적 인식이 작품과 연상 작용을 일으키면서 작품 주제의 전달 효과는 극대화를 이룬다. (ㄱ)의 작품은 주윤발 주연의 영화이면서, 무협지이고, 김현 선생의 평론과 텔레비전 광고를 작품내에 삽입하여 또 하나의 다른 작품으로 만들어내면서 끝없이 현실과 연결시켜 현실에서 동떨어진 자신의 개별적 영역을 확보하기에 이른다. (ㄴ)의 작품은 텔레비전에 방영되어 화제를 불러일으켰던 말괄량이 삐삐를 소재로 전개했다. 삐삐라는 캐릭터를 알고, 전체적인 삐삐 내용을 아는 독자는 훨씬 시적 공감을 쉽게 느낄 수 있을 것이다. 이런 영역은 같은 디지털 매체를 공유하는 독자들에게 작품의 주제를 효과적으로 전달하는 힘을 가진다. 독자는 작품을 읽는 것뿐만이 아니라 공감각적으로 인식하고 받아들이기 때문이다. 이 점이 바로 대중매체에서 출발한 시적 상상력의 확장을 가진 작품의 장점이라 볼 수 있다. 유하는 같은 시집에서 이런 상상력을 활용한 작품으로 일종의 연작풍의 작품을 실었다.

　난 느껴요—가끔은 코카콜라 든 심혜진의 미소가 폐수 위에 핀 연꽃처럼

—유하, 「콜라 속의 연꽃, 심혜진論」 일부[25]

---

24) 윤의섭, 『말괄량이 삐삐의 죽음』, 문학과 지성사, 1996.
25) 유하, 앞의 책.

남편 사랑은 가끔 확인해봐야 해요

—유하, 「수제비의 미학, 최진실論」 일부26)

바람아, 멈추어다오!

—유하, 「바람의 계보학, 이지연論」 일부27)

　유하는 자신의 작품에서 사용하는 시어에 대해 시적 상상력의 정의를 시도한다. 시집 제목에서도 나오는 〈바람〉은 곧 신(야훼)일 뿐 아니라 무의식의 발로인 셈이다. 콜리지가 말한 '개성이 철저하면 보편성에 도달한다'는 것처럼 그의 〈바람〉이 보편성에 도달한 증거가 바로 그의 영화 〈바람부는 날에는 압구정동에 가야 한다〉(1993)와 〈결혼은 미친 짓이다〉(2001), 〈말죽거리잔혹사〉(2004)에서 나오는 일반성에서 독자성을 획득하는 주인공의 이미지와 일맥상통한다고 볼 수 있다.

　시인이 속해 있는 현실 공간과 디지털 매체의 가상 공간이 함께 어울어지는 작품 공간은 인간의 모든 체험을 가능하게 하는 일종의 경험의 집적체이다. 이러한 점에서 디지털 매체의 확산은 문학을 향유하는 독자와 작가 어느 한쪽의 일방 통행성이 아니라 상호 소통성을 지니고 있는 것이다. 같은 상황에서도 체험에 따라 상상력의 확장 정도는 달라질 수 있다. 이로 인해 생겨난 이질성과 다양성은 '독창적 표현과 재생산적 요소'28), 더 많은 변화와 개혁을 통해 시 장르의 내용상의 해체로 이어진다. 매스미디어의 확산은 문학의 원본과 복제본의 경계를 해

---

26) 유하, 앞의 책.
27) 유하, 앞의 책.
28) 이상금, 「기법의 자유로움 혹은 정신의 자유로움」, 《오늘의문예비평》, 1991. 4. p.96.

체시켰다. 현실이 문학의 원본이라면 디지털 매체를 동원한 가상 현실 안에서는 현실과 조합된 신개념의 시 창작인 문학의 복제본이 다발적으로 생겨났다. 이러한 환경에 창작자의 창의력이나 상상력 역시 매체와 결합하면서 기존의 특성을 유지 또는 변형시키기 위한 시도가 가시화되고 공감각화되므로 오히려 원본보다 더 나은 복제본의 발표도 가능하게 만들었다. 창조란 곧 문학의 시작이자 끝까지 이어줄 수 있는 유일한 성격이다. 문학을 쓰는 자신은 글 나름대로의 통일성과 연결성을 생각해야 하고 자신이 나타내고자 하는 내용을 강조할 수 있는 형식을 취해야 한다. 특히 시는 사회적 배경 안에서만 창조되는 것이 아니라 글을 쓰는 자신의 머리에서 창조된 세계 속에서도 존재하므로 자신의 시적 상상력의 성격을 분명히 인식하고 있는 것이 선행되어야 할 것이다.

3) 시적 상상력 확장의 기대 효과

앙드레 지드(Andre Paul Guillaume Gide)의 표현론에 따르면, 작품은 작가의 몫과 신의 몫으로 나뉜다. 작가는 작품을 쓰면서 자신이 주도하는 의식적인 측면과 자신도 모르게 적용되는 무의식적인 측면이 함께 작용한다는 것이다. 앞에 언급한 콜리지의 제1·2 상상력의 구분과 상등한다. 의식이란 작가가 가지는 현실 인식의 한 방법이라는 점에서 볼 때, 이는 시인이 가진 현실 경험의 의식은 작품에 직접 반영되는 것이 아니라 시가 지니고 있는 '장르적 관습과 결합'[29]되어 시적 구조를

---

29) 강영기, 「유하 시의 현실 인식」, 『영주어문』, 2000. 2, p.165.

이룬다는 것이다. 물론 콜리지의 상상력에 대한 이론에서 작품이 가진 보편성은 시대와 공간을 초월하면서 독자와 연계를 맺지만, 시적 인식에 따른 자율성과 특수성은 오히려 보편성에서 기인하는 역동적 매개의 범주로 보는 것이 타당할 수 있다. 특히 리얼리즘론에서 말하는 사회학적 현실 인식과 작품에 나타나는 문학적 인식을 비교하더라도, 현실이 거울 비추듯 그대로 작품 안에서 재현되는 것이 아니라 시인의 주체적 인식 범위 안에서 '특수한 종류의 반영', 즉 작가의 독창적인 시적 인식이 현실을 굴절시키고 있는 것이다.

시적 상상력의 확장을 적용한 시 창작을 통하여 시문학에 적용될 수 있는 기대 효과를 예측해 볼 수 있다.

첫째, 시적 생산의 융성이다. 새로운 문화적 조건에서 자라난 세대들이기 때문에 새로운 조건에 맞는 창작태도와 수용태도를 수용하기 마련이다. 따라서 일반적으로 수동적인 읽기와 감상 중심인 기존의 문학 향유와는 다른 방식으로, 직접 문학의 생산에 참여하면서 개인적인 시적 활동이 두드러지기 시작했다. 또한 활동 영역이 기존 활자매체라는 한정된 영역이 아닌 컴퓨터를 통한 직접적인 수단이 확산되면서 문학의 생산 영역이 확장된 셈이다.

둘째, 시적 인식의 확대이다. 시적 생산이 융성하면서 시 창작의 주체는 소수 일부에 국한된 특권자라는 인식에서 확대되어 누구나 창작에 참여할 수 있고, 독자이면서 동시에 작가가 될 수 있다는 인식이 생겨나게 되었다.

셋째, 시적 다양성의 확보이다. 시적 인식이 개인 성향을 강하게 드러내기 시작하면서 시가 가지는 내용적인 면뿐만 아니라 형식적인 면까지 창작자의 개성에 따라 다양하게 표현되었다. 따라서 시가 가지고 있는 내용의 다양성은 1980년대의 분류와는 비교가 되지 않을 정도로 다채롭게 진행되고 있다.

이러한 상상력의 확장에 대한 논의는 시적 접근 인식에 대한 개혁이자 창조적인 시 창작방법의 자세로 가장 기본이 되는 영역이고, 이 확장을 활용한 많은 창작방법으로의 이행을 수행할 수 있을 것이다.

2

기법의 확장을 활용한 시 창작방법

1) 문학작품의 기법과 확장성

모든 객체가 세계라는 더 큰 체계 안에서 주체와 객체로 서로 유기적인 상호관계를 통해 서로 영향을 주고받으면서 각자의 모습을 변형시키는 '역동적인' 상태에 있다. 1980년 후반부터 문학 전반에 영향을 준 포스트모더니즘[30]은 현대 사회의 복잡성을 대변해 주는 특징으로, 특별히 작품 장르의 규정이 없는 현대인의 모호한 성격과 작품에 개성이 두드러지는 극단적인 정체성을 가진다는 점이 현대인과 현대문학의

---

30) '모더니즘'이라는 말을 공유하는 만큼 모더니즘의 특성인 기존의 전통과 인습에의 도전, 비결정성이나 비종결성 혹은 불확정성, 파편화나 편린화 현상, 비제시성과 비재현성, 전위적 실험성, 아이러니와 패러독스, 비역사성과 공시성 그리고 비정치성을 물려받고 있고 또 모더니즘에 반발한, 즉 '포스트'적인 것으로서 탈중심화나 탈정전화(脫正典化) 현상 주체의 소멸, 패러디나 패스티쉬(pastiche)의 예술적 장치, 행위와 참여의 중시, 임의성과 우연성 그리고 유희성, 종속적 주변적인 것의 부각, 탈장르화나 장르 확산, 그리고 자기 반영성을 지니고 있다. 김욱동 편, 『포스트모더니즘의 이해』, 문학과지성사, 1990, 참고. ; 김경복, 「유하론 '불'에 대한 공격과 '물'에 대한 사랑」, 《오늘의 문예비평》, 1991. 12, p.46, 재인용.

연결 고리점이라 할 수 있다. 간단히 정리하면 포스트모더니즘의 핵심적 성격으로 '상호 텍스트성, 주변적인 것의 복귀와 대중문화, 해체주의 등'[31]을 들 수 있듯이, 대략 포스트모더니즘은 '개방성'으로 집약될 수 있다. 개방은 관련된 모든 미학적 형상과 그것의 탈구성·탈형식·해체까지의 개념을 총칭한다. 이러한 변화는 지금까지 유지해 왔던 형식과 내용의 파괴가 이루어지면서 '현실의 자본과 지배 권력에 조작된 이미지'[32]에 대한 해체를 가져왔다. 근대가 가진 예술적 관습을 파괴하면서 그에 대한 반성으로, 현실을 극복하기 위한 대안으로 해체를 위한 현실의 단편을 시 구성상 끌어들이는 기존 형식의 변형으로의 의지까지 포함된다. 즉, 묘사가 불가능한 현실을 재창조하는 것은 어떤 해석의 결과가 아니라 포스트모더니즘의 기법 자체가 드러내 보이는 사실이므로, 모든 예술적 형식이 갖는 이데올로기적 요소는 '기존 문화에 대한 미적 저항이자 미적 비판'[33]인 셈이다.

　시 장르에 충실하면서 다른 장르와의 경계 '허물기와 결합'을 시도한 시적 기법의 확장은 작가 중심의 시학과 독자 중심의 시학이 함께 존재하는 방식이다. 즉 하나의 문학작품은 한 작가의 의식의 소산물이고, 한 작가가 표현하고자 하는 의도가 '유기적인 조직망에 의해 풍부하게 변형'[34]되어 나타나는 것이다. 이런 작품을 독자는 읽고 이해하고 감상을 하게 되는 과정을 통하여 작가와 독자는 각자 가지고 있는 상상력을 형성하게 된다. 텍스트의 한계에서 벗어나고자 기법을 계속 변

---

31) 윤석성, 「대중소비사회에서의 시적 대응」, 『한국문학연구』, 동국대학교 한국문학연구소, 1998. 3.
32) 김영철 외, 『문학체험과 감상』, 건국대출판부, 2002, p.86.
33) 이상금, 「기법의 자유로움 혹은 정신의 자유로움」, 《오늘의문예비평》, 1991. 4. pp.106~107. 참고.
34) 이사라, 「김광균·윤동주 시의 상상적 질서」, 『한실 이상보 박사 회갑기념 논총』, 1987, p.481.

형시킴으로써 주제를 효과적으로 부각시키고 있는 것이다. 따라서 시 장르에 개입된 기법의 확장은 본래의 형식을 파괴하면서 다양한 실험을 던지는 것으로 오히려 시적인 것을 발견하기 위한 의지의 발로인 셈이다. 황지우는 '문학은 의사소통의 일종으로, 표현하고 싶은 것을 표현할 뿐만 아니라 표현할 수 없는 것, 표현 못 하게 하는 것을 표현하고 싶어하는 욕구이다. 곧 말할 수 없는 것들, 말해서는 안 되는 금기 사항이 많은 억압적인 사회에서 문학은 당대의 유언비어'[35]라고 했다. 이 말은, 곧 욕망의 발원지인 시적 상상력의 중심지에서 출발하여 작가가 도전해서 얻어내는 산물이 문학이라는 것이다. 따라서 기법의 확장이란 곧 고정된 형태의 파괴에서 시작한다. 이러한 시도의 한 경향으로, 시와 대중문화는 밀접한 관련을 갖게 된다. 그림, 만화 또는 사진을 시의 재료로서 사용하면서 편의상 가공과 변형을 자유롭게 구사한다. 작가는 사진 몽타주가 유기적으로 시 내용과의 비언어의 형태로 병치시킴으로써 생소한 문학의 경험을 주게 된다. 즉, 그러한 경험을 통해 현실에 대한 간접적인 표절, 일상 의미의 박탈, 일종의 충격, 변화에 대한 욕구, 자극 등으로 현실을 폭로하고 있다. 서정시 형식으로는 파편화된 현실과 작품의 진정한 소통이 불가능하다는 비극적인 인식관에서 비롯된 것이다. 그렇기 때문에 자칫 '일회성의 해프닝 정도로 폄하'[36]될 수 있는 기법의 확장에도 엄격한 체계를 획득할 수 있는 것이다. 이러한 논의를 바탕으로 기법의 확장에 따른 창작방법을 몇 가지 유형을 통하여 살펴보고자 한다. 즉, 시 장르가 가진 개념을 떠나 기법의 확장이라는 극단적인 실험과 해체를 보여준 작품에 관한 분석을 진행한다.

---

35) 황지우, 『사람과 사람 사이의 신호』, 한마당, 1986, pp.10~22. 참고.
36) 박기수, 「장정일 시의 서술 특성 연구」, 『한국언어문화』 18집, 2000. 12, p.197.

2) 시적 기법의 확장 유형 및 분석

(1) 해체적 기법의 유희

시 창작방법 중 '기법'은 방법론적인 문제이다. 상대적으로 '상상력'은 사고, 즉 내용적인 문제이다. 시인은 자신이 가진 정서나 사상을 표출하는 수단으로 일정한 표출방법을 선택하여 그것을 통해 자신의 의식을 총체화하고자 한다. 그러한 일이 '당대를 지배하고 있는 서구 사조의 수용에 의해서 표출되는 기법이든 혹은 자생적인 실험의식의 결과'[37]이든 간에 그들이 가진 실험적 기법은 자신의 시적 의식을 근거로하고 있다는 것이다.

앞에서 언급한 기법들을 제외하고라도 더 많은 실험적 기법이 1980년대부터 시 창작에서 두드러진 두각을 나타내기 시작했다. 서정시 계열의 환멸에서 출발했다는 실험기법은 현실 변혁을 지향한 역동적인 시인들에 의해 현대문학과 현대문화에 충격요법으로 제시되었다. 근본적으로 일정한 형태를 지닌 시문학의 형식적 측면에서 실험이라는 '해체, 즉 부서지고 조각나 있어도 현상'[38]으로의 시도가 가능하게 된것이다. 일명 해체시라는 계열의 실험적 기법을 가미한 시들은 기존의 정형화된 시 형식에서 탈피하여 시의 형태나 어법, 문법, 심지어는 언어의 의미를 파괴하는 등 의미의 변화나 의미의 해체를 가져왔다. 과격한 실험은 시의 혁명이라 말할 수 있다. 이미 조향이나 임화와 더불어 1930년대 이상은 시 「오감도」를 이태준의 소개로 《중앙일보》에 연재하는 것을 시작으로서 일제라는 숨 막히는 시대적 공간에서 시적 자

---

37) 이사라, 「실험적 기법」, 오세영 외, 『시창작 이론과 실제』, 시와 시학사, 1998. p.317.
38) Vincent B. Leitch, 권택영 역, 『해체비평이란 무엇인가』, 문예출판사, 1988. p.288. 참고.

해라는 실험적 기법을 도입하게 된다.

△은 나의 AMOUREUSE이다

▽이여 씨름에서이겨본經驗은몇번이나되느냐.
▽이여 보아하니外套속에파묻힌등덜미밖엔없고나.
▽이여 나는呼吸에부서진樂器로다

나에게如何한孤獨은찾아올지라도나는XX하지아니할것이다
오직그러함으로써만나의生涯는原色과같하여豊富하도다.
그런데나는캐라반이라고
그런데나는캐라반이라고

1931.6.1

—이상, 「神經質的으로한三角形」 전문[39]

이상은 이 작품을 완성시키는 요소는 시어뿐만 아니라 △·▽·X 등
의 기호와, 행의 자유로운 배열, 영어·한글·한자의 혼용, 띄어쓰기를
무시하면서 강조점을 찍는 등의 수법을 다양하게 사용했다. 마치 암호
문을 연상하게 하는 이 작품은 결국 아무것도 주장할 수 없는 시대에
서 '신경질적으로 비만한' 자신의 자의식과 끝까지 무시할 수 없는 자
존심의 집합체가 강하게 집약되었다고 해석할 수 있다. 이런 실험적
기법은 그후 무의미시를 선보인 김춘수나 김수영으로 계보를 잇고 있
다. 1980년대 황지우는 군인에 의해 얼굴이 짓이겨진 사진 등을 시작

---

39) 이상, 『오감도』, 미래사, 1990.

2.기법의 확장을 활용한 시 창작방법 **113**

품에 삽입하면서 기법을 통해 시대적 배경을 일탈하려는 시도를 하였다. 이러한 전위의식의 발로인 실험적 기법의 도입이 시 장르에서 자유롭게 표현될 수 있었던 이유는 타 문학 장르에 비해 전통과 질서, 혹은 형식과 내용에서 구애받지 않고 창조적인 사고의 확장이 가능하기 때문일 것이다. 황지우의 이런 현실 부정, 현실 포기, 현실 도피를 넘어서는 현실 변혁적 실험 기법은 이후 자유로운 상상력을 통해 정신적 해방감을 경험하게 하는 이성복이나, 독자 비하나 우롱을 통해 경계 허물기를 시도한 박남철, 혹은 김중식, 장정일, 하재봉, 김정란, 기형도, 유하 등으로 이어지면서 문학 내부에서 산발적이지만 집요하면서 끊임없는 움직임을 보이고 있다.

> 내 시에 대하여 의아해 하는 구시대의 독자놈들에게 — 차렷, 열중쉬엇, 차렷,
>
> 이 좆만한 놈들이 ……
> 차렷, 열중쉬엇, 차렷, 열중쉬엇, 정신차렷, 차렷, 00, 차렷, 헤쳐모엿,
> 이 좆만한 놈들이 ……
> 해쳐모엿,
>
> (야, 이 좆만한 놈들아, 느네들 정말 그 따위로들밖에 정신 못차리겠어. 엉?)
>
> —박남철, 「독자놈들 길들이기」, 일부[40]

우리는 어디로 갔다가 어디서 돌아왔느냐 자기의 꼬리를 물고 뱅뱅 돌았을 뿐이다 대낮보다 찬란한 태양도 궤도를 이탈하지 못한다 태양보다 냉철

---

40) 박남철, 『지상의 인간』, 문학과 지성사, 1985.

한 뭇별들도 궤도를 이탈하지 못하므로 가는 곳만 가고 아는 것만 알 뿐이다
집도 절도 죽도 밥도 다 떨어져 빈 몸으로 돌아왔을 때 나는 보았다 단 한 번
궤도를 이탈함으로써 두 번 다시 궤도에 진입하지 못할지라도 캄캄한 하늘
에 획을 긋는 별, 그 똥, 짧지만, 그래도 획을 그을 수 있는, 포기한 자 그래서
이탈한 자가 문득 자유롭다는 것을

—김중식, 「이탈한 자가 문득」 전문[41]

1980년대 발표된 박남철의 작품이나 1990년대 발표된 김중식의 작품은 황지우, 이성복의 그것들과 마찬가지로 기존의 시작품이 가지고 있던 모습과는 사뭇 다르게 나타난다. 1982년 박덕규 시인과 공동시집 『그러니까 나는 살아가리라』를 내며 새로운 시문법을 선보였던 박남철은 시학의 야유와 비아냥거림의 기법을 구사한 작품을 발표하면서 당대 문학 전반에 걸친 엄청난 파장을 일으키게 되었다. 익히 알고 있던 작가(시인)와 독자와의 관계를 통째로 전복시키면서 과감하게 문학적 경계를 문법과 함께 해체하려는 저항적 실험 시도라는 평가를 받았고, 나아가 이후에 실험시를 발표하는 시인들의 경계를 확대시키는 시발점이 되었다고 해도 과언이 아닐 것이다. 김중식의 작품 또한 기존의 질서와 궤도에 일반화되어 있던 상식의 선을 넘어서 '별, 똥'이라는 의식의 파괴를 통해 일상성의 권태에 대한, 일탈에 대한, 그리고 '두 번 다시 궤도에 진입하지 못할지라도' 경계 없는 자유의 갈망을 꿈꾸고 있다.

이윤택이 이들의 모습을 대표한다는 장정일의 시작품을 통해서 '60년산 세대의 외설, 혹은 불경스런 시적 징후'[42]라고 굳이 말하지 않아도 그들의 시는 경계를 넘어오면서 경쾌한 해체적 방법론으로 우리 문

---

41) 김중식, 『황금빛 모서리』, 문학과 지성사, 1993.
42) 장정일, 『햄버거에 대한 명상—시집 해설』, 민음사, 1997. 참고.

학이 지금까지 경험하지 못한 경계의 자유로운 넘나듦을 시도하였고 또한 충분히 성공시켰다. 특히 1980년대 후반기부터는 시문학을 포함한 사회 문화 전반에 걸쳐 고정되어 있던 여러 체제들이 전환의 움직임으로 태동을 하기 시작했다. 이 시기의 그들의 문학적 실험을 지칭한 일명 '문학적 해체'는 문학에 한정된 것이 아닌 문화와 삶 자체가 통틀어 해당될 만큼 사회 전반에 걸친 변화의 징후였다. 따라서 이들이 계속적으로 시도했던 '시의 해체 문법'[43]은 어느덧 1990년대 중반을 지나가면서 과감히 일상화가 될 수 있었던 것이다.

> (……) 그해 가을 한 승려는
> 人骨로 만든 피리를 불며 密敎僧이 되어 돌아왔고 내가
> 만날 시간을 정하려 할 때 그 여자는 침을 뱉고 돌아섰다
> 아버지, 새벽에 나가 꿈 속에 돌아오던 아버지,
> 여기 묻혀 있을 줄이야
> (……) 아무 것도 美化시키지 않기 위해서는
> 卑下시키지도 않는 法을 배워야 했다
> (……)
> 아버지, 아버지 …… 씹새끼, 너는 입이 열이라도 말 못해
> 그해 가을. 假面 뒤의 얼굴은 假面이었다
>
> ―이성복, 「그해 가을」 일부[44]

1980년대 시도된 실험적인 기법은 1990년대처럼 여러 실험적 기법들이 동시에 발발하는 것이 아닌 지극히 개인적인 관심사를 통해 개별

---

43) 장석주, 위의 글, p.96.
44) 이성복, 『뒹구는 돌은 언제 잠 깨는가』, 문학과 지성사, 1980.

적이고 산발적으로 진행되었다. 특히 포스트모더니티한 다다이즘적 경향의 새로운 시도[45]인 콜라주 기법이나 몽타주 기법, 어법에 맞지 않는 시행의 배열, 파괴 등의 추상적 기법으로 표현되기도 했다. 이러한 실험적 기법의 도입은 지극히 개인적이었기 때문에 과감히 시도될 수 있었으므로, 더욱 활발하고 다양하게 시 형식이 변모할 수 있었다. 그러나 시인의 의식은 사회 속에서 한정되어 있고, 사회는 전통과 인습의 소산물일 뿐이다. 따라서 실험적 기법이 후기자본주의라는 거대 논리에 종속되는 정신분열적 일면이라는 평가도 없지 않았다. 구모룡은 시문학에서 도입되는 실험적 기법의 시도에 대하여 '과도기 내지는 형성기의 문학이며 서사시적 공간이 도래하기까지의 모색의 문학'이라고 평가하면서 실제로는 문학사에서 배제하려고 했다. 방향성의 부재와 논리의 정당성을 획득하지 못한 그들의 시도는 단지 실험적 기법에 그치는 평가 정도였다.

그러나 실험적 기법이나 양식의 징후를 시문학사에서 전체적으로 배제하기엔 1980년대부터 지금까지 이어지는 방법적 계승에 대해 사실상 이론적으로 설명할 길이 만무하다. 이와는 반대로 일변에서는 급변하는 사회 속에서 시인의 확장된 사고나 일탈을 끊임없이 꿈꾸는 개혁적 사고 역시 또 다른 새로운 표현 기법을 요구하고 있는 것 또한 사실이다. 문학작품을 끊임없이 새롭게 재평가하면서 접근을 꾀하는 것은 정체하지 않는 문학의 역동성에 큰 장점을 부여할 수 있을 것이다.

(……) 잘 안다구 … 흐흐 … 좋아 … 빨리해… 그리고 … 꺼져… 꺼져… (여

---

45) 김준오의 「도시시와 포스트모더니즘」(《현대시사상》, 1990. 겨울.)을 참조하면, 개별적이고 독자적인 새로운 양식을 '인유', '패러디', '표절', '혼성모방' 등으로 확장시켜 정리하여 세기말적 절망과 환멸이 시 창작방법적으로 표출되어 나오는 형상에서 찾아내려 하였다.

자, 개처럼 짖는다.) 멍멍… 꺼져… 멍멍… 가… 멍멍… 멍멍… (하늘에는 달, 어둔 골목에는 개, 그 막막한 사이를 바라보며, 여자 혼자 운다.)

—장정일, 「늙은 창녀」 일부[46]

「늙은 창녀」에서는 창녀의 미니모노로그와 지문 부분으로 이루어진다. 말줄임표(…)가 가진 의미는 로만 야콥슨이 구조화시킨 혼란의 표면화 현상[47]인 극단으로 향하려는 경향으로 설명하는 것이 옳을 것이다. 언어학자인 로만 야콥슨은 하나의 문장을 계열축과 통합축의 구조로 설명하고 있다. 그는 이 구조를 토대로 하여 실어증 어린이를 연구한 결과, 계열축에 혼란이 일어난 유사혼란(Similarity disorder)의 어린이와, 통합축에 혼란이 일어난 인접혼란(Contiguity disorder)의 어린이가 있음을 밝혀냈다. 정상적인 언어생활을 한다고 인정받는 사람들도 이 두 가지 축의 어느 한 극단으로 향하려는 경향이 있다는 성질을 밝히면서, 이것을 환유의 방법과 극적 방법으로 나뉘어 설명하고 있다. 세계와 개인은 단절되어 있다는 인식에서 비롯된 소통 단절, 소통 도구의 부재로 연결된다. 화자가 있는 현실은 아무하고도 소통할 수 없는 인식이 깊이 깔려 있다. 절대적인 선도 절대적인 악도 없는 현 시대의 불확정적 인식관을 통해 규정화된 낡은 인식의 파괴와 동시에 새로운 인식 체계를 구축하고자 하는 표현인 셈이다. 야콥슨이 말한 이러한 혼란 상태는 본 텍스트가 가진 말줄임표(…)의 효과에 적용시켜, 세상에 대한 보편적인 현대인의 인식과, 탈출과 변혁을 꿈꾸는 개성적인 현대인의 인식을 대조하여 설명할 수 있다.

사실, 글자의 자유로운 배열이나 그림 삽입 등, 기존 시 형식과의 이

---

46) 장정일, 『길안에서의 택시잡기』, 민음사, 1988.
47) 정효구, 「80년대 시인들 : 장정일 론」, 현대시학, 1992. 1. p.236. 참고.

질성을 보이는 특성은 이미 1930년대 이상의 시를 통해 경험했던 충격이라 오히려 자의적인 의미 부여는 식상하게 보일 수도 있다. 전통적인 시적 상상력에서 벗어나지 못하고, 형식으로만 파격을 가져오는 시도는 독자들이 보기에 작가들의 '소재, 의미 찾기'를 너무 쉽게 포기하는 경향을 보여주는 계기가 된다.

(ㄱ)

1983년 4월 20일, 맑음, 18

토큰 5개 550원, 종이컵 커피 50원, 담배 솔 500원, 한국일보 130원, 짜장면 600원, 미스 리와 저녁 식사하고 영화 한 편 8,600원, 올림픽 복권 5장 2,500원

(……)

임감이 있고 용기가 있으니
공부를 하면 반드시 성공

대도둑은 대포로 쏘라
─── 안의섭. 두꺼비

(11) 第10610號

▲일화15만엔(45만원) ▲5.75캐럿물방울다이어1개(2천만원) ▲남자용파텍
시계1개(1천만원) ▲황금목걸이5돈쭝1개(30만원) (……)

—황지우, 「한국생명보험회사 송일환씨의 어느 날」 일부[48]

(ㄴ)

그리고 그 ▲▲ 아래

　　　　▼▼ 그림자

　　　그 그림자 아래, 또

　　　▼▼ 그림자,

　　　　　아래

다닥다닥다닥다닥다닥다닥다닥다닥다닥다

　　　凹凸한 지붕들, 들어가고 나오고,

찌그러진 △ㅁ들, 일어나고 못 일어나고,

찌그러진 ⇧우들

　　　　88올림픽 오기 전까지의

　　　　新林山 10洞 B地區가

보인다

"해야 솟아라 지난 밤 어둠을 살라 먹고 맑은 얼굴 고운 해야 솟아라"

　　　　솟지 마라

—황지우, 「 '日出'이라는 한자를 찬, 찬, 히, 들여다보고 있으면」 일부[49]

---

48) 황지우, 『새들도 세상을 뜨는 구나』, 문학과 지성사, 1988.
49) 위의 책.

이 작품들 역시 전통적인 시 양식을 완전히 파괴하고 있다. ㈀은 '1983년 4월 20일' 송일환 씨의 하루 용돈 내역과 생활의 단상, 시사만화나 도난 물품에 대한 손해배상 보험금 내역으로 보이는 내용들이 열거되어 있다. 자신의 하루 용돈과 어느 부유한 집의 손해배상 보험금의 비교를 통해 빈부의 격차나 사회 부조리를 비판하면서, 일종의 반어를 통해 세상을 풍자하고 있다.

몽타주는 확실히 현실과 작품에 비판의 거리를 둔다. 풍자의 거리이다. 신문의 일기 예보나 해외 토픽, 비명, 전보, 연보, 광고 문안, 공소장, 예비군 통지서 등을 작품에 무차별적으로 활용하면서 패러디와는 다른 효과를 제시한다. 사실은 삶의 모습을 있는 그대로 던져 주는 척하면서 다른 효과를 보이고 있는 것이다. 또한 ㈁은 각종 기호화 한자가 한글인 시어와 혼용되어 사용된다. 한자문화권에서 영어문화권으로 이행해 가는 우리의 역사 행보 속에서 시적 화자는 '자기 정체성을 완전히 상실한, 오늘날의 무반성적 자본주의의 소시민'[50]으로 굴절된 위기의식을 나타내고 있다. 내용을 보아도 그의 위기의식은 눈에 띄게 나타난다. 박두진의 시 「해」의 한 구절을 삽입한 부분에서는 박두진의 해 이미지인 광명·독립 등의 긍정적인 이미지에서 변모하여, 이 작품에서는 달동네의 〈다닥다닥다닥다닥……〉 붙어 있는 집들의 서술을 통해 '해뜸은 힘겨운 하루의 시작을 알리는 버거움'[51]의 이미지로 변형시킨다.

몽타주의 기법은 다른 장르의 직접적인 활용뿐만 아니라 문자에서 괄호 사용, 행의 위치의 변화, 국한문 혼용 등을 사용하면서 현실에서 시 장르가 가진 형식에서 탈출을 시도한다. 이를테면, '기존의 시적 태

---

50) 엄경희, 「제국주의 문화에 맞서는 반담론」, 《오늘의문예비평》 제50호, 2003. 가을, p.127.
51) 김영철 외, 『문학체험과 감상』, 건국대출판부, 2002, p.88.

도를 적극적으로 파괴'[52]하면서도 기존의 시 장르가 가지고 있는 기본적인 형식을 활용하여 형식을 가져와 시 장르가 가지고 있는 명맥을 유지한다는 태도를 취하고 있다. 직접적인 표현이 아니라 간접적인 표현을, 기존 현실과 제도에 대한 용납을 재해석하는 시적 형식에 대한 혐오의 표현, 타락한 현실 동참에 대한 항의의 방법을 가지고 있는 것이다. 일상 세계에 침투한 낯선 형식이 독자를 당황하게 하여 오히려 작품이 제시하고 있는 주제 표현을 극대화시키고 있다.

ㅡMENUㅡ

샤를르 보오들레르 800

칼 샌드버그 800

프란츠 카프카 800

이본 본느프와 1000

에리카 종 1000

가스통 바쉴라르 1200

이하브 핫산 1200

제레미 리프킨 1200

위를켄 하버마스 1200

시를 공부하겠다는

미친 제자와 앉아

커피를 마신다

제일 값싼

---

52) 이상호, 앞의 책, p.23.

프란츠 카프카

—오규원, 「프란츠 카프카」 전문[53]

따라서 시를 쓴다는 일이 엘리트적 사고를 갖는다거나 낭만적인 성격을 띠고 있지 않다는 비참함을 보여준다. 시적 화자는 '시를 공부하겠다는 미친 제자와 앉아' 있는 시인이라는 이런 자의식의 비참함에도 불구하고 계속 시를 쓸 수밖에 없다. 다만 끊임없이 읽고, 말하고, 동시에 쓰고 있다. 시인이 가진 전복적 상상력, 작품에 대한 세계 반영성, 그리고 장르를 넘어선 시문학 속에서 현실의 자의식적 해석 등 자유로운 기법을 통해서 표현되고 있다. 실험적 기법이 시작품을 효과적으로 만들어 주는 것이 아닌, 오히려 시 작품이 실험적 기법화되고 있는 변화까지도 실감하고 있다. 이러한 현상에 대하여 '단편적, 감각적, 즉흥적'인 기법과 아울러 상업적인 성격을 지적하면서 문학의 위기에 대한 우려를 나타내기도 했다.

하지만 문학의 장르나 기법화와 문학의 경계를 가르기에 앞서 현실과 작품의 소통이라는 점을 인정하면서 '문학 향유 방식의 현대적 변용'이라는 관점에서 긍정적인 입장을 가진다. 기존 인식을 파괴하고 파괴된 인식을 다시 일반적 인식화를 만드는 과정인 셈이다.

독창성이란 시인이 구사해내고자 하는 총체적인 창조적 상상력이다. 그리고 시적 기법은 창조적 상상력의 연장선상에 놓여 있다. 그러므로 본질적으로 상상력은 다른 상상력들과 연관성 없이 존재하지 않는다. 바흐찐의 대화이론(le dialogisme)은 개개의 담론과 다른 담론들이 갖는 연관관계의 문제를 다룬다. 인간의 담론은 화자의 주관적 경험으로부

---

53) 오규원, 『한 잎의 여자』, 문학과 지성사, 1998.

터 형식과 의미를 부여받는 것이 아니라, 오히려 인간이 속해 있는 사회적 상황으로부터 그 형식과 의미를 부여받기 때문이다.[54] 따라서 담론과 담론 사이, 상상력과 상상력 역시 기본적인 수준에서 상호텍스트적 관계를 가지고 있다. 작품으로 접근하는 가장 기본적인 요소는 작가가 가진 독창성으로 귀결[55]될 수밖에 없는 것이다. 현실에 대한 독창적인 시각이 작품에 적용되지 않는다면 고정된 사고와 전달체계를 통해 작품은 일반적 담론화되는 경향을 띨 수밖에 없다. 현실의 반영이란 단순히 시의 기법상의 문제가 아니다. 작가가 가지고 있는 현실에 대한 개인적인 견해이며 미학적 세계관으로서 본질적인 문제가 된다. 훗설이 '모든 의식은 무엇에 대한 의식이다'라고 말한 것처럼 시인은 현실에 접근하기 위해, 현실의 모든 것을 의식하기 위해 노력한다. 따라서 전통적인 방법의 서정시에서부터 포스트모더니즘의 해체시에 이르기까지 다양한 시적 실험을 망라하는 작업을 통해 가장 이상적인 창작방법을 찾고자 하는 것이다. 이러한 실험적 기법을 활용한 창작방법은 러시아 형식주의자들이 말하는 〈낯설게 하기〉라는 실험성에 집중되어져 있다. '실재/허구, 진짜/가짜, 고급/대중, 진지/유희, 신성/범속 등의 경계를 해체하며 나름대로의 문학적 개성을 축적하는 성과'[56]를 보여주고 더 큰 의미로는 전위 정신, 실험 정신, 전복의 상상력 등을 추구하는 문학의 기반을 마련했다는 점에서 기법에 대한 상상력의 확장은 가볍게 보아 넘겨서는 안 될 것이다.

---

54) 김욱동, 『대화적 상상력 — 바흐친의 문학이론』, 문학과 지성사, 1994. pp.161~163. 참고.
55) 심선옥, 「좌절된 자유주의자의 꿈」, 《문예중앙》, 1992. 2, p.220.
56) 양진오, 「90년대 문학비평의 두 얼굴」, 『90년대 문학 어떻게 볼 것인가』, 앞의 책, p.178.

(2) 탈장르 기법의 유희

물론 넓은 의미로 본 연구에서 분류하고 있는 (2) 탈장르 기법의 유희와 (3) 패러디 기법의 유희도 (1) 해체적 기법의 유희에 속할 수 있다. 그러나 본 연구에서 이 장을 분류하는 기준은 작품이 가지고 있는 대표적인 형식적 특징을 기준으로 하여 '기법의 유희'를 분류한다.

① 콜라주 기법

콜라주는 파편적인 반유기체를 지향한다는 점이다. 그 파편성이 유기적으로 연결되면서 시적 상상력이 이어진다. 따라서 현실에서 출발하면서도 어느 것 하나 현실과 연결되지 않으며, 상상력에서 의미가 규정되어진다. 부분에서 전체로 확장되고, 전체는 다시 하나로 압축되고, 이런 모든 과정의 주체는 작가와 독자가 따로 움직인다. 그야말로 파편과 부분을 통해 무형식을 가진 형식적인 작품을 창조한다.

어디서 우 울음 소리가 드 들려
겨 겨 견딜 수가 없어 나 난 말야
토 토하고 싶어 울음 소리가
끄 끊어질 듯 끄 끊이지 않고
드 들려와

야 양팔을 벌리고 과 과녁에 서 있는
그런 부 불안의 생김새들
우 우 그런 치욕적인
과 광경을 보면 소 소름끼쳐
다 다 달아나고 싶어

—이승하, 「畵家 뭉크와 함께」 일부[57]

　이 작품을 이해하기 위해서는 에드바르트 뭉크가 판화로 제작한 1896년 「절규」에 대한 예술작품의 이해가 선행되어야 한다. 그림은 피처럼 붉게 비치는 배경에서 너무 깡말라 흡사 미라처럼 보이는 한 사람이 자신의 두개골과 두 귀를 두 손으로 감싸안은 채 고통스러워하는 모습을 같은 공산 속 두 명의 타인(그림자)과 배치해 놓고 있다. 고통은 흡사 강렬한 함성으로 메아리쳐지면서 세상 곳곳으로 퍼지는 듯, 가위눌린 인간 세계에서 벗어나려는 몸부림을 적나라하게 표현했을 뿐 아니라 평범하지만 개개인 내부로 스미는 절규를 가장 효과적으로 보여주고 있다. 뭉크가 표현하고자 했던 좌절, 절규, 고통을 이승하 시인은 자신의 시에서 말더듬이로 표현, 근원적인 공포와 현대의 삶이 풍자하

---

57) 《중앙일보》 신춘문예 당선작. 1984.

는 기법으로 보여주고 있다.

　사실상 시적 화자의 말더듬이는 선천적인 상태가 아니다. 이는 후천적으로 받은 영향으로 그의 다른 시에서 나타나듯 '반벙어리', '곱사등이', '다리 저는', '문둥이'(「구혼」 중에서)처럼 외적인 세계에서 받은 상처와 압박으로 말을 더듬게 만들었던 것이다. 작품은 삽입된 그림과 연결되어 마치 그림 안에 있는 주인공이 독백을 담고 있는 듯하다. 그림의 제시를 통해 이미 작품은 시적 화자가 서 있는 공간적 위치와 시간적 상황, 또는 현재 화자의 심리 상태가 전제되고 있다. 즉, "우 울음소리가 드 들려"와 같이 말을 더듬거리며 자아와 세계의 단절감 속에서 "끄 끊어질 듯 끄 끊이지 않"는 그 소리의 정체와 "소 소름끼쳐 터 텅 빈 도시 아니 우 웃는 소리야 끝내는 끝내는 미 미쳐버릴지 모"르는 관념적인 공포는 세상이 주는 절망 속에서 헤어나올 방법을 제시하지 못하고 있다. 또한 "토 토하고 싶어"나 "소 소름끼쳐, 다 다 달아나고 싶어"라는 심리 상태가 그림과 더불어 빠르게 인식되고 있다. 따라서 시 작품에 뭉크의 그림을 삽입시킴으로써 "도처에서 들려오는 듯한 소음"이 일차적인 텍스트의 전달을 넘어서 독자에게까지 공감각적으로 전해지고 있다.

앤디 워홀의 그림

—이승훈, 「이승훈이라는 이름을 가진 3천 명의 인간」 전문[58]

　이승훈의 시는 같은 콜라병이 세워져 있는 앤디 워홀의 그림 한 장이 제목과 더불어 작품의 전문으로 배치된다. 얼핏 보면 전혀 변별성이 없는 많은 콜라병과, 간혹 색이 바래고 지워져 있는 병들, 또는 상대적으로 더 진하게 강조되고 있는 병들은 사실상, 제목으로 제시되고 있는 '이승훈이라는 이름을 가진 3천 명의 인간'과 같은 의미로 제시되고 있다. 때로는 설명이 되어 있는 글보다 그림 한 장이 훨씬 이해가 빠를 수도 있다는 콜라주 기법을 적용한 작품으로 기존의 시 형식을 파괴하고 있다.

　이러한 공감각적 전달을 부각시켜 낯선 시 형식을 통해 시의 주제를 강조하는 콜라주 기법은 작품에 삽입된 사진(또는 그림이나 그 외 시각적

---

58) 이승훈, 『나는 사랑한다』, 세계사, 1997.

인 요소들)과 글(작품에서 문자로 된 요소들)을 배치하는 순서에 따라서도 그 의미의 전달이 달라질 수 있다. 시의 전개가 달라지므로 그 작품이 콜라주 기법을 사용한 효과 또한 달라질 수 있다.

(ㄱ)

1995

도시의 거리가 미끄럽다
고층건물들이 쓰러질 듯 불안해
종말의 긴 장옷, 매연이 몸에 감긴다
나는 버림받았다는 기분에 휩싸여
볏짚단같이 추운 몸을 웅크렸다

다 찢어진 광고지가 밤바람에 휩쓸려간다

―신현림, 「세기말 재즈」 일부[59]

(ㄴ)
울음은 사람이 만드는 아주 작은 창문인 것

---

59) 신현림, 『세기말 블루스』, 창작과 비평사, 1996.

창문 밖에서
한 여자가 삶의 극락을 꿈꾸며
잊을 수 없는 저녁 바다를 닦는다

—신현림, 「자화상」 일부[60]

　(ㄱ)은 〈사진〉이 글보다 먼저 제시된다. 〈사진〉에서 도시의 황량한 거리를 보여줌으로써 시작품의 이미지 배경이 설정된다. 따라서 시적 화자는 '도시의 거리'와 '고층건물', '찢어진 광고지' 등의 소재들이 황량한 도시의 거리로 상상력이 집약되면서 '매연에 휩싸인 버림받은 기분'과 동일시된다. 독자는 〈사진〉을 보고 글을 읽는 순서를 거치면서, 글이 가질 수 있는 범위를 〈사진〉을 통해서 먼저 제시받을 수 있다. 따라서 글이 가진 공감대의 형성이 미리 제시된 〈사진〉을 통해 쉽게 이루어진 셈이다. 그에 반해 (ㄴ)은 〈그림〉이 글의 제일 마지막에 제시된다.

60) 위의 책.

시집 한쪽 면을 가득 매운 신현림의 〈자화상〉은 짧은 글과 대조적인 시각적 충격을 준다. '창문 밖에서 한 여자'가 창문을 닦으며 있다. 그리고 분할된 그림이 제시된다. 마치 창문 밖에서 창문 안을 보고 있는 여자를(혹은 창문 안에서 창문 밖을 보고 있는 여자를), 작품을 읽고 있는 독자가 바라보고 있는 효과를 가진다. 이 〈그림〉의 삽입으로 추상적인 시구인 "울음은 사람이 만드는 아주 작은 창문"이 시적 구체성을 띠면서 글 전체를 아우르는 의미를 가지게 된다. 자화상을 통한 작품의 끝맺음은 일정한 모습의 삶을 환기시키는 작용을 한다. 작가의 세계는 유리창 밖은 여인의 얼굴처럼 따뜻하고, 안은 추상적 단상들을 사용한 콜라주 기법으로 독자가 가지는 연상체계에 은밀한 영향력을 끼치고 있다. 물론 반대로 말할 수도 있다. 작가는 창문 밖을 바라보고 있는 「자화상」이라는 제목을 〈그림〉에 삽입함으로써 독자로 하여금 「자화상」이라는 한계를 짓는다. 그러니 더 이상 독자는 작품을 보고 「자화상」 이상의 상상력을 넓힐 수 없는 것이다.

인간이 가진 오감을 자극하여 시작품에서 사용된 콜라주 기법은 화자의 시적 상상력과 독자의 시적 상상력 사이의 간격을 좁히고 있다. 이는 일반적인 제시 형식으로 나열하는 방법이 아닌, 단상과 단상의 연결을 통해 독자의 직관적인 이해를 구하는 형식을 취하기 때문이다. 특히 그림, 사진 등이 시작품에 첨가되어 하나의 작품이 완성되는 탈장르를 이용한 콜라주 기법은, 시를 통해 언어적 의미를 전달의 수단으로 하고, 동시에 사진을 통해 시각의 감각적 의미를 전달한다. 시가 언어를 사용하여 일의적인 의미를 전달한다면 사진은 그 일의적인 의미를 혼동시키며 보다 넓은 개념의 다의적인 의미를 독자에게 전달하는 기법을 전개하는 것이다. 작가는 시를 통해 그가 가진 팽창된 담화의 욕구를 발현하고, 독자는 작가의 욕구와는 별개로 〈그림〉이나 〈사진〉이라는 시각적인 영상과 함께 〈문자〉로 형성된 시작품을 함께 받아들이면서 나름대로의 상상력을 통해 시를 해석하는 방식이다. 더 나아가 텍스트 전체가 기표로 작용하여 하나의 기의를 가지게 되면서, 작가와 독자가 가지는 독자적인 상상력의 공간을 동시에 만족시키고 있다는 것이다.

따라서 시에서 사용되는 콜라주 기법은 시각적 상상력에서 연상되는 폭을 확장시킨다. 사진이나 그림 등을 글과 함께 하나의 작품으로 완성을 이루고 있으면서, 작품은 행과 행으로 연결되는 것이 아닌 직관과 연상에 의해 내용이 전개되는 방식을 통해 시적 상상력 또한 확장시키는 효과를 기대할 수 있기 때문이다.

②몽타주 기법

몽타주란 일상적으로 가지고 있던 가상적인 연관이 파괴되고, 사회적 질서의 표면 속에 숨어 있는 무질서를 드러내면서 의미를 상징화시키는 기법[61]이다. 볼프강 이저(Wolfgang Iser)는 몽타주를 '현실의 환상적인 축약'이라 말할 정도로, 현실을 대상으로 하되 현실과는 다른 사실을 전달한다. 개인의 '관념이란 낱말의 최고의 의미에 있어서 상징으로밖에는 표현할 길이 없다'[62]는 콜리지의 말처럼 현실을 직접 시적 대상으로 삼을 수 없고, 전적으로 화자의 내면적 원리의 상징으로 이해해야 한다. 따라서 시작품은 현실을 재구성하여 독자와 의사소통을 이루는 것으로, 그 중 몽타주 기법을 활용하는 것은 '기술로서의 예술, 예술 형식의 인위성'을 목적으로 한다.

---

61) Victor Zmegac 외 편, 류종영 외 역, 『현대문학의 근본 개념 사전』, 솔출판사, 1996. pp.124~129. 참고.
62) 김정근, 앞의 책, p.111.

張萬燮氏(34세, 普聖物産株式會社 종로 지점 근무)는 1983년 2월 24일 18;52 #26, 7, 8, 9……, 화신 앞 17번 좌석버스 정류장으로 걸어간다. 귀에 꽂은 산요 리시버는 엠비시에프엠 '빌보드 톱텐'이 잠시 쉬고, '중간에 전해드리는 말씀,' 시엠을 그의 귀에 퍼붓기 시작한다.

　　쪼옥 빠라서 씨버주세요. 해태 봉봉 오렌지 쥬스 삼배권!
　　더욱 커졌씁니다. 롯데 아이스콘 배권임다!
　　뜨거운 가슴 타는 갈증 마시자 코카콜라!
　　오 머신는 남자 캐주얼 슈즈 만나줄까 빼빼로네 에스에스 패션!
　　(……)

짜　자　잔
GAME OVER
한다면.

　　　　　　　　　　　　　—황지우, 「徐伐, 셔블, 셔불, 서울, SEOUL」 일부[63]

　　위 작품은 세계(방송국)와 개인의 대결이다. 그 엄청난 메커니즘 앞에서 더욱 초라해지는 개인의 삶을 따라가다 보면, 작품을 읽는 독자는 일상에서 잊혀진 사실을 상기하면서 현실을 비판하게 된다. 시적 화자의 일과를 출근길부터 퇴근길까지 카메라를 따라가듯 서술체의 문장으로 영상을 스케치하는 기법을 사용했다. 날씨 소개, 물가 제시, 신문 내

63) 황지우. 『새들도 세상을 뜨는구나』, 문학과 지성사, 1983.

용, 금값 시세 등 작품 중간에 상업적 광고의 글귀나 의식의 편린과 각종 소음들을 삽입하면서 영화의 몽타주 기법을 활용해 구성, 합성, 혹은 조립의 의미로 조성되었다. 의도적으로 소리의 현상인 씨니피앙만을 직접적으로 표현하여, 소리에서 파생되는 의미로 전달되게 하는 낯선 충격요법으로 시작품이 가지고 있는 강조를 효과적으로 전달한다.

> 그게 언제였더라
> 갈매기들이 해안 초소에서 튀어나오던 저녁
> 해물탕 꽃게 다리를 빨아먹던 저녁
> 작은 하늘에서 큰눈이 쏟아지던 날
> 자신의 일기에 밑줄을 그으며
> 낯설고 기뻐서 술병을 따던 저녁
>
> —장경린, 「그게 언제였더라」, 일부[64]

황지우의 시작품과는 다르게, 장경린의 시작품은 시적 상상력을 몽타주하여 기법화하였다. '저녁'이라는 일반적인 시간대를 시각과 청각('갈매기들이 해안 초소에서 튀어나오는', '하늘에서 큰 눈이 쏟아지던') · 미각과 후각('해물탕 꽃게 다리를 빨아먹던', '술병을 따던') 등의 공감각의 시간대를 몽타주하여 객관적 상황을 주관적으로 개별화시켰다. 즉, 현실 세계를 그대로 묘사하면서도 오히려 시간적으로 더욱 복잡해지고 공감각적으로 표현되기 때문에 더욱 낯선 느낌을 전달하므로 현실과 작품 공간은 분리 · 격리된 모습을 내재하고 있다. 몽타주는 현대소설에서도 많이 활용되는 기법으로 브레히트의 이화효과[65]를 더욱 극대화할 수 있기

---

64) 장경린, 『사자 도망간다 사자 잡아라』, 문학과 지성사, 1993.

때문에 현대시에서도 예술적인 기법이 아닌 전위적 시학의 기술적 기법으로 적용되고 있다.

1

꽝 하고 단 한 번 터지는 천둥

2

깔깔거리는 천둥. 수만 개의 콜라 병이 아스팔트 위를 구르는

3

수천 채의 양철 지붕을 한 방에 내리칠 때처럼, 그러나 그 소리 다음에 자꾸만 강물 위로 파문이. 파문이, 파문이…… 벌벌 떨며 퍼지는 천둥

(……)

11.

아무 소리도 나지 않았는데, 느닷없이 잠실 아파트의 잠든 아가들이 한꺼번에 깨어나서 우는

　　　　　—김혜순, 「버스 기다리며 듣는 잠실야구장 관중석의 12가지 함성」, 일부[66]

위 시는 숫자 1에서 12로 넘어감에 따라 점점 복잡하고 여러 가지 소리가 중첩되어 묘사되고 있다. 1에서 '한 번 터지는 천둥'은 2에서 '깔

---

65) 브레히트가 창안한 연극기법이다. 시각을 다르게 함으로써 익숙함에 충격을 주는 〈낯설게 하기〉 방법이다. 친숙한 사물이나 장면을 낯선 인식으로 바라보게 하여 본질로 접근하려는 방법이다.
66) 김혜순, 『불쌍한 사랑기계』, 문학과 지성사, 1997.

깔거리는 천둥'으로, 다시 3에서는 '벌벌 떨며 퍼지는 천둥'으로 확장됨을 볼 수 있다. 시적 화자가 서 있는 곳은 잠실 야구장 근처 버스 정류장으로 추측된다. 오히려 멀리 떨어져 있을 때, 더 객관적인 시각을 갖게 될 수 있듯, 화자는 여러 가지의 소리를 자세하게 분석하며 들을 수 있다. 하나의 함성을 만들어내는 '12가지 함성', 즉, 하나의 작품을 만들어 내기 위해 12가지 이상의 소재와 묘사가 몽타주되어 일종의 합성·변형을 이루고 있는 셈이다. 이것은 콜라주 기법과 마찬가지로 부분의 개념을 통합하여 전체로 연결되는 구성 형식을 가지고 있으나 몽타주는 전체 작품을 위해 사용되는 하나의 구성 요소로 종속되어 있음을 알 수 있다.

따라서 전체가 모든 가능한 기술 수단을 써서라도 현실 세계의 현상과 관계를 맺고 있으므로 보이지 않는 강요를 통하여 시 전체가 엄청난 파격을 띠고 독자에게 전달되고 있다. 작가는 독자에게 제시만 할 수 있다. 작품을 통해 독자의 해석과 재구성의 영역을 확보해 주어야 한다. 따라서 작가가 가진 시적 상상력은 개인적인 경험에서 비롯된 것임에도 불구하고 더 넓게 확장되어 작품에 적용되어야 한다. 몽타주 기법을 통하여 시적 주체를 소멸시키고, 문자매체에 대한 본질적인 거부감으로 형식을 지배하는 내용 자체가 형식이 된다. 실험으로 발현되는 무제한의 시 형식과 내용, 사용 매체의 변화는 독자에게 충격과 혼란을 가져다 주면서 동시에 독자의 참여를 강요하고, 다른 작가들의 동조를 야기하는 계기가 되고 있다. 이러한 몽타주를 활용한 창작방법이 가진 인위성에 대한 자각은 어느 한쪽에 치우침 없이 작가와 작품과 독자의 일정한 거리를 유지시키면서 인위적으로 조정·통솔이 가능하게 하는 방법임을 보여주고 있다.

③메타기법

사실 시작품 밖에서 시어는 형태상으로는 일상어와 같다. 하지만 시작품 안에서 시어는 하나의 독립된 낱말인 일상어로 존재한다기보다는 시어와 시어가 연결되면서 새로운 의미의 시어가 만들어지는 것이다. 즉, 시어가 가지고 있던 일상어의 개념이 '해체와 결합, 치환과 전이를 되풀이하면서 시라는 구조, 또는 유기적 질서의 통일성을 획득'[67]한다. 이 시어는 상징, 비유, 은유 등 언어의 유희를 거치면서 완전하게 새로운 의미를 획득하게 된다. 동음이의어(同音異議語)를 활용한 언어유희[68]를 통해 쉴러(F. Schiller)의 공식인 '인간은 완전한 의미의 인간인 한 유희하고, 그가 유희하는 한 완전한 의미의 인간'임을 확인하는 것이다.

'메타'는 포스트모더니즘의 인식론과 깊은 연관이 있다. 이는 시 쓰기(글쓰기)에 대한 끝없는 자기 질문적 성찰을 보이는 경향인 '새로운 문화의 징후'[69]로 볼 수 있다. 지금 시를 쓰고 있는가, 읽고 있는가, 혹은 쓰고 있는 것이 시인가, 시를 쓰는 것이 나인가 등에 대한 자기 반영성은 메타시가 보여주는 두드러진 특징이다. 메타시어를 활용하여 이중적이고 은유적이며, 그 시어 전체는 상징을 가지고 있다.

> 메타시가 노리는 것은 이 시대에 시란 무엇이며, 현실은 무엇이며, 자아란 무엇인가 하는 근본적인 질문이다. 그런 점에서 메타 시는 계몽이성의 부정과 지식의 확실성에 대한 근본적인 회의를 기본으로 하는 철학적 자기 회귀성과 통한다.[70]

---

67) 박진환, 『21C 시창작법』, 조선문학사, 1999. p.211.
68) '우리가 별다른 고찰 없이 사용하고 수용해 온 말장난 혹은 언어의 놀이라는 것이 언어의 잘못된 쓰임이 아니며, 오히려 우리의 삶에 새로운 지평을 열어주는 언어의 창조적 기능으로 이해되어야 한다.' 이창기, 「놀이, 억압과 해방의 두 얼굴」, 《문학과사회》, 1990. 가을. 참고.
69) 엄경희, 「제국주의 문화에 맞서는 반담론」, 《오늘의문예비평》, 2003. 가을. p.133.
70) 이승훈, 「메타시의 매혹과 전망」, 『한국현대시의 이해』, 집문당, 1999. p.53.

메타시는 작가와 독자를 대상으로 할 뿐만 아니라, 시 자체, 시 안에서 움직이는 시적 화자나 시 밖에서 유도하는 작가까지 함께 작품 전체를 이루고 있다. 전통적으로 시적 텍스트는 현실이나 관념이나 환상을 대상으로 하지만 메타시는 '현실·관념·환상을 대상으로 한 텍스트를 다시 대상'[71]으로 하여 시를 쓴다. 현실을 모방하거나 혹은 다른 시 작품이나 소설작품, 영화, 시나리오 등을 텍스트화하여 출발하는 시를 쓰고, 다시 시작품으로 만든다.

(ㄱ)

나는 사진을 벽에 걸어놓고

책상에 앉아 시를 쓰기 시작한다

방금 사진에서 본 시 금붕어를 내 시에 삽입한다

내가 시간이 뒤로 가는 방을 쓰는 동안

임신 중인 아내는 병원에서 죽어가고

어디선가 꽃들 새들 곤충들이 죽어간다

—함기석, 「시간이 뒤로 가는 방」 일부[72]

(ㄴ)

나는 끼워진 종이를 빼어,

구겨 버린다. 이놈의 시는

왜 이다지도 애를 먹인담. 나는

테크놀러지와 자연에 대한 현대인의

---

71) 이승훈, 『해체시론』, 앞의 책, p.163.
72) 함기석, 『착란의 돌』, 천년의 시작, 2002.

갈등을 추적해 보고 싶다. 종이를 새로
끼우고, 다시 쓴다.

(……)

다 썼다. 3연의 시.
나는 그것을 읽어본다. 엉망이구나.
한숨을 쉰다. 이렇게 어려운 시.
이렇게 하기 어려운 일을 하며, 한평생
사는 것이 내 꿈이었다니! 나는
방금 쓴 3연의 시를 찢는다.

(……)

물과 물이 섞인 자리같이
꿈과 삶이 섞인 자리는, 표시도 없구나!
나는 계속, 쓸 것이다.

— 장정일, 「길안에서의 택시잡기」 일부[73]

㈌

　내 앞에 안락의자가 있다 나는 이 안락의자의 시를 쓰고 있다 네 개의 다리
위에 두 개의 팔걸이와 하나의 등받이 사이에 한 사람의 몸이 안락할 공간이
있다 글 공간은 작지만 아늑하다 …… 아니다 나는 인간적인 편견에서 벗어
나 다시 쓴다 (……) 아니 나는 지금 시를 쓰고 있지 않다 안락의자의 시를 보
고 있다

— 오규원, 「안락의자와 시」 일부[74]

73) 장정일, 『길안에서의 택시잡기』, 민음사, 1988.
74) 오규원, 『길, 골목, 호텔 그리고 강물소리』, 문학과 지성사, 1995.

㉠의 함기석의 작품을 보면, 자신이 쓰고 있는 과정을 진술하고, 그 것에 대해 토론하고 비평하고 결국 '아내는 병원에서 죽어가'도 자신 은 '시를 쓰는 일'에 여념이 없고, 또한 이러한 자기 부정까지의 모든 과정 역시도 작품화하고 있다. 그러나 메타시는 자기 부정으로 끝나지 않는다. 작품 전체는 하나의 유기체적 구조로 이루어져서, 끝이 나면 다시 처음으로 소급되어 시를 쓰는 과정이 끊임없이 계속 진행될 것임 을 암시한다. 따라서 작품에서조차 시인이라는 직업에 대해 강한 회의 를 느끼면서도 독자와 자신이 함께 세상을 만들어 나가듯 자신이 시를 만들어 나가기를 유도하고 있다. 작품에서 신격화되었던 작가의 영역 이 현실과 사회에 의해 가변적인 영역으로 변모되고 있는 셈이다. '시 를 부정하기 위해 시를 쓴다'는 이른바 이중 부정을 통해 근원의 목적 에 도달하려는 의도이다.

㉡의 장정일의 작품에서도 시를 쓰고 있는 것은 시적 화자이고 화자 는 곧 시인(작가)이며 독자일 수 있다. 따라서 그 시를 읽고 있는 것은 독자일 수도 있으며, 시적 화자이기도 하면서, 다시 작가가 될 수 있는 것이다. '길안에 갔'던 것은 시적 화자이며 동시에 시인이고, 아직도 길안에서 택시를 기다리고 있을 독자일 수도 있다. 혹은 시적 화자가 쓰고 있는 작품 자체가 길안에서 아직 헤매고 있고, 작가가 직접 찾아 간 공간일 수 있다는 것이다. 시인은 시를 쓰는 이유가 곧 문명과 자연 에 대한 현대인의 갈등을 파헤쳐 보기 위함이고, 그 때문에 '시인은 그 리도 어려운 '시를 쓰고 있'는 것이라 말하고 있다. 시인과 시적 화자, 혹은 독자와 작가가 혼동되는 메타시에서 '물과 물이 섞인 자리같이 꿈과 삶이 섞인 자리는 표시가 없'다. 경계 자체를 없애는 시도를 하면 서도 현대인의 필연적인 인간 소외 내지 왜소화 현상으로 그는 '계속 시를 쓸 수밖에 없다'는 것이다.

(ㄷ)의 오규원 시 역시 시를 쓰는 자체의 은유적 사고에 대한 회의를 통해 시 쓰기에 대한 현상 자체의 고민으로 일관하고 있다. 즉, '시 쓰기에 대한 메타시'로써 현상에 대한 비판적 인용을 통하여 현실을 반성하거 풍자하기 위한 장치적 성격이 강하다.

메타시의 소재는 지극히 평범하고 볼품없는 주변인들의 삶과 권태롭고 하찮은 자신의 생활이라는 자체에서 출발한다는 점이다. 이러한 특징은 시를 쓴다는 것 자체의 회의와 자기반성에서 출발하는 시인의 태도가 '후기 산업자본주의 사회와 그 속에서 살아가는 현대인들의 본질적인 내면'[75]을 적나라하게 확인하고 고발하는 것까지 이어질 수 있기 때문이다. 끊임없는 반성을 통하여 끊임없는 변화를 주도하려는 메타시는, 즉 독자로 하여금 시로 접근하는 다양한 시각을 갖게 하는 의의를 찾을 수 있다.

(3) 패러디 기법의 유희

패러디(parody)[76]란 희랍어 명사인 paradia에서 온 단어로, '산문이나 운문에서 한 작가나 혹은 한 부류의 작가들을 우습게 보이려는 방식으로, 특히 우습고 부적절한 주제에 이들을 적용시키면서 모방하는 사고나 구절의 전환으로 이루어진 구성이다. 원작에 다소 밀접하게 근거를 두고 모방하는 것이지만 우스꽝스런 효과를 창출하기 위해 전환된 모방'이라 정의할 수 있다. 이런 조롱의 개념 때문에 아이러니와 상통하는 부분도 있다. 패러디에 대해서는 논자에 따라 표절이나 도용, 인용, 차용 등 조롱조의 모방을 말하기도 하지만, 레이먼드 페더먼

---

75) 정효구, 「장정일 론─도시와 문명 혹은 낙태와 도망」, 현대시학 , 1992. 1, p.212.
76) Linda Hutcheon, 김상구·윤여복 공역, 『패러디이론』, 문예출판사, 1992. pp.55~57. 참고.

(Ratmaond Federman)과 같은 포스트모더니즘 비평가나 소설가들은 '작품 제작과 수용행위의 상호보완관계를 주장'[77]하는 것처럼 문학 창작의 기법[78]으로 보기도 한다. 작가는 반드시 '독자/청자와 공동보조'를 취함으로써 양자에게 공통되는 언어로부터 의미를 만들어내려는 노력을 해야 하고, 새롭고 아이러닉한 문맥을 부여함으로써 독자에게도 유사한 요구를 하게 된다. 따라서 패러디는 유사성을 강조하면서 동시에 상이성이 부각되어야 한다.

정끝별은 논문에서 한국 현대시에 나타나는 패러디의 전개 양상에 대한 체계적인 접근을 통해 새로운 구조 원리로서의 패러디 시학을 정립했다. 기존에 가지고 있는 패러디에 대한 정의로는 단순한 영향과 모방, 표절과 변별되기 어려운 난점이 있으므로, 모방적 패러디, 비판적 패러디, 혼성모방적 패러디로 나누어 다양한 기능과 효과를 원텍스트와 비교·대조하면서 고찰을 시도했다. 문학 창작의 근본적인 전제인 '현실모방성'과 '창조성'에서 패러디의 의의를 정리하고 '소통'이라는 문학의 목적을 중심으로 패러디 유형을 체계적으로 정리했다.

디지털 매체에 익숙한 영상세대는 기존의 문자세대와 달리, 감각적이고 직접적이고 파격적, 변칙적이다. 더 나아가 원본과 복사본의 상호텍스트성을 분석하는 등 패러디 현상이 활성화되고 보편화되면서 창작방법으로 중요하게 거론되는 추세이다. 즉, 현실에 대한 부정적 의식, 회의적 의식으로 일관하며 장르의 혼용을 가져오는 시적 인식은 기존의 서정시가 가진 존재 의의에 대한 전위적 도전이었다. 전통적 의미에서의 서정시가 아니라 현대적 감각으로 각종 장르를 개인적 변용을 거쳐 개별적 시 장르로 탄생시켰다. 사실 이러한 실험적 인식은

---

77) 위의 책, p.13.
78) 정끝별, 「한국 현대시의 패러디 구조연구」, 이화여자대학교 대학원 박사학위논문, 1996.

작가와 독자의 위치를 혼용하고, 작가와 시적 화자의 위치를 혼용하면서 동시에 모든 장르의 개념을 허물어뜨리는 역할을 했다.

> 그녀의 연기에는 대역이 없다. 그녀는
> 자신의 허벅지에 버터를 바른다. '여기서 컷!
> '이 장면은 위에서 내리, 찍어, 줘요' 촬영기사에게
> 명령하니, 그녀는 감독을 겸하는구나, '점점 클로즈 업
> 시키면서 컷트, 알죠?' '레디 고'
> (……)
> 이제는 그녀가 영화를 찍는 것인지, 영화 속의 그녀가
> 그녀를 대신 사는 것인지 모르게 됐다.*
>
> —장정일, 「8미리 스타」 일부[79]

　사실 이런 모티프의 활용은 앞에서 언급한 '동화적 상상의 유희'와 연결될 수 있다. 〈호접몽(胡蝶夢)〉의 모티프를 활용하여 상상력을 확장시킨 작품이라고 분석할 수도 있기 때문이다. 분류 기준은 모호하지만 시인이 직접 '이 마지막 구절은 장자의 유명한 얘기인 〈胡蝶夢〉의 현대적인 패러디이다.'라고 밝히고 있기 때문에 본 연구에서는 패러디 기법으로 분류한다. 마지막 구절은 장자의 〈호접몽〉을 패러디한 부분이라고 밝히고 있듯, 시적 주체(그녀)나 시적 화자는 자신의 위치를 파악하지 못하고 있다. 현실과 꿈의 경계가 허무는 '장면'이 될 수 있다. 여기서 꿈이란 현실이고 문학이 된다. 즉, 이 작품을 통해서 단순히 읽히는 문학에서 작품의 장면을 상상하는 역동성이 포함된 문학으로 이완된다.

---

79) 장정일, 『길안에서의 택시잡기』, 민음사, 1988.

기존의 시적 상상력에 의해 분리되었던 시적 시니피앙과 시적 시니피에에가 장면을 통해 합체되면서 언어의 지시적 기능은 단순화되어 전달된다. 그것은 현실 인식이 거침없는 직설적인 언어로 표현되면서 시의 〈진지함〉을 포기하고 〈가볍고 표피적인〉 세계를 노골화하기 위한 것이다.

(ㄱ)

나와 섹스하기 전에는

그녀는 다만

하나의 꽃에 지나지 않았다

나와 섹스를 하고 난 후

그녀는 더 이상 꽃인 체하지 않는

利子가 되었다

—장경린, 「김춘수의 꽃」 일부[80]

(ㄴ)

나는 한 구멍을 사랑했네, 물푸레나무 한 잎 같은 쬐그만 구멍, 그 한 잎의 구멍을 사랑했네. 그 구멍의 솜털, 그 구멍의 맑음, 그 구멍의 영혼, 그 구멍의 눈물, 그리고 바람이 불면 보일 듯 보일 듯한 그 구멍의 순결과 자유를 사랑했네

—김언희, 「한 잎의 구멍」 일부[81]

---

80) 장경린, 『사자 도망간다 사자 잡아라』, 문학과 지성사, 1993.
81) 김언희, 『말라죽은 앵두나무 아래 잠자는 저 여자』, 민음사, 2000.

(ㄷ)

내 누님같이 생긴 꽃아 너는 어디로 훨훨 나돌아 다니다가 지금 되돌아와
서 수줍게 수줍게 웃고 있느냐 새벽닭이 울 때마다 보고 싶었다 꽃아 순아 내
고등학교 시절 널 읽고 천만번을 미쳐 밤낮없이 널 외우고 불렀거늘 그래 지
금도 피 잘 돌아가고 있느냐 잉잉거리느냐 새삼 보아하니 이젠 아조아조 늙
어 있다만 그래도 내 기억 속에 깨물고 싶은 숫처녀로 남아 있는 서정주의 순
아 난 잘 있다

—박상배, 「戲詩 3」 일부[82]

(ㄱ)은 김춘수의 「꽃」이라는 텍스트가 가진 일반론을 전복시켜 기존의
상상력을 희극적으로 표현하고 있다. 본질과 현상의 간극을 극대화한
존재론을 표방하는 이 텍스트에서는 '섹스'란 경계를 설정하여, 그 경
계를 넘으면서 현실화되는 '꽃'의 의미를 표현하였다. 즉, '꽃'은 '섹
스'를 경험하면서 '꽃'이 될 수 없는 순수의 한 정점인 셈이다. 이러한
현실 인식은 〈의미〉라는 존재적 가치를 강조한 김춘수 시의 「꽃」과 대
비시키면서 저돌적인 표현을 사용해 현대인의 실상을 벗기는 데 더욱
강렬한 효과로 창출해내고 있는 것이다. 그 외 김춘수의 「꽃」은 오규원
의 「'꽃'의 패러디」나 장정일의 「라디오와 같은 사랑을 끄고 켤 수 있
다면」, 황지우의 「다음 진술들 가운데 버트란드 러셀卿의 '확정적 기
술'을 포함하고 있는 것은」 등 많은 시작품에서 패러디의 대상 작품이
되었다. 여기서 유추되는 사실은, 패러디의 대상 작품이 될 수 있는 작
품은 기존에 많은 독자를 가지고 있으며, 명확하고 분명한 시적 소재
와 전개를 가지고 전달이 분명하게 이루어져 있어야 패러디 기법이 더

---

82) 박상배, 『잠언집』, 세계사, 1994.

효과적일 수 있다는 것이다.

(ㄴ) 역시, 오규원의 시 「한 잎의 여자」를 패러디한 작품이다. 오규원의 작품은 '여자'를 '한 잎'의 무엇으로 비유하여 순결하고 연약하고 청순한 이미지를 창출해냈다면, 김언희는 기존의 모든 이미지를 전복해 버렸다. 이러한 패러디는 일종의 기존 제도에 대한 반발, '시적 양식이나 비평적 권위에 대한 저항'[83]의 형태일 수 있다. 가장 효과적인 패러디는 독자가 작품을 통해서 패러디라는 것을 인식할 때일 것이다. 전체적인 구조가 패러디를 배경으로 하되, 패러디 대상 작품에서 시적 변용이 확인되어야 한다.

(ㄷ)은 서정주의 「국화 옆에서」를 패러디한 시로, 기존 작품이 가진 대중성과 전통적 사상을 뒤집는 데 효과적으로 패러디 기법이 사용되었다고 볼 수 있다. 특히 '서정주의 순아'에서 직접적으로 대상 작품을 모방한 사실을 밝히는 과정은 패러디 기법이 표절과는 다른 시 장르의 기법 중에 하나라는 점을 전경화하고 있다. 이처럼 화자의 시적 인식은 작가가 가진 현실 인식을 그대로 반영하고 있다. 인식의 출발은 직접적인 현실을 배경으로 하기도 하고, 다른 텍스트를 소재로 삼기도 한다. 혹은 각기 다른 장르의 특성을 적극 활용함으로써 그 장르들이 가지고 있는 장점과 기존 시학이 가지고 있는 장점을 혼합하여 주제를 극대화하는 데 사용했다. 이는 기존의 시적 인식을 파괴하고 갱신하는 역할을 담당했다.

어떠한 해체나 서정의 개념을 혼합하더라도, 시인은 사회에 영향을 받는다는 사실을 부정할 수는 없다. 그러나 시에서는 현실이라는 하나의 소재를 놓고도 시인의 세계관과 시적 상상력을 통하여 그 안에서

---

83) 이상호, 『디지털 문화 시대를 이끄는 시적 상상력』, 아세아문화사, 2002, p.20.

어느 정도의 변용을 거쳐 작품으로 완성된다. 즉, 시작품에서의 현실은 거울처럼 그대로 작품 속에서 재현되는 것이 아닌, 시인이 가진 인식의 틀에서 변형과 굴절을 거쳐 주관적인 세계로 재창조되는 것이다. 따라서 패러디 역시 그 배경은 시인이 가진 문화적 충격이나 삶의 공간을 그대로 반영한다. 그렇기 때문에 다른 작품에서 출발한 패러디 기법도 명확한 의미의 이중성을 획득할 수 있는 것이다. 시인의 작품과 세계의 관계는 시인이 가진 인식의 틀을 통과하면서 상호 견제의 대상이 아닌 독립적 자유가 있는 공간으로 재창조된다. 즉, 시인은 자유롭게 현실을 패러디하면서도 충분히 자기 정체성을 확립해야 패러디 기법의 활용이 가능하게 된다.

3) 시적 기법 확장의 기대 효과

시의 내용과 시의 형식은 언제나 함께 공존한다. 시가 가진 모든 것은 인간의 삶과 직결된 내용이므로, 시의 형식은 언제나 현실에서 얻어지는 사색과 체험을 통해 의미를 획득하게 된다. 따라서 작가의 독자적인 변혁은 독자에게 현실의 반영과 미적 감동을 주지 못한다. 일반인들이 가진 모든 교양과 지식, 훈련된 문법을 깨부수고, 인습화된 관습을 파괴함으로써 오히려 시가 내포하는 주제를 강력하게 표방한다. 우회적 표현을 통한 풍자가 오히려 현실에 가깝게 접근함으로써 현실과 시문학은 상호텍스트성을 획득할 수 있는 것이다. 상호텍스트성이란 대상이 된 텍스트를 인용하여 고쳐 쓰고, 혹은 흡수나 부연을 통해 변형을 이루어 소여의 텍스트를 만든다. 쥬네트는 해당 관련 텍스트간의 관계에만 한정적인 개념을 둔 것에 반해, 바흐친이나 크리스

테바, 바르트 등은 보다 넓은 개념으로 규정짓고 있다. 즉, 모든 텍스트의 의미를 가능케 하는 일정량의 지식이나 잠재적으로 무궁한 코드의 네트워크나 의미작용의 실행 등과 결부된 여러 가지 경우를 포괄하는 것이다. 더 나아가 데리다 등의 해체이론에서는 텍스트성 속에 이미 이러한 상호텍스트성의 개념이 함축되어 있다고 말하며, 모든 창작은 엄밀하게 말해서 바꿔쓰기와 고쳐쓰기일 뿐이지 순수한 창작이란 없다는 것이다.[84] 다른 텍스트를 통하여 자신의 텍스트를 부각시키는 인식체계인 셈이다.

이러한 시적 기법의 확장을 통해 시창작에 적용될 수 있는 기대 효과를 예측해 볼 수 있다.

첫째, 시적 구속성에서의 해방이다. 시적 다양성이 확보되는 동시에 기존 시가 가지고 있던 형식적인 규칙이나 시다운 창작방법론들이 붕괴되기 시작했다. 단순한 형식의 실험이 아닌 시적 의식의 전환, 즉 철저한 현실성이 집약된 철저한 현실 부정을 통해서 세계를 작품에 반영한다.

둘째, 시적 경계의 해체이다. 장르가 가지고 있는 경계를 해체하고 미학적 질서를 새롭게 발견하려 한다. 기법 나열은 곧 기존 질서와의 단절을 예고하고, 곧 미학주의의 분해와 해체를 초래하여 포스트 모더니즘적 경향이 두드러지게 부각된다. 그러나 간과해서는 안 될 문제는, 바로 시는 언어 예술이라는 점이다. 그림, 사진을 포함한 다른 시각 장르를 함께 활용하여 시작품을 만든다 하더라도 예술에서 독립적으로 미적 형상화를 언어로써 구사해내는 장르이다. 따라서 정확한 언어에 대한 인식 작업을 기본으로 할 때 비로소 재창조, 재구성의 영역

---

84) 김병로, 「메타픽션에서 나타나는 패러디와 해체의 담론 시학-장정일의 '그것은 아무도 모른다' 분석을 중심으로」, 『한남어문학』 제23집, 1998. 12, 참고.

으로 변화할 수 있다는 전제를 상기해야 할 것이다.

셋째, 시의 재구성력 확장이다. 자연적으로 제시된 시간과 공간의 제약은 없이 새롭게 재구성된다. 또한 시작품은 기존의 은유나 비유를 포함하면서 동시에 일상생활에 직접 침투하는 등의 파격적인 기법을 표현한다. 독자들은 이런 낯선 형식에 당황하면서도 관심을 기울이는 시적 효과를 누리는 셈이다. 즉 삶을 직간접적으로 제시하여, 독자의 상상력의 한계를 넓히고, 인식하지 못한 현대의 특징을 보여주면서 정확한 현대 사회에 대한 비판과 공감에 대한 인식을 형성할 수 있다. 단지 현실에서 직접적으로 생산된 작품이 시 형식의 해체를, 더 나아가 새로운 시 형식을 모색할 수 있다.

3
경험의 확장을 활용한 시 창작방법

1) 문학작품의 경험과 확장성

문학연구의 대상은 물론 작가와 작품을 기본으로 하고 있다. 따라서 작가가 현실에서 경험하는 모든 것이 문학으로 흡수될 수 있다. 그러나 문학은 한편으로 사회적 산물이기 때문에 그를 지배하고 변화시키는 국가, 정치, 사회, 이데올로기 등 여러 상황을 도외시하고 결론에 도달하기는 힘들다. 일찍이 문학사가들은 문학의 순수성을 고집하기 위하여 문학만의 독자성이나 특수성을 밝히려고 시도하였다. 하지만 오히려 그들이 밝혀낸 독자성과 특수성이야말로 사회의 그것과 상호작용을 통해서만 획득할 수 있는 것이었다.[85] 문학의 정신적 배경이 되는 사회 전반은 역사와 그 역사가 만들어진 지역의 영향을 받아 정립

---

[85] 임수경, 「한국 전후시 연구―1950년대 남북한 시문학 대비」, 단국대학교 대학원 석사학위논문, 2000, p.1.

된다. 그것은 문학에 있어서 삶의 경험이 기본을 이루기 때문이다. 현실적 공간 인식을 통해 문학에 접근하려는 태도는 문학적 상상력의 바탕을 형성하는 데 큰 영향을 미친다. 현실 공간과 문학공간과의 상관관계를 인정하는 것은 바로 냉정한 현실 인식에서 비롯될 수 있기 때문이다. 따라서 미래에 대한 낙관적 전망을 상실하지 않기 위해서는 우리나라 민족이 처한 현실의 냉철한 역사·철학적 인식이 필수적으로 요구된다. 그리고 작가에게는 이를 문학공간내에 예술 미학으로 형상화시키려는 노력이 더불어 요청된다.[86] 장르를 초월하여 모든 글쓰기는 궁극적으로 '〈나〉에 대한 글쓰기'[87]의 변용이다. 이 점을 상기할 때, 서사성을 내세운 소설 장르나 함축과 서정성을 가진 시 장르, 또는 더 넓게 모든 문학 장르가 가진 창작방법은 궁극적으로 그 방법적 차이가 없다. 창작자가 가진 경험에서부터 출발한다는 점은 동일하다. 따라서 경험을 시적 모티프로 사용하는 데 가장 기본이 될 수 있을 것이다.

경험이란 인간이 '실재(實在)를 인식하고 구성하는 여러 가지 양식을 포괄하는 용어'[88]로 정의되며, 이 경험을 통해 공간과 장소의 의미가 정리될 수 있다.

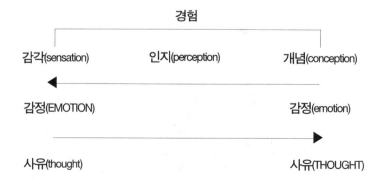

경험은 감정과 사유를 동반하므로 경험은 시적 상상력을 넓히고 문학관을 정립하는 데 아주 중요한 요소가 된다. 객관화된 현상에 작가는 주관성을 개입시킨다. 즉, 실제 현상을 모방하고, 실제 현상이 가진 구성을 다시 재배열하면서 객관화된 현상을 주관화된 경험으로 재구성하여 창조한다. 인간의 행위란 상호관계를 통하여 주관화된 의미를 형성하고 구체적인 상황을 만들어 경험과의 관계를 개념화시키는 작업이라 볼 수 있다. 따라서 이때의 경험은 작가가 만든 주관적 경험이며 작품화된 예술적 경험인 것이다.

실체를 변화시킨 경험을 통해서 발현된 작품을 독자는 향유하게 된다. 작가의 예술적 경험을 감상하고 이해하는 과정에서 경험은 독자를 통해 주관화된 경험으로 재해석되는 시적 경험을 부여하게 되는 셈이다. 이런 의미에서 오히려 이 시적 경험은 앞에서 제시된 시적 상상력이나 시적 기법 이전에 선행되어야 할지도 모른다. 그러나 본 연구에서는 경험이란 시적 상상력과 기법을 완성시키기 위한 하나의 과정이라는 측면에서 접근한다. 이런 시적 경험의 유형을 분류하여 살펴보고자 한다.

---

86) 윤여탁, 「민족현실의 시적 형상화와 장르의 객관화」, 《문학과비평》, 1988.12, pp.384~385. 참고.
87) 장석주, 『세기말의 글쓰기』, 청하, 1993. p.141.
   이재룡은 '자아(AUTO), 삶(BIO), 글쓰기(GRAPHIE)가 합해서 만들어진 자서전 (Autobiograhie)이란 용어야말로 문학을 가장 함축적으로 설명하는 장르의 명칭'이다, 라고 말한다. 이재룡, 「자아—삶—글쓰기」, 《작가세계》, 1993. 봄, p.331.
88) 경험은 사람이 겪은 일로부터 배울 수 있는 능력을 의미하고, 따라서 경험하는 것은 배우는 것이다. Yi—Fu Tuan, 구동회 외 역, 『공간과 장소』, 대윤, 1995. p.23.

2) 시적 경험의 확장 유형 및 분석

(1) 문학공간 답사 경험의 확장

　그동안 시문학에 나타난 공간에 대한 인식은 그다지 활발하게 전개되지는 못했다. 인간이 영위하는 삶의 조건은 시간과 공간이 전부를 이루고 있다고 해도 과언이 아닐 것인데, 그에 비해, '문학과 공간의 관련성, 즉 문학공간과 현실공간의 관련성'[89]은 공간과 시간의 관계 양상만큼의 관심을 끌지는 못했다. 그것은 공간에 관한 선행 연구가 많지 않은 것을 보아도 쉽게 파악할 수 있다. 그리고 사실 시작품에서 문학공간을 연구한 사례보다 소설작품에서의 연구 성과물이 많은 건 사실이다. 이는 시작품의 함축과 상징을 통해 작품 속에서 가진 시간성과 공간성을 논의하는 것보다 소설이 가진 서사성을 통해 문학공간을 정의하기에 훨씬 수월하기 때문이다. 시작품에서의 문학공간 연구도 최근 들어 주요한 연구 주제로 인식되고 있는 추세이기는 하나 현대시를 대상으로 공간 문제를 본격적으로 논의한 학위논문 사례는 그리 많지 않다. 발표된 연구자료 역시 한 시인이 가진 공간론에 한정하여 논의를 진행시키거나 주관적 분류에 의한 나열에 그칠 뿐이고 또는 창작 방법론을 도출하더라도 실상 실험성 위주의 기법 수준에 국한된 문제를 언급하는 정도가 많았다.

　대표적인 연구 결과를 살펴보면 다음과 같다. 김광엽은 「한국 현대시의 공간 구조 연구」에서 작품을 둘러싼 그 사회적, 역사적 연속성이 작품내의 상상력에서부터 확산되어 나가는 것을 중심으로, 시작품에

---

89) 유지현, 『현대시의 공간 상상력과 실존의 언어』, 청동거울, 1999, p.19.

대한 다양한 접근방식들의 상호 거리를 단축시키는 새로운 방법론을 정립하려고 노력했다.[90] 이육사와 유치환, 김춘수와 김수영의 텍스트가 가진 공간성을 중심으로 당대 현실 공간과의 관계를 밝히면서 어떤 문학적 영향을 받았는가에 대한 연구 방식은 공간을 중심으로 다루었다는 것을 제외하고는 결국 텍스트를 중심으로 한 기존의 분석방법과 별반 차이가 없었다.

김선학 역시 「한국 현시대의 시적 공간에 관한 연구」에서 한용운, 이육사, 윤동주, 서정주의 작품에서 나타난 이미지와 내면 공간성을 분석하기 위해 접근[91]했지만, 이 연구도 기존의 텍스트 중심의 연구 분석에서 벗어나지 못하고, 작품의 공간성에 대한 독자적인 기교나 방법에 대해서는 언급하지 못했다.

박진환은 「한국시의 공간구조 연구」에서 정신분석적 방법으로 1920~30년대 시인들이 작품에서 표현하고 있는 공간을 비교, 분석하면서 그들이 무의식적으로 드러내고 있는 당대 현실에 대한 문학적 저항의 형태를 분석했다.[92] 그러나 한정된 시인과 작품을 대상으로 하여 한 시대를 전체적으로 조망하려는 시도가 한계로 지적되었다.

유지현의 「서정주 시의 공간 상상력 연구」가 이에 해당한다. 서정주 시집을 대상으로 '집'에서 출발하여 다시 '집'으로 귀환하는 순환의 여정으로 짜여진 원환의 공간적 상상력을 주목한 이 연구는, 서정주 작품에 드러나는 공간을 분류하고 각각의 공간의 형태가 시적 자아와 어떠한 정서적 연관이 있는가를 밝히는 데 주력[93]했지만, 공간을 통한 시

---

90) 김광엽, 「한국 현대시의 공간 구조 연구」, 서강대학교 대학원 박사학위논문, 1993. 이 논문에서 Text와 Context, History와 합성시켜 '콘텍스토리(Contextory)'라는 신조어를 만들어내어 역사 안에서 연속적으로 흐르는 양상을 파악하려 했다.

91) 김선학, 「한국 현시대의 시적 공간에 관한 연구」, 동국대학교 대학원 박사학위논문, 1989.

92) 박진환, 「한국시의 공간구조 연구」, 중앙대학교 대학원 박사학위논문, 1990.

적 상상력의 개념화에 그치고 있을 뿐, 방법론적인 측면에 대한 언급은 미흡한 상태이다.

김종태는 「정지용 시 연구」에서 정지용의 작품을 바다시편에서 산시편으로 공간 이동한 점을 착안하고, 이 시편들에 도시적 공간성이 보태어지면서 수직 상승적 교감의식이 나타나는 것을 보여주며, 작품의 기존 총체성 속에 새로운 의미를 부여하려고 시도하였다.[94] 역시 정지용의 이론적 공간성만을 밝혀내는 데 그쳤다.

문학공간을 대상으로 접근하는 창작방법론에 대한 연구는 문학공간의 시각을 마련하는 동시에 시작품에서 나타난 실제공간과 예술공간의 총체성을 파악할 수 있게 해준다는 점에서 주목된다. 그것은 이질적인 체험들이 새로운 전체로 동시성 속에서 통합될 수 있다는 점과 이미지를 시각적 재생이라는 제한된 틀로부터 포괄적인 뜻을 가진 공간성의 구축으로 확대한다는 의도와 맞물려 공간성을 규명할 수 있기 때문이다.[95] 이러한 공간에 대한 자각은 시적 상상력을 바탕으로 형성한다는 점에서 시의 본질적 이해와 감상을 위한 필수적인 작업이라고 볼 수 있다. 따라서 본 연구에서는 문학공간과 시적 상상력을 바탕으로 작품을 분석하는 데 있어 하르트만의 공간 분류법을 차용한다.[96] 현상학자 하르트만(N. Hartmann)은 작품에서 제시된 공간과 시인의 연관관계를 실제공간·직관공간·기하학적 이념공간으로 나누어 설명했다.[97] 실제공간은 가시적인 실제적인 자연공간이며, 직관공간은 의식공간이고 기하학적 이념공간은 공간 속성의 체계적 상호 규정 등으로 분류할 수 있다. 작품에 있어서의 공간은 하나의 실제공간이지만 그 실제공간

---

93) 유지현, 「서중주 시의 공간 상상력 연구 : "화사집"에서 "질마재 신화"까지」, 고려대학교 대학원 박사학위논문, 1997.
94) 김종태, 「정지용 시 연구 : 공간 의식을 중심으로」, 고려대학교 대학원 박사학위논문, 2002.
95) 오세영, 「현대문학의 본질과 공간화 지향」, 문학사상, 1986.4~5, 참고.

에서 파생되는 직관공간과 의식공간은 여러 종류로 변화될 수 있다. 즉, 나누어진 공간 사이에는 동질성을 가지는 동시에 연속성과 무한계성을 가진 공간으로 확대될 수 있다는 역동성을 지니고 있다.

작품에서 실제공간은 의식공간과 동류항으로 인지될 때 작품의 이미지는 선명하게 부각되는 것이다.[98] 일반적으로 이를 현실공간, 예술공간, 재현공간으로 나누어 설명하는 데, 작품에서 나타난 공간에 관한

---

96) 시에서 공간에 관한 주제를 체계적으로 논의한 이론은 그리 많지 않다. 따라서 공간에 관한 시론적 연구를 접근하는 데 하르트만의 공간 분류법을 가져온다. 첫째, 본 연구는 시에서의 공간 논의를 할 때, 칸트의 공간론과는 근본적으로 다르다는 것을 밝힌다. 칸트는 현대문학의 공간이란 외부의 경험에서 추상된 경험적 개념이 아니라고 했다. 어떤 외부에서 온 경험의 공간이라면 그것은 곧 상호관계 속에서 추출된 공간 개념이므로, 지각을 제외한 공간 즉, 절대적인 공간을 뜻한다. 하르트만이 가진 첫 번째 개념인 실제공간은 시간에서도 절대성을 가지고 있다는 순수한 직관에서의 공간을 뜻하지만, 정형화된 공간성이 아닌 변화를 가진 시간적 연속성과 시적 세계관을 가지기 때문이다. (Immabuel Kant, 최재희 역, 「공간론」, 『순수이성비판』, 박영사, 1983, pp.76~79. 참고.) 둘째, 본 연구는 하르트만의 공간 분류법에 인문지리학자인 이푸 투안(Yi-Fu tuan)이 가진 장소와 공간의 개념을 첨부시킨다. 인간이 존재하면서 모든 사회와 환경에 정신적으로 물질적으로 유대관계를 맺고 있고, 또 그들은 자신만의 내부 시각으로 장소를 공간화시킨다. 그런 시각이 인간의 행태와 가치에 강하게 영향을 받는다는 견해를 본 연구의 공간 개념에 첨부시킨다.(Yi-Fu tuan, 구동회 외 역, 『공간과 장소』, 대윤, 1995.) 따라서 셋째, 공간은 작품에서 배경인 동시에 인식으로서 공간이 포괄된다. 월렉(Rene Wellek)과 워렌(Austin Warren)이 주장한, '배경이 문학작품에서 수행하는 기능을 보다 가치 있는 것으로 파악하고, 나아가 공간을 작품 전체에 영향을 주는 환경의 개념으로까지 인식' (최수웅, 앞의 책, p.50.)할 수 있다는 상호 연계를 무리하게 분리하지 않은 한도에서 공간과 작품의 관계를 접근했다.(Rene Wellek & Austin Qarren, 『Theory of Literature』, Penguin University Bookw, 1973.) 이러한 인식으로서 공간은 공간의 의미와 의미의 공간을 '지각' 이라는 차원에서 분류한 미셸 콜로의 주장과도 일치하는 점을 보인다. (Micbel Collot, 정선아 역, 『현대시와 지평구조』, 문학과지성사, 2003.)

97) Hartman, 조욱연 외 역, 『존재학의 새로운 길―비판적 존재학』, 형설출판사, 1990. pp.180~182. 참고
자연철학의 가장 절박한 과제는 공간과 시간이라는 차원적 범주에 대한 연구이다. 공간을 세 분류로 나누었던 하르트만은 시간을 세계 속에서 일어나는 모든 일이 종속되는 실제시간(Realzeit)과 의식 내용이 현상하는 직관시간(Anschauungszeit)으로 구분했다. 공간과 대조적으로 시간은 정신적 세계에 미친다고 하여 시간을 직관의 범주에서 의식의 실제 범주까지 넓혀 주관의 제한을 없앴다. W. 스테그뮐러, 김익현 역, 『현대철학』, 지평문화사, 1996. pp.317~318.

98) 이 연구에서는 하르트만의 이론에서 나오는 실제공간을 '현실의 공간' 이라 하고, 직관공간을 '문학의 공간' 이라 하여 두 가지를 비교하며 논의를 전개한다. 기하학적 이념공간은 3차적 개념인 독자와의 관계에서 비롯된 것으로, 논의의 혼동을 피하기 위해 본 장에서는 제외하고 4장에서 교육방법의 방향으로 다루기로 한다.

주제를 체계적으로 논의한 이전의 연구들은 타 문예이론 연구에 비해 역사가 그리 길지 않다. 하지만 작품공간 구조에 대한 논자들의 의견은 특수하고 개별성을 보이긴 하지만 어느 정도의 공통점을 보이는 보편성을 띠고 있는 것도 사실이다. 다시 말해서, 작품공간과 현실공간이 논의의 대상으로 남게 되는 것이다. '작품 속의 공간은 현실 세계와 유기적이고 상징적 차원에서 관련을 맺는 것'[99]처럼 현실공간 또한 작품 속으로 융화되면서 재구성·재창조됨은 당연한 과정이다. 이 세 가지 공간의 개념에 작가의 시적 상상력과 독자의 시적 상상력이 개입되면 다음과 같이 정리할 수 있다.

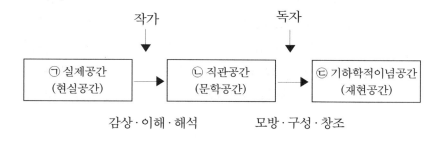

(ㄱ) 실제공간은 현실공간이다. 공간의 인식을 통해 객관화를 가질 수 있는 공간을 뜻한다. 이 실제공간에는 공간 스스로 역사성과 사회성을 가지며 그것을 통해 상징성을 갖게 된다. 외부경험을 제외한 관념화된 공간으로 추상화된 공간이다. 이 공간은 주관이 개입되지 않은 상태에서 자체의 객관화된 상징성을 가지고 있다. 모든 공간은 다른 상호구성작용에 앞서 있고, 현상학적 실체로서 존재한다는 것이다.

(ㄴ) 이 객관화된 상징성에 작가는 주관성을 개입시킨다. 실제공간을

---

99) 유지현, 앞의 책, p.12.

모방하고, 실제공간이 가진 구성을 다시 재배열하면서 객관화된 상징
성을 주관화된 재구성으로 창조한다. 인간의 행위란 상호관계를 통하
여 주관화된 의미를 형성하고 구체적인 상황을 만들어 공간과의 관계
를 개념화시키는 작업이라 볼 수 있다. 따라서 이때의 공간은 작가가
만든 직관공간이며 문학공간인 것이다.

　ⓒ 실체를 변화시킨 직관을 독자는 그대로 받아들이지 않는다. 예술
공간을 감상하고 이해하는 과정에서 공간은 다시 한 번 독자를 통해
주관화된 상징성으로 재해석된다. 작가가 의도한 방향일 수도 있고,
의도하지 않은 방향으로 해석이 될 수도 있다. 이러한 감각과 경험에
대한 공간이론은 이푸 투안이 제시한 공간의 이해 부분과 연결할 수
있다. 그는 공간을 해석할 때 인간의 지각과 감성이 반영된다는 점을
밝히면서 작가의 의도로서 공간과 독자의 이해로서 공간을 보는 관점
을 경험이 근거한 상상력의 차이라 설명하고 있다. 따라서 장소와 공
간의 개념이 나뉘고 그에 따른 정의와 문학적 형상화도 달라질 수 있
다.

　ⓐ

　　삼월에도 사북은 춥고
　　연밥이 지닌 숨구멍은 난사당한 과녁처럼 위태로웠지만
　　기이한 평화에 소리없이 문이 생기고
　　주인 할머니가 들어와
　　방바닥을 만져보고 나가는 것이었다

　　　　　　　　　　　　　　—김선우, 「연밥 속의 불꽃」 일부[100]

---

100) 김선우, 『내 혀가 입 속에 갇혀 있길 거부한다면』, 창작과 비평사, 2000.

(ㄴ)

눈 내리는 날

경기도 성남시

모란시장 바닥에 쭈그리고 앉아

천원짜리 한 장 내밀고

새점을 치면서

어린 새에게 묻는다

나 같은 인간은 맞아 죽어도 싸지만

어떻게 좀 안되겠느냐고

묻는다

새장에 갇힌

어린 새에게

— 정호승, 「새점을 치며」 전문[101]

　(ㄱ)의 김선우 작품에서 '삼월의 사북'은 실제 날씨 이상으로 춥고, 위
태로울 것으로 예상할 수 있다. 시인이 공간을 직접 체험하여 우러나
오는 시적 상상력이므로 작품에서 발견되고 있는 공간은 시인이 응시
하고 있는 삶의 공간과 작품의 공간이 그대로 독자의 공간으로 이행되
고 있는 셈이다. 따라서 독자는 마치 눈앞에 그려진 듯한 실제적 묘사
를 경험할 수 있고, '기이한 평화'나 '소리 없이 열리는 문', '주인 할머
니의 거친 손등'까지 독자는 시작품으로의 감정이입이 훨씬 수월해질
수 있다.

　(ㄴ)의 정호승 작품에서의 눈 내리는 날은 북적대는 '모란시장 바닥에

---

101) 정호승, 『눈물이 나면 기차를 타라』, 창작과 비평사, 1999.

쭈그리고 앉아' 새장을 바라보고 있는 선천적 외로움의 나그네(시적 화자)를 눈앞에 직접 묘사해 준다. 사진을 찍어 놓은 듯, 나그네의 모습과 나그네의 애절함은 독자의 슬픔과 동일화가 이루어진다. 새장에 갇힌 새와 비교되기에 화자는 더욱 슬프고, 화자처럼 직접적인 슬픔을 얘기할 수 없기에 글을 읽고 있는 독자(나)는 자신에 대한 동정 때문에 더더욱 슬프다. 작품과 동화될 수밖에 없다. 다시 말하면, 슬픔이 있는 곳에 그(화자)가 있고, 그곳에 화자는 독자를 끌어들인다. 시적 공간 속에 함께 공존을 유도하는 것이다.

작가는 현실의 공간을 시작품 속에 새롭게 창조하면서 자신의 고유하고 독특한 정서와 의식을 나타낸다. 직관공간을 창조하면서 현실 세계와 작품공간을 연계하여 자신의 자각을 반영한다. 따라서 작품 안에서 이미지는 인식되는 것이 아니라 지각되는 것이고, 또 작가는 작품 안에서의 현실을 창조하면서 실제 현실을 그대로 복사하는 것이 아니라 현실 이상의 차원을 상상하며 창조하는 것이 된다. 현실은 작품 안에서 재정의를 요한다. 현실을 바탕으로 한 문학공간은 '모사나 모방을 넘어서 가상과 잠재성의 영역과 결합되어'[102] 작가의 문학적 상상력과 결합되면서 '절실한 가치들의 중심지'[103]로 거듭나는 것이다. 그렇기 때문에 창작방법에서도 생생한 현장성을 획득할 수 있는 것이다.

> 우리가 적막한 어둠이 되어 어둠 속을 지나서 다다르는 새벽 이마에 眉川
> 이 있다 사랑은 어느 길 옆 젖은 채로 남겨두고 훌훌 가야 하는 眉川이 있다
> 겨울이 오지 않아도 눈발 스치는 강물이 등뒤로 식어갔다
>
> —김수복, 「眉川」 일부[104]

---

102) 김미정, 「'脫一'의 감각과 쓰기의 존재론」, 《문학동네》, 2004.가을. p.75.
103) Yi—Fu tuan, 앞의 책, pp.7~25. 참고.

시인은 가을날 해질 무렵 산에서 '미천'을 바라보고 있다. 지금은 어둠 속에 있지만, 결국 어둠의 끝은 새벽임을 암시해 준다. '사랑은 젖은 채 남겨두고' 현실에서 멀어지기 위해 떠나는 여정이면서 동시에 '새벽'을 기다리는 간절한 소망이 창작방법화되고 있다. 세속의 사랑과 자연의 원초적 생명이 대조를 이루면서도 어울어지며 강물이 되어 흐르는 것을 볼 때, '강물'로 표상되는 시원의 공간은 현실에서 합일점을 찾을 수 있다. 시적 화자는 제 몸 안에서 가을산을 바라볼 수 있고, 헤어진 강물이 비로소 하나가 되어 다시 만나 흐를 수 있게 된다. 자연과 합일이 되어 동일성을 이루는 모습으로 '삶의 배경으로서 혹은 상상력의 공간으로서의 지평'[105]을 열고 있다. 시적 공간에서의 시원은 현실과 동일시된다. 새로운 모습으로의 변형을 이루어 현실의 부재를 재탄생시키는 모습이다. 이러한 재탄생은 있는 장소나 공간도 없는 것으로 만들기도 한다.

> 벼랑에서 뒤로 물러나 앉은 바위 위에 올라서니 저 벼랑 아래 안개 걷히는 개울 사이 작은 돌 위에 위태롭게 물새 한 마리가 서 있는 것이 눈에 들어왔다 禪도 無爲도 사랑도 미움도 보이지 않았다 멀리 오르막길을 숨차게 올라오는 완행버스만이 보였다 몰운대는 없고 몰운대는 어디에도 없고 몰운대는 비 갠 저물 무렵에도 없었다

—김수복, 「몰운대」 일부[106]

---

104) 김수복, 『모든 길들은 노래를 부른다』, 세계사, 1999.
105) 김용범은 김수복이 가진 문학공간을 우주구조론이라 하여 그의 유년시절의 상징적 표현의 양상이면서 동시에 현실적 공간으로서의 이중적 의미를 장치하고 있다고 했다. 이때 이중적 의미란 그곳이 유년의 공간이거나 상상력의 공간이면서 동시에 현실의 공간임을 인식하지만, 시인이 마련해 둔 텍스트를 통해 공간을 해방 혹은 융합시킨다는 의미를 가진다. 김용범, 앞의 글, p.121. ; 이상호는 김수복의 시는 절실하게 떠오르는 치열한 존재의식을 공간적 의미로 이미지화시켜 영속성에 대한 소망을 나타내고 있다(이상호, 「모든 의식은 새벽을 향해 열려 있다」, 《심상》, 2003. 겨울.)고 하면서, 그 공간성은 바로 사람에 대한 그리움이란 복합적 의미를 띠고 있다. 이것은 그의 작품 전체에 내재되어 있는 의식의 구조가 시적 자아와 현실이라는 세계와의 갈등에서 기인한 것이기 때문으로 환원시켰다.

때로는 작품에서 실제공간이 사라지기도 한다. 이 작품에서 몰운대
는 없다. 시적 화자가 있는 곳에서 모든 공간은 무화(無化)되므로 '선
(禪)도 무위(無爲)도 사랑도 미움도' 없이 숨차게 오르는 완행버스와 위
태롭게 서 있는 물새 한 마리가 있을 뿐이다. 현실적 상황은 분명 비관
적이고, 암울하다. 세계와 떨어지고 싶지만, 그 세계 속에서 발을 담그
고 위태로운 현실만 있을 뿐이다. 그러나 화자는 그 공간에서 또 다른
에너지를 발견한다. 그것이 시적 화자가 떠나고 싶어 했던 현실이었
고, 결국 몰운대에서는 그 현실 이상의 것을 찾지 못한 듯해 보이나,
사실 몰운대에서는 비 갠 저물 무렵도 없다는, 시간과 공간을 초월한
시원의 생명력을 찾고자 하는 화자의 의지가 엿보인다. 즉, 세계 속에
서 화자의 감정은 국한된 것이라면, 자연공간 속에서 화자는 자연 이
상의 상상력으로 확장이 가능한 것이다. '여행을 떠나거나, 홀로 숲 속
으로 들어가는 행위, 바다는 바라보는 행위 등은 모두 사물 자체로의
자연공간을 대면'[107]하면서 동시에 그 이상의 주관적 구체화를 가진 공
간으로 재구성되는 것이다.

> 어린 눈발들이, 다른 데도 아니고
> 강물 속으로 뛰어내리는 것이
> 그리하여 형체도 없이 녹아 사라지는 것이
> 강은,
> 안타까웠던 것이다
>
> ─안도현, 「겨울 강가에서」 일부[108]

---

106) 위의 책.
107) 위의 책, p.141.
108) 안도현, 『그리운 여우』, 창작과 비평사, 1997.

현실공간에서 문학공간으로 전이되면서 공간 속의 소재인 '강물과 내리는 여린 눈발'이 하나가 되고 있다. 자연공간에서 출발한 경험의 구체화는 물아일체(物我一體), 무위자연(無爲自然) 등의 상상력으로 일반화되는 것이 동양적 세계관이라 볼 수 있다. 동양에서는 인간의 이상형은 곧 '자연'과 동화되는 것으로, 조화를 이루는 것이 목적이다. 따라서 자연공간과 화자는 하나가 되고, 독자까지 그 분위기의 전달이 가능하다. 존재하는 공간과 일탈의 공간, 꿈꾸는 공간, 회상의 공간이 하나의 공간으로 합체하여 작가만의 공간으로 재탄생된다. 따라서 독자는 작가의 이런 창작방법을 이해하면, 그의 작품을 감상하고 해석하는데 훨씬 수월하게 감정이입이 가능할 것이다.

(2) 디지털 매체 경험의 확장

기존에는 작품을 단지 활자매체로만 향유하던 문학이 이제 컴퓨터라는 전달 수단의 매체가 변모되면서 시인이 전달받는 시 장르의 인식까지도 변화시키고 있다. 시인이 가진 일차적인 단상에서 시 창작을 하는 것이 아닌, 멀티적인 상상력, 즉, 컴퓨터의 가상공간에서 펼쳐지는 간접 경험을 통한 다차원적인 상상력에서 시 창작으로의 접근을 시도하기 때문이다. 컴퓨터는 통신과 결합되면서 문학의 정보 보존과 전달 매체로 자리하게 된 변화 속도는 상상을 초월할 정도로 빠르고, 그 변화 대상도 예측하기 힘들어졌다. 매체 변화란 단순히 문학의 전달 수단의 변화만을 의미하는 것이 아니다. 매체의 특성에 따라 기존의 시 장르의 감상과 이해 방법, 향유 방법, 또는 시인이 가지고 있는 시 창작의 의식과 대응방식, 그리고 표현 대상과 시적 인식까지 변화시키는 중요한 요소가 될 수 있다. 첫째, 각종 디지털 매체를 통하여 손쉬운 방법으로 새로운 지식을 제공받고, 둘째, 또한 디지털 매체가 가진 실시간성과 탈공간성으로 중앙과 주변의 경계를 없애는 긍정적인 방향으로 전개되고 있다. 이러한 미디어가 디지털 시대에 접어들면서 종합적으로 각종 디지털 테크놀러지의 형식으로 문학의 패러다임조차 변화시켰다. 시 장르의 입장에서 볼 때, 경험이란 곧 컴퓨터를 주축으로 하는 각종 디지털 양식이라는 창작도구와 인터넷이라는 소통의 수단이 새롭게 등장했음을 의미한다. 즉 컴퓨터의 보급으로 이 매체 안에서 모든 커뮤니케이션이 이루어지도록 그 산지(産地)를 확고부동한 자리로 매김하기에 이른다.

이러한 시 창작방법에 대한 학위논문은 최근 들어 발표되기 시작할 정도로 학자들에게 디지털 문학의 관심은 집중되고 있다. 김의수는 「김춘수 시의 상호텍스트성 연구」(서울대학교 대학원 박사학위논문, 2002.)에서 김춘수 작품에 나타난 다양한 기법의 실험과 시적 실천 양식을 해체적 독법으로 분석하였다. 김춘수의 전체 작품을 텍스트로 하여 텍스트의 관련 양상을 해명하기 위해 텍스트들이 담고 있는 상호텍스트성에 초점을 맞추어 매스미디어적 방식인 CD-ROM 시선집 구현까지 논의를 확대하였다. 김춘수가 작품에서 가지고 있는 신화나 설화, 음악과 회화 자체 및 그 장르적 차용과 변용이라는 재문맥화를 통해 새로운 서사의 창조와 메타적 확장이 릴케나 말라르메를 비롯한 김소월, 이상화 등 다수의 시인 작품들과 연계하여 '영향과 포옹'의 관계를 구명하는 데 논의의 의의를 둘 수 있으나, 매스미디어의 영향으로 취미화·사변화되어 가는 시 창작 활동에 독자들이 텍스트를 감상하는 것 이상으로 직접 참여할 수 있는 영역에 대한 부재가 단점으로 지적된다.

이러한 변화는 활자매체에 전적으로 의존하던 기존의 창작방법과는 달리 매체를 동원하여 현실과 가상을 조합하는 신개념의 창작방법도 도모할 수 있게 되었다. 즉 매체를 단순히 정보 전달의 도구로만 본다면, 디지털 매체는 책을 대체하고도 남을 것이다. 그러나 그보다 훨씬 중요한 점은, 정보를 매개하는 방식의 차이가 정보를 대하는 태도의 차이, 그것을 살아내는 방법의 차이, 그리하여 인간적 활동 영역의 차이로 연결된다는 것이다. 디지털 매체는 동시성을 가진 소통의 매개로 삼아 실제 현실과 똑같은 〈가상현실〉[109]을 제공하여 '방대한 자료 구축 및 검색 시스템'[110]을 동원한 상호문학을 가능하게 만들었다.

> 오늘날의 문학교육의 대상자들은 새로운 문화매체에 익숙한 세대들입니다. 이들에게는 문학과 새로운 매체들과의 관련을 적극적으로 이해하도록 해주는 것이 중요하다고 봅니다. 이를테면 사이버 문학의 가능성, 영화문법과 혹은 소설의 서사와 게임의 서사의 관련과 차이점 등을 이해시키는 것이 새로운 문화 상황에서의 문학의 정체성을 생각하게 만드는 데 중요하다고 생각합니다. 그리고 새로운 세대가 그 쪽으로 더 많은 관심을 갖는 것은 자연스럽고 필연적인 것입니다. 굳이 관심을 인쇄·문자·문학으로만 돌리려는 것은 불가능한 일입니다.
>
> —이승하 외, 「권두좌담—시 창작 교육의 문제점」[111]일부

서서히 시를 포함한 현대문학이란 읽어야 하는 시각적 독서물이 아닌 공감각으로 느끼는 영상물[112]로 자리하고 있다. 따라서 이성적 인식에 앞서 감각적 인식이 먼저 선행되고 있는 것이다. 따라서 새로운 형

---

109) 가상현실이란 개념은 가상공간(Cyber Space ; M. Poster, Theorizing Virtual Reality, Cyberspace Textuality(M. Ryan ed.), Indiana University Press, 1999.)과 유사한 개념으로서 인간의 감각계와의 상호작용을 통해 컴퓨터에 의해 인위적으로 만들어진 3차원의 세계를 말한다. 가상현실은 사람이 그 속에 빠져 들어갈 수 있는, 컴퓨터가 만들어낸 인터랙티브 3차원 환경이라고 할 수 있다. 우정권, 「'문화콘텐츠탐사'에 의한 한국문학 공간의 '가상현실'화」, 김수복 편, 『한국문학 공간과 문화콘텐츠』, 청동거울, 2005, p.96.
110) 정과리, 「문학의 크메르루지즘」, 《문학동네》, 1995. 봄, p.24.

태의 상상력이 등장함과 동시에 상상력의 영역을 확장시킬 수 있는 기법이 뒷받침되어 창작활동이 자유롭게 이루어질 수 있도록 여건을 제시하는 일이 가능할 것이다. 시적 경험은 시 창작방법의 변화로 이어질 수 있다. 이러한 시대 변화[113]에 따라 문학에 대한 정의는 기존의 사유를 유지하려는 태도보다 새로운 기술 개발에 의한 매체와 함께 적절히 융화될 때, 작가에게 공감하고 동참하는 독자의 호응도 커질 것이고, 시라는 예술양식 역시 다양한 매체와 결합하여 변화되는 방식으로 전개될 수 있을 것이다. 실질적으로 현재 21세기에서 시는 장르적 특징을 살려 여러 매체를 통해 다양하게 변화되고 있다. 시와 음악, 시와 무용처럼 하나로 결합되어 공연이 이루어진다거나, 더 나아가서는 시 작품이 직접적으로 영화나 드라마, 혹은 각종 매체에 활용되는 사례도

---

111) 이승하 외, 「권두좌담—시 창작 교육의 문제점」, 《현대시》, 2001. 3, pp.19~39. 최근 독자들의 성향은 사이버문학, 영화, 게임과 같은 것에 일반 독자들이 쏠려 있다는 뜻이다. 이들 독자층이 문자매체인 문학으로 취향과 미감을 돌이킨다는 것은 불가해 보인다. 이때 대응 방법은 전통적인 글쓰기 방법을 지속하는 것이다. 그러나 이 방법은 현재 시대의 움직임과 문자문학의 한계가 가진 명백한 차이 때문에 성공할 확률이 적다. 다른 방법은 문학의 시대적 한계를 자인하면서 문학의 입장에서 다른 매체의 속성을 면밀히 검토하여 다른 매체와의 결합을 통해 문학의 새로운 독자층을 형성하는 것이다. 역시 문학이 뚫고 나가야 할 방향이긴 하되 기존의 방법을 무리하게 변화시키는 데 따른 반발도 무시할 수 없다는 점에서 우리 문학이 처해있는 문제의 심각성을 언급하고 있다. 박남철, 「새로운 시창작 교육을 위하여」, 『상지영서대학 논문집』 제23집, 2004, p.180.

112) 정혜선은 장정일과 유하의 작품을 중심으로 시 작품과 영상이미지와의 상관관계를 밝히는 논의를 했다. 문화에 대한 개념의 확장과 다양화가 사회의 변화, 매체의 발전과 맞물려 있다. 따라서 그것들이 작가의 문학적 상상력의 폭과 깊이 그리고 문학적 기법의 다양성과 창작활동의 영역을 확장한다는 전제를 가진다. '키치적 창작형태'에 집중한 나머지 시 텍스트의 창작방법에 대한 객관적 분석이나 시작품이 영화화로 이행되면서 굴절과 변화된 부분을 밝히지 못한 단점이 있다. 정혜선, 「현대문학의 영상이미지 연구—장정일과 유하를 중심으로」, 충남대학교 대학원 석사학위논문, 2005. 참고.

113) 최동호는 『디지털문화와 생태시학』(문학동네, 2000.)에서 이러한 21세기의 디지털적 상황에 대해 세 가지 전망을 표방한 바 있다. 첫째, 모든 시적 운동들은 소집단화 되고, 둘째, 출판매체의 변화가 일어나며, 셋째, 모든 것이 조립과 해체되는 과정에서도 시의 경향은 명상과 관조를 통해 자기 존재를 예술적으로 향유하려는 쪽으로 전개된다는 것이다. 또한 손종호는 「21세기 시 창작 방향」(『인문과학논문집』 제31집, 대전대학교 인문과학연구소, 2001, p.202.)을 통해 문화예술환경의 흐름 속에서 시가 감수해야할 변화로, 첫째, 활자문학의 위력이 감소될 것이고, 둘째, 시가 다른 장르와 융합하여 새로운 모습으로의 변모를 시도할 것이고, 셋째, 시 창작은 취미라는 여기화(餘氣化)현상이 증대하게 된다고 정의한 바 있다.

늘고 있는 추세이다. 예를 들어, 작가와 독자가 함께 시 쓰기나 댓글형 시 쓰기 방식의 출현이 가능하게 되었는데, 적용한 사례는 「언어의 새 벽 : 하이퍼텍스트와 문화」(http://eos.mct.cgo.kr), 「팬포엠(Fan— poem)」(htty://www.Fanpoem.co.kr), 「생시生時·생시生詩(Live poem)」 (http://www.livepoem.net) 등을 들 수 있고, 또한 한국멀티포엠학회 (http://www.multipoem.com)처럼 멀티포엠(multipoem)을 표방한 작업 등을 들 수 있다.[114] '매체는 언어이기도 하고 그것을 담아내는 수단적 방법들의 총칭'[115]이기도 하기 때문에 각 매체의 특성을 적극적으로 활 용함으로써 기존과 다른 방식의 시 창작방법을 도모할 수 있다. 최근 들어 매체 특성을 고수하던 기존의 방식에서 탈피하여 각 매체나 장르 의 한계를 극복하기 위한 적극적인 창작방법이 시도되고 있다. 구체적 인 일례로 팬포엠의 한 부분을 인용한다.

(ㄱ)
내 그대를 생각함은 항상 그대가 앉아 있는 배경(背景)에서 해가 지고 바람 이 부는 일처럼 사소한 일일 것이나……

—황동규, 「즐거운 편지」 일부

---

114) 이성우, 「디지털 기술과 한국 현대시의 대응」, 고려대학교 대학원 박사학위논문, 2005.를 참조하면 각 사이트별로 자세한 내용을 알 수 있다. 또한 이성우는 이 논문에서, 디지털 시 대와 관련한 문학 논의에서 강조되어야 할 것은 이론적 정의와 실제 작품 분석이 상호작용 하는 연구방법을 제시하고자 했다. 현대시에 수용된 디지털 기술의 특성을 다섯 단계로 나 누면서 디지털 기술이 일상화된 현실에 대한 한국 현대시의 다양한 인식을 고찰하는 동시에 디지털 기술의 적극적 수용에 따른 현대시의 변화를 실제 작품 분석을 통해 종합적으로 고 찰하였다. 전체적인 개괄식의 논의 전개로 인해 '멀티포엠'의 한계로 지적한 독자의 위상이 나 정작 디지털 기술에서 현대시의 창작방법에 대한 논의는 한정적으로 진행한 경향을 보인 다. 그러나 이러한 논의가 시작된 것은 디지털 혁명이라 불릴 만큼 급변하는 시대 속에서 현대시의 새로운 정체성을 모색하기 위한 계기가 되었다는 점에서 그 의의를 찾을 수 있다.
115) 박남철, 앞의 글, p.174.

(ㄴ)

그대가 앉아 있는 배경에서
나 또한 그대의 배경이 되고 싶습니다

그대 옆에 있으면
해가 지고 바람이 부는 사소한 일조차도
내게는 환한 기쁨이 됩니다
그대가 배경인 그곳에서
당신과 평생을 같이 하고 싶습니다

—정석, 「그대가 앉아 있는 배경에서」 전문 (2004. 11. 7, 추천수 4회)

(ㄷ)

저를 사랑하시려거든
사랑을 증명하시지 마셔요

아무도 오른 일 없는 산을 제일 먼저 올랐다고
기뻐하지도 마셔요

매일매일
칫솔이 닳아 없어져도 슬프지 않듯

사소하게 그리운 사랑을 주세요

—김민부, 「사소한 사랑의 노래」 전문 (2004. 11. 4, 추천수 15)

이 예시는 http://poemq.or.kr/fanpoem에서 2004년에 직접 활용

되었던 방법이다. (ㄱ)에 황동규의 시 전문이 제시되고, 그 중 한 구절을 골라 시 창작에 접근하는 방법((ㄴ), (ㄷ))으로 시 창작을 진행한다. (ㄴ)은 (ㄱ)이 가지고 있는 시구의 운율과 분위기를 패러디하여 시상을 전개하였다. 즉, (ㄱ)의 '그대가 앉아 있는 배경'을 (ㄴ)의 '그대가 앉아 있는 배경'으로 가져오고, '사소하게 부는 바람'이나 '해가 지고 바람이 부는' 등의 시구를 그대로 차용하는 등, 시 창작의 시상 전개를 수월하게 진행하고 있다. 이에 반해 (ㄷ)의 작품은 (ㄱ)의 원작의 분위기를 거의 느낄 수 없을 정도로 개별적인 시 창작을 보이고 있다. 오히려 (ㄱ) 작품의 후속 작품으로 보이며, (ㄱ) 작품의 화자와 청자가 주고받는 대화체로 구성되어 (ㄱ)과 (ㄷ)의 작품이 연결되는 연결성을 보이고 있다는 점이 특징이다. 이처럼 디지털 매체의 경험은 디지털 매체와 작품과의 거리를 넓히고 좁히는 데에 자유롭다고 볼 수 있다. 이때 각 시작품마다 추천을 제시하게 되어 있어, 그 추천수가 많을수록 독자의 호응이 크다는 것을 알 수 있게 하였다.

고려대학교에서 실시했던 하이퍼텍스트를 활용한 시 창작방법인 팬포엠(FanPoem ; Fan + Poem)은 디지털 문학 환경인 하이퍼텍스트 시 쓰기 프로그램이 제작되었다. '읽는 시인'과 '쓰는 독자'라는 위상 변화 가능성에 초점을 맞춰, 독자들은 팬포엠 프로그램을 통해 시인의 작품 본문 중 마음에 드는 구절을 선택하여 자신의 시를 짤막하게 덧붙이는 방식으로 시를 창작하는 프로그램이다. 특정 작품에 대한 팬포엠은 인터넷 사이트(http://www.FanPoem.co.kr)의 바로 그 지점에서 또 다른 팬포엠들을 촉발할 수 있고, 결국 하이퍼텍스트 방식으로 작품의 나뭇가지를 계속 확장해 나감에 따라 인터넷을 통해 끝없는 시 작품을 창작해낼 수 있다는 특성이 있다.[116] 그러나 2006년 상반기 현재 하루에 팬포엠 사이트의 접속률은 매우 낮다. 그 효율성은 극히 저조한 실정을 보이고 있는 것은 정형화된 시 쓰기에 대한 부담감과 함께(공동창작) 시를 창작한다는 인식의 부족으로 인한 결과가 아닌가 사료된다.

현재 기본적으로 활자매체라는 시와 소설문학이 지금까지와는 다르게 디지털 시대라는 간판으로 가상출판, 즉 인터넷을 이용한 사이버 책으로 출간되어 현실과 가상을 조합하는 신개념의 매체문학으로 활발히 전개·발전되어 있는 실정이다. 한국멀티포엠협회의 결성 취지를 살펴보면 디지털 문학의 시가 등장한 배경을 알 수 있다.

> 시란 내면의 감상이나 느낌을 표현하는 장르로 과거에는 문자를 위주로 해서 창작해 왔습니다. 그러나 멀티 디지털 시대의 도래와 함께 단순히 문자뿐만이 아니라 다양한 멀티적인 표현 방법을 활용하여 표현하는 운동이 일어나고 있습니다. 이와 같이 멀티미디어로 창작하는 시를 멀티포엠이라 합니다. 우리는 이미 이러한 시를, 인터넷 상에서 친숙하게 접할 수 있습니다.[117]
>
> ―장경기, 〈협회장 인사〉일부, http://www.multipoem.com

이러한 시대 변화에 따라, 창작 현장에서는 변화에 빠르게 대처한 창작자를 중심으로 인터넷을 적극 활용하여 독자들의 관심과 참여를 유

---

116) 최동호, 「하이퍼텍스트 시쓰기와 팬포엠 프로그램」, 『인터넷시대의 시창작론 2』, 고려대학교출판부, 2005, pp.24~37. 참고.
117) 여기서 '문자'라 표현된 것은 '활자' 전체를 가리킨 것이다. 디지털 시대에도 시를 포함한 문학장르는 모두 '문자'를 기본으로 하여 형태를 갖추고 있다. 물론 취지문에서는 '문자뿐만 아니라 그림·사진·영상·플래시·애플릿·음악·애니메이션·캐릭터 등 가능한 모든 매체를 함께 사용해서 창작하는 멀티적인 시 창작 활동'으로서의 면모를 표방했지만, 결국 시란 '문자'를 기본으로 사용하여야 함은 아직까지 유효하다고 할 수 있다. 문자를 사용하지 않은 '완성된 시'라는 건 시각화된 영상이나 청각화 된 전달 내용이지 진정한 의미에서 '시'라고 말하기는 어렵다고 본다.

도하는 방식의 방법을 체득하고 있다. 이때 창작 주체와 객체는 인터넷을 통해 상호소통이 가능하여, 모니터를 통해 직접적인 연결 기회를 제공받게 된다. 이처럼 디지털 문화를 둘러싼 환경의 변화는 독자는 물론이고 작가의 시 창작방법의 새로운 시도를 요구하는 계기를 제공하고 있다. 그리고 이런 계기를 통해 작가가 활용할 수 있는 창작방법의 다양성을 열어 준다는 점에서 긍정적인 측면을 갖는다.

3) 시적 경험 확장의 기대 효과

작품은 당연하게 직접적인 현실공간을 그린다. 현실공간에 대한 지배적 반응은 사색적이면서 정신적 원형에서 벗어나지 않는다. 전형적인 서정시 구조를 가지고 감정 역시 전형성을 가진다. 맘그렌(Carl Darryl Malmgram)의 '허구공간지도(a map of fictional space)'[118]에서 밝히는 '모방각(mimetic angle)' 개념을 통해 설명할 수 있다. 경험세계 (empirical world)와 허구세계(fictional world)의 각이 커질수록 작품의 환상성이 커지면서 모호하고, 경험세계와 허구세계의 각이 작아질수록 작품은 구체성을 띠지만 단순해진다. 그러나 그 단순성에 대한 논란은 작가가 가진 경험세계와 작품이 가진 허구세계의 간극이 작아질수록 독자와 작품과의 거리를 좁힐 수 있지만, 상대적으로 '쉬운 시'[119] 라는 일상성에서 벗어나기는 힘들다. 문학은 소통을 목적으로 한다는

---

118) Carl Darryl Malmgren, Fictional Space in the Modernist and Postmodernist American Novel, Associated UP, 1985, p.60. 한국소설학회 편, 『공간의 시학』, 예림기획, 2002, p.25, 재인용, 최수웅, 「기억의 장소에서 변신의 공간으로」, 김수복 편, 앞의 책, p.280, 재재인용.
119) 김선학, 앞의 글, 참고.

것을 상기할 때, 이에 따른 공간을 통한 창작방법에 대한 논의는 분명한 의미망을 형성할 수 있을 것이다.

경험 ──▶ 주관적 이해 ──▶ 독창적 표현 ──▶ 객관적 작품

따라서 시인의 경험은 일방적으로 경험을 습득하는 것뿐만 아니라 세상과 작품의 양자 간의 반응, 효과, 영향 등으로 얽힌 역동적인 상호작용을 형성할 수 있다.

첫째, 경험은 시적 모티프의 기본이 된다. 즉, 시적 상상력의 기저가 되는 동시에 객관적 상관물에 대한 주관화 과정의 습득이 가능해진다. 따라서 시인이 가지게 되는 문학관이나 더 넓게는 세계관을 정형화하는 데 중요한 요소가 될 수 있다.

둘째, 시적 거리를 좁힐 수 있다. 구체적인 공간과, 구체적인 경험을 통해서 발현되는 구체적인 시적 표현을 통해서 작가의 주관적 세계가 객관화되면서 독자에게 전달되므로 시 장르가 가지고 있는 모호성과 난해성의 줄일 수가 있다.

리얼리티는 변한다. 따라서 리얼리티를 습득한 경험의 과정과 그 결과의 시 창작을 위해서는 시적 표현 방법도, 그 표현하는 내용에 따라 함께 변하지 않으면 안 된다는 것이다. 시적인 모든 수단을 동원해서라도 현실에 정복당한 사람들(독자)에게 그 인식을 대변하고, 그 수단은 낡은 것이든 새로운 것이든, 혹은 시도된 것이든 시도되지 않았던 것이든 경계 없이 사용해야 한다는 것이다. 파편화된 현실의 다양한 편린들이 목적에 맞게 의식적으로 동원되어야 한다는 선택적 기술론을 바탕으로, 시적 상상력과 시적 기법의 확장까지 기대할 수 있을 것이다.

제4장 시 창작교육방법의 실제

시 창작교육방법의 실제

영국의 비평가 드 퀸시(De Quincey)는 현대문학을 지식의 문학(Literature of knowledge)과 힘의 문학(Literature of power)으로 나눈 바있다.[1] 즉, 지식의 문학은 문학을 교육하는 주체자 중심, 즉 교수자 중심으로 이루어지는 '가르치는(to teach) 문학'으로 교수자의 역할에 따라 학습자에게서 나타나는 그 과정과 결과가 달라질 수 있다. 이에 반해 힘의 문학은 스스로 '움직이는(to move) 문학'으로서 작가(교수자, 학습자)가 주체가 되어 작가와 독자(교수자, 학습자)가 함께 공감하면서(deep sympathy with truth) 문학 이상의 영역에 영향을 미치는 것이다. 사실상 이 두 가지 형태의 문학은 경중을 따질 수 없고, 선후를 가름할 수 없을 정도로 상호보완적인 위치에 놓여 있는 것이 현 실정이다. 따라서 창작교육에 대한 새로운 시각을 정립하기 위해서는 실천적인 차

---

1) De Quincey, Tomas · Barry, 『Works of Thomas De Quincey』, Ashgate Pub Co, 2003. 참고.

원과 학습자와 교수자 간의 유대 관계를 통한 발전적인 교수-학습 모형을 설정하여 모든 면에서의 조화를 염두에 두어 왔다. 특히 창작교육 방법론은 학습자의 '시적 상상력을 고무시키면서 시학적 자기 정체성 충족'[2]을 목적으로 하기 때문에 방법론의 제시가 시급한 과제가 되고 있다. 이러한 노력이야말로 보다 체계적인 창작교육의 이론 정립에 대한 움직임을 활성화할 수 있는 계기가 될 수 있을 것이다.

현재 대부분의 대학(교) 문예창작과에서는 여러 방향의 시 창작교육 방법을 도입하여 효과적이고 보다 안정적인 교육방법을 정립시키기 위해 노력하고 있다. 그 결과 여러 종류의 시 창작교육방법이 제시되고 있다. 이러한 노력의 일환으로 본 연구의 4장에서는 앞장에서 제시된 현대시의 창작방법 유형들 중에서 각기 기본이 된다고 사료되는 교육방법을 실제와 함께 제시하고자 한다. 먼저 (1) 상상력 확장을 활용한 시 창작교육방법에서는 자유논리법인 〈이유 만들기〉와 (2) 자유연상법인 〈생각 그리기〉를 통하여 시 창작교육의 방법 시론을 제시함으로써 가장 기초적인 상상력 확장 모형을 구축하려 한다. (3) 기법 확장을 활용한 시 창작교육방법에서는 현재 사용되는 시적 기법 중에서 활용이 자유롭고 변형된 교육방법을 제시할 수 있는 패러디 기법을 중심으로 시 창작교육을 제시한다. (4) 경험 확장을 활용한 시 창작교육방법에서는 문학공간 답사와 (5) 문학관 답사라는 두 가지 답사 형식으로 시문학에서 나타난 문학공간을 학습자로 하여금 직접 답사하게 함으로써 창작과정과 연결되는 구체적인 과정사례를 통해 교육방법을 제시한다.

---

2) 정과리, 「21세기 시문학의 미학적 특성과 시교육 방법론(2)」, 『한국문학이론과 비평』 제16집, 한국문학이론과 비평학회, 2002. 6, p.395.

1
문학적 상상력 확장을 위한 창작교육방법

1) 교육 목적 및 방향

　한 시인이 작품을 이루어내는 전체 과정은 '원천적인 측면과 실현적인 측면'[3]으로 나눌 수 있다. 이는 앞에서 언급했던 콜리지의 '선험적 세계와 인식의 세계'라는 이분법과 일맥상통한다고 볼 수 있다. 즉, 창작은 끊임없이 문학적 영감을 솟구치게 하는 정신적 측면에서 발현되어 그 정신 활동을 가시적으로 형상화시키며 작품화하는 과정을 뜻한다. 문학이란 학습자가 써내려가는 언어의 산물이라는 것을 감안할 때, 우선 고려해야 할 부분이 바로 정신적 측면, 즉 문학적 상상력으로 대표되는 정신 활동의 중요성일 것이다. 문학적 상상력이란 일반적인 이해 수준에서 일차적인 논리를 초월한 사고라 정의할 수 있다. 그것은 지극히 주관적이고 개

---

3) 오세영, 「세계를 통찰하는 힘과 시 쓰기」, 최동호 편, 『현대시창작법』, 집문당, 1997, p.75.

인적인 사고과정이므로 결과적으로는 자기합리화나 자기충족을 위한 문학적 모순의 사고에 다다르기도 한다. 따라서 문학적 상상력은 논리적이고 합리적인 사고와는 간단히 구분되므로, 그 상상력을 확장하고 활용하기 위해서는 일반적인 사고의 확장 기술과는 별개로 습득하고 개발되어야 할 것이다. 따라서 문학적 상상력 확장을 활용한 창작교육방법에서 가장 우선되어야 할 것은 문학적 상상력에 대한 학습자의 인지도이다.

오스본(Osborn)은 '상상을 여러 형태로 구분하여, 가장 고차원적인 형태의 상상이 창의력을 불러일으키며, 또한 상상은 과거의 경험에 의해 얻어진 심상을 새로운 형태로 재구성하는 정신작용'[4]이라고 밝히면서 창의적 문제 해결 모형(Creative Problem Solving : CPS)을 제시하였다. 오스본의 CPS 과정을 도표로 나타내면 다음과 같다.

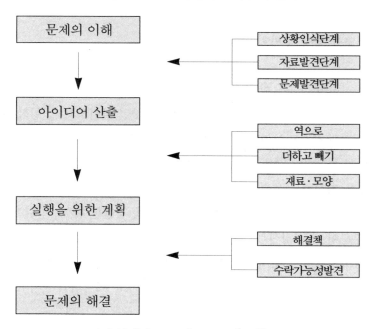

오스본의 〈CPS 교육프로그램 모형〉

이것은 인간의 창의성, 즉 문학적 상상력을 기초로 하여 진행되는 사고활동을 바탕으로 문제를 해결하기 위해 프로그램의 중요성을 강조하면서 확산적 사고와 논리적 사고를 결합한 복합적 모델을 바탕으로 하고 있다. 각 단계의 주요 과정을 정리하면 네 단계로 구분할 수 있다.

첫째, 문제의 이해단계이다. 이때 문제시되는 상황의 핵심을 파악하기 위해서 상황인식단계, 자료의 발견단계, 문제발견단계를 활용한다. 이 단계에서 문제란, 학습자에게 제시된 질문일 수도 있고 혹은 학습자가 경험하는 창작활동에서 봉착되는 문제점일 수도 있다.

둘째, 아이디어의 산출단계이다. 이미 정의된 도전감을 느끼는 문제를 해결하기 위해서는 여러 가지 다양하면서도 새롭고 창의적인 아이디어들을 산출해내야 한다는 단계를 제시했다. 이때 학습자는 문제를 이해하고 해결하기 위해 여러 대안을 제시하게 된다.

셋째, 실행을 위한 계획이다. 이 단계에서는 흥미롭고 가능성 있는 아이디어들을 유용하고 실행 가능한 행위로 바꾸어 표현하므로 해결책 발견단계와 수락 가능성 발견단계로 나누어 실행 계획을 체계적으로 만들어내었다. 여기서 학습자는 새로운 창작활동으로의 이행을 시도하게 된다.

넷째, 문제의 해결로 이어진다. 지금까지 전개해온 상상력 확장을 통해 창작활동으로의 실질적인 연결에 대한 검토와 결과(작품)에 대한 자기검열을 통해 창작을 위한 문제 해결단계로 마무리된다.[5]

이처럼 학습자의 상상력을 기초로 한 창의력 문제 해결의 단계를 제시한 월러스 역시 그 사고 과정을 준비, 부화, 조명, 검증이라는 네 단계로 제시한다. 준비단계는 자료의 수집을 통해 문제를 분명하게 정의

---

4) 『두산동아대백과사전』, 1993, p.334.
5) 박지원 외, 『창조적 아이디어 발상 및 전개』, 학문사, 2003, pp.52~54. 참고.

하는 단계이고, 부화단계는 무의식적인 정신 작용으로 보다 창의적 사고에 보다 능률적인 작용으로 접근한다. 조명단계는 몇 가지 해결안을 암시하면서 대부분의 창의적인 산출들이 나타난다. 검증단계는 조명단계에 나타난 산출들이 적절한 것인지 해결안의 검토 및 발전을 꾀하는 단계이다. 이러한 단계별 과정 역시 오스본의 CPS과정과 거의 일치하므로, 본 연구에서는 오스본의 단계 모형을 수용하여 그 단계별로 교육과정을 분류한다.

2) 교육 내용 및 과정

(1) 문제의 이해단계

2006년 초에 타개한 예술가 백남준은 낡은 텔레비전 수상기를 쌓아 올려서 새로운 예술의 영역을 개척했다. 현대예술에서 그는 텔레비전이라는 매체를 예술작품의 수단으로 사용했다는 점에서 예술계에서 독보적인 영역을 차지하고 있다. 이것은 일상적인 사물을 남들과는 다른 각도에서 바라보았기 때문에 가능했던 일이다. 따라서 독창적인 시각과 상상력에 대한 중요성을 인식시키기 위해 교수자는 많은 실례를 들어 학습자에게 설명하는 것이 이 상상력 확장을 활용한 창작교육방법에서 중요한 포인트가 된다. 학습자가 곧 작품의 창작자가 될 때, 학습자의 상상력 확장 측면에서 교수자가 제시하게 될 텍스트의 한 예를 들어 본다.

엔젤 핏시는 이제 아마존을 꿈꾸지 않는다

다방 한 가운데 놓여진 어항

알맞게 맞춰주는 수온

실지렁이, 수초, 형광등 불빛에 그들은 만족해 한다

몇 代인가를 거치며 아마존의 꿈을 포기한 후, 어항 유리에 스스로 몸을 부딪지도 않고 어항 밖 사람의 장난에 놀라지도 않는다. 그저 온 몸으로 부지런히 헤엄쳐 다니다가 변질된 유전인자를 물려주고 어느 날 아침, 굳어져 조금 뒤틀린 몸으로 조용히 물 위에 떠오를 뿐이다

—박상천, 「열대어의 유전인자」 전문[6]

이 시인은 다방 한 모퉁이에 앉아서 다방 한 가운데 놓인 어항 속 열대어를 바라보고 있다. 지나가는 사람들은 한두 번씩 어항을 손으로 두드리면서 장난을 한다. 그러나 어항 안의 '엔젤 핏시'는 놀라지도 않는다. 익숙한 생활방식은 삶의 변화를 주지 못한다. 누구나 이 시인처럼 열대어가 있는 어항 근처에서 어항을 두드려 물고기를 놀라게 해주려고 손짓을 해본 경험이 있을 것이다. 그런데 엉뚱하게도 이 시인은 '엔젤 핏시'가 이제 더 이상 아마존을 꿈꾸지 않을 거라는 이야기를 하면서 말문을 열었다.

교수자는 새로운 텍스트를 제시하면서 학습자에게 문학적 충격을 주고, 더 나아가 학습자들에게 새로운 문제에 대한 해결점을 찾도록 하면서 능동적인 사고활동을 유도한다. 한 문제를 이해하는 데 고정된 생각들은 진부하고, 곧 상투성에 빠지면서 생각의 한계점을 만들어내게 된다는 점을 인지시킨다. 즉, 한계가 있는 시각으로 바라볼 때 세상

---

6) 서정주, 『한국인의 애송시 Ⅲ ; 80년대 시인들』, 청하, 1986.

의 모든 사물과 현상은 다만 정지되어 있을 뿐, 어떤 시적 의미나 가치를 만들어내기는 힘들다. 이렇게 학습자에게 교수자는 시각의 차이에 따라 사물을 다르게 보이게 하므로, 참신한 시각에 대한 인식을 선명하게 전달해야 한다. 남들과 다른 기발한 시적 상상력은 곧 발전 가능성과 직결된다는 것을 인지시킬 필요가 있다. 그리고 일상적으로 대하는 사물을 새롭게 바라봄으로써 그 안에 감춰진 새로운 의미를 발견해 내고 그것을 문학적 상상력의 틀 속에 맞춰 넣는 것이 시작품의 활용일 수 있다. 이것이 바로 사물을 새롭게 바라보는 태도이다. 이런 능력은 학습자가 가져야 할 문학적 상상력이다.

창조적인 생각은 학습자 자신이 가진 한계를 넘어서면서 동시에 독자들로 하여금 한계를 뛰어넘는 상상력의 세계로 이완되는 카타르시스를 경험하게 할 수 있다. 또한 창조적인 사고를 기르기 위해 학습자는 생활과 사회현상에 대한 적극적인 자세를 가지게 된다. 현상에 대한 적극적인 자세야말로 모든 것을 전복시키고, 학습자의 독자적인 시각으로 새롭게 재해석할 수 있는 계기를 마련해 준다. 따라서 고정된 상상력의 관습을 거부하는 일에서 그치는 것이 아닌 새로운 창의성으로의 전환이 중요하다는 것을 인식하고, 능동적인 발상을 통한 문제의 이해 단계를 거쳐야 할 것이다.

(2) 아이디어 산출단계

문제의 이해 단계를 지나면, 그 이해는 주관화된 아이디어 과정을 거쳐 시적 상상력으로 확장시키는 단계로 접어들게 된다. 그러나 학습자의 능동적인 발상을 교수 과정에서 유도하기란 쉽지 않다. 따라서 교수자는 학습자들이 상상력 확장에서 갖는 거부감과 불안감을 해소하도록 방법을 찾아야 한다. 여기에서는 학습자의 아이디어 산출 방법으로 자유논리법 창출이라는 〈이유 만들기〉 측면으로 접근하여 논의를 전개한다.

자유논리법이란 말 그대로 학습자들이 자유롭게 자신의 '논리'를 가지고 상상력을 연결시키는 작업이다. 즉, '말이나 글에서 사고나 추리 따위를 이치에 맞게 이끌어 나가는 과정'인 논리를 주관적 관점에서 객관적 관점으로 바꾸는 수업방식이다. 이를 위해 자유논리법의 모형을 지정하게 되는데, 그 한 가지 방법으로 〈이유 만들기〉라는 교육방법을 제시한다. 〈이유 만들기〉란 학습자들에게 문제를 제시하여, 학습자로 하여금 그 문제를 이해하고, 그 문제를 결과로 지정했을 때 거쳐야만 하는 이유를 학습자가 자유롭게 아이디어를 내게 하는 방법이다. 학습자는 그 문제의 이유에 도달하기 위해 문학적, 과학적, 철학적 등 모든 지식의 방법을 사용하여 논거를 제시하게 되고, 자신만의 논지를 세워 논리에 접근하게 된다.

첫째, 학습자는 문제를 이해하고 결과로 지정한다.
둘째, 문제를 분석하여 역결과를 도출해낼 수 있도록 자유논리를 세운다.
셋째, 논리에 맞는 이유를 정리하여 논거를 표출한다.

문학작품이 가지고 있는 상상력에는 작가가 의도한 방향이 제시된다. 그 의도가 무의식적이든, 의식적이든 곧 그 문학적 상상력이 제시한 방향으로 독자와 작가는 작품이라는 공감대를 형성하게 된다. 따라서 창작수업을 듣는 학습자에게 문학적 상상력의 개념과 중요성을 인식시키고, 자신의 의도와 논지에 대한 자유로운 논리 능력을 키울 수 있게 하는 것이 중요하다. 그러기 위해서는 아이디어 산출단계에서 글을 쓰려고 사고하는 자체가 일상적인 기본 자세로 습득되어야 할 것이다.

(3) 실행을 위한 계획단계

문예창작과 1학년 신입생들에게 자유논리법을 사용하기 위해 가장 자유롭게 제시할 수 있는 방법이다. 교수자는 학습자의 관심도, 학습 수준, 이해폭 등을 고려하여 문제를 설정하는 것이 중요하다. 그 시대의 이슈가 되는 문제나 혹은 널리 알려져 있는 고전이나 신화에서 그 모티프를 따오는 것도 권장할 만하다. 사물 속에 있는 이치를 깨닫고, 사물끼리의 법칙적인 연관성을 찾아내어 자신만의 논리 체계를 구축하게 한다. 이러한 아이디어를 산출하는 과정을 통해 기존의 익숙하고 평이한 논리에서 벗어나 새로운 상상력의 범위로 확장하여 실행시킬 수 있는 가능성을 제시해 주는 것이다.

다음은 자유논리법으로 접근한 〈이유만들기〉를 학습하기 위해 학습자들에게 제기된 문제 중 첫 번째 문제이다. 이 문제는 수업 시작 전에 학습자들의 '5분 스피치'를 통해 학기 동안 학습자 전원이 발표할 수 있는 시간을 제공하여, 타 학습자들의 질문과 대답을 통해 부족한 부분을 수정하도록 했다.

문제 : 공룡은 왜 멸종했을까.

공룡은 멸종되었다. 아니 거의 모든 사람들은 그들이 멸종되었다고 한다. 몇몇은 자신의 종을 변형시켜 현재까지 살아남아 있지만, 그 모습들이 멸종되었다는 공룡의 화석에 남아있는 것처럼 거대하고 멋있지는 않다.

▷ 지각운동의 일종인 판구조론 : 대륙끼리 부딪쳐서 산이 생기고 바다가

생기면서 자연환경이 바뀌고, 그것에 적응하지 못한 공룡은, 결국.

▷ 육식공룡의 먹이 부족 : 자연생태계는 먹이사슬에 의해 유지된다. 제일 상단에 위치한 공룡은 천적이 없는 관계로 그 수가 기하급수적으로 증가하고 서로가 서로를.

▷ 혜성충돌설 : 공룡이 번성했을 아주 평화로운 시기, 난데없이 하늘에서 날벼락처럼 혜성이 떨어져 지구를 풍비박산을 만들었다. 이 때문에 공룡을 포함한 거의 모든 생물이 싸그리.

한 시인은 말한다. "공룡은 권태 때문에 멸종을 했다."
당신은 왜 공룡이 멸종했다고 생각하는가.

❶문예창작과 52062417 이유림

광룡병

너무 배가 고팠던 공룡들은 그 공룡을 찢어서 우두머리 공룡 모르게 한입씩 베어 먹기 시작한다. 그런데 그 육질은 상상했던 것보다 쫀득쫀득하고 배가 불렀던 것이다. 그래서 그들은 그때부터 자신의 동족을 먹기 시작했다. 그로부터 얼마 후, 그들은 광룡병에 걸렸다. 가죽이 점차 누래지면서 두드러기가 생기고 결국 손톱 발톱이 다 빠져서 작은 초식동물조차도 사냥할 수 없게 된다. 그리고 그들은 서서히 죽어 갔다. 그들은 멸종했다

❷문예창작과 52052378 이혜민

자연발화

이 우주에 존재하는 순수하며 뜨겁고 진실되어, 심장이 발화점이 되어 태워버릴 진! 짜! 사랑. 공룡의 '멸종'은 결코 '멸망'이 아닌 "영원"이었습니다. 처음의 마음을 잊지 않고, 진짜 사랑을 할 수 있는 날이 올 때 인간도 공룡처

럼 영원한 존재가 될 수 있지 않을까요?

● 문예창작과 52062416 이옥수

무관심

우리도 결국 멸종될 것이다. 아니, 멸종할 것이다. 이것은 멸종이 타의가 아니라 자의라는 뜻이다. 오늘 나와 당신의 시간을, 나만 기억한 채로 지내다가 내가 죽으면 그 시간은 이 세상에 존재하지 않았던 것이 된다. 당신은 기억해야 한다. 나를 죽이고 싶지 않으면 나를 기억해야만 한다. 그러므로 공룡은 과거에 존재하지 않았으나, 현재에는 존재한다.

● 문예창작과 52062423 장유미

내가 죽였다.

2006년 8월 28일 월요일. 지구상에서 그 큰 괴물들의 멸종에 대한 시나리오 창작과제를 받아들고 고민하던 참이었다. 수단방법을 가리지 않고 공룡 집단을 멸종시키기 위한 잔인한 상상을 했다. 순간 가장 빠르고 확실하고 획기적인 생각이 스쳐지나갔다. 나는 재빨리 강의 계획서 끝을 찢어서 적었다. '공룡 멸종' 펜 끝으로 멸종을 꾹꾹 눌러 적는 순간 공룡은 깔끔하게 멸종되었다. 나는 피 한방울 묻히지 않고, 멀쩡히 살아 있을지도 모르는 공룡들에게 가장 효과적인 집단 살인을 저질렀다.

이 문제 외에 학기내에 학습자들에게 문학적 상상력의 확장을 목적으로 제시되었던 몇 가지의 문제를 더 나열한다. 제시된 문제들 중에서 학습자들의 흥미를 유발시켜 창작의욕을 자극시고 미적 흥분상태로 이끌어내어 문제 해결 이후 시도한 패러디 시창작 등과 같은 창작활동에 영향을 주었다.

■ 심청이를 살려라.

배 안.
풍랑이 심해지는 바다 한가운데,
심청이는 시간을 보고 있다.

어떻게 살려야 할까? 혹은 어떻게 살아야 할까?

당신의 상상력이 궁금하다.

■ 고흐는 왜 자화상을 30점 이상 남겼는가.

왜, 도대체 왜
고흐는 귀가 잘린 자화상만을 30여 점 넘게 그렸을까?
그에게 어떤 일이 일어났던 것인가?

이제 여러분은 궁금증이 많은 탐정이 된다.
고흐의 주치의가 된다. 고흐의 옛 애인이 된다.
옆 병동의 환자가 된다. 혹은, 고흐가 된다.

접근해 보자. 도대체 그 이유가 무엇일까.

■ 모나리자의 눈썹을 찾아서

역시
아무리 봐도 눈썹이 없다.
정말 저 그림이 미완성일까?
현대 미학으로는 그 이유를 설명할 수 없다.
그러나 당신은 찾을 수 있다.

⑷ 문제의 해결단계

　이상과 같이 자유논리법인 〈이유 만들기〉 교육방법은 질문의 수용과
이해 과정, 창작활동을 통하여, 학습자가 가진 내재적 자질을 확인하
여 상상력 확장에 능동적으로 참여하는 바람직한 학습태도를 기르는
것을 목적으로 교육방법화한 것이다.

　본 교육방법의 실제로는 문예창작과 1학년 2학기 계열 기초 수업인
〈문장표현〉에서 학습자 전원에서 1학기 동안 실시한 결과물이다. 대학
입시 준비과정까지 제도화된 문학수업에 익숙한 학습자들에게 자유논
리의 주제 부여는 자유롭다기보다 오히려 생소하여 더 난해하다는 의
견이 많았다. 1학기에 진행되었던 〈문장기초〉 수업에서 '10가지 주제
로 10편의 에세이 쓰기' 활동과정을 통해서 문학적 긴장 상태를 완화
시켰지만, 학습자는 자신만의 논리를 세우는 것을 난해하게 받아들이
기도 했다. 그러나 학기가 끝나는 시점에서 학습자들은 자신의 문학적
상상력과 창작 열의의 증폭을 확인하는 계기가 되었다는 점에서 긍정

적인 태도를 보여주기도 했다.

> 자유는 자유라는 단어에 구속당하고 있다. (문예창작전공 정미화)
> 현실과 상상의 경계가 오묘해진 것 같다. 오직 현실도, 오직 상상도 없다.
> (문예창작전공 조희애)
> 글을 쓰고 싶었고, 마음대로 쓸 수 있어서 좋았다. (문예창작전공 한고은)
> 늘 엉뚱한 생각을 끊임없이 했는데, 글로 옮길 수 있어서 너무 좋다.
> (문예창작전공 이아영)
> 엉뚱한 망상도 기발한 상상이 되고, 헛소리가 명언이 되는 창작.
> (문예창작전공 장유미)

학습자들에게는 창작을 위한 모티프가 제공되고, 상상력의 필요성을 인지시켜 평범한 사물을 새롭게 볼 수 있는 창의력을 확인하여, 모든 사물을 새롭게 전복시킬 수 있는 발상의 전환이 필요하다. 앞에서 설명한 브레히트의 이화효과와 목적과 방법이 다르지 않다. 결국 '새로운 시각으로 바라보면, 새로운 세계가 나타나듯', 사고의 경직성과 고착성에서 벗어나 자유자재로 유연하게 생각할 수 있는 것이 곧 자유로운 상상력을 통한 표현을 가능하게 된다. 이는 곧 규범적인 사고에서 벗어나 상상력의 반란을 도모하는 것도 새로운 발상을 위한 교수자가 학습자에게 제공해야 할 선결 과제인 셈이다.

3) 기대 효과

본 교육방법은 앞에 3장에서 언급한 시적 상상력의 확장, 시적 기법의 확장, 시적 경험의 확장 개념에 기본적으로 적용시킬 수 있다. 디지털 시대의 새로운 창작 전형으로 자리잡은 창의적 발상은 문학으로 한정된 사고 전형이 아닌, 생활 전반에 걸쳐 활용할 수 있는 다면성을 지니고 있다고 하겠다.

독창적인 생각, 새로운 지식의 습득이 없는 글은 독자들에게 설득과 감동을 전달하지 못한다. 이는 학습자가 어떤 주장을 하든지 간에 독창적이지 않다면 무의미한 작업이라는 것이다. 창작활동은 학습자의 경험과 상상력을 토대로 하므로, 세계를 성찰하고 독자적인 세계관을 확립하기 위한 교육방법이 요구된다. 이러한 창의적 사고와 상상력 확장에 대한 개념을 이해하고, 교수자는 필히 학습자에게 그 중요성을 인식하게 한다. 이처럼 발상의 유연성을 가진다면 학습자는 오히려 일상생활 속에서 시 창작방법의 형태를 마음대로 표현할 수 있게 되고, 사고의 확장 훈련이 지속된다면 창작 주체자로서의 만족할 만한 표현력을 습득하게 될 것이다. 이는 특별한 학습 프로그램에서가 아니라 일상의 모든 생활에 적용할 수 있는 표현과 정리 방법에 대한 훈련이기 때문이다. 그러므로 상상력 확장을 활용한 시 창작 과정을 교육적 차원에서 학습자에게 학습시키는 것은 큰 의미가 있다. 이러한 개념을 바탕으로 자유논리법을 위한 〈이유만들기〉의 교과 내용은 질문을 이해하고 타당한 이유로 접근하는 방법을 찾아내 하나의 논리를 세우는 활동까지 아우르는 과정으로 설정한다. 이처럼 창작활동에서 가장 기본이 되는 학습자의 문학적 상상력을 확장시키는 교수-학습 모형[7]을 설

---

7) 본 학습 모형은 제7차 문학교육과정에서 권장하는 교수-학습 모형을 기반으로 하여 변형·정리했다. 제7차 문학교육과정에서 제시하는 교수-학습 모형은 첫째, 지식, 개념 획득 및 작품 구조 분석의 경우, 둘째, 사고력, 창의력을 강화하기 위한 학습 모형, 셋째, 가치 및 태도 학습의 경우, 넷째, 감상활동 중심 학습의 경우가 있다. 차호일, 『현장중심의 문학교육론』, 푸른사상, 2003, pp.170~178. 참고.

정하면 다음과 같이 정리할 수 있다.

국면	주요활동	수업활동
문제의 이해단계	■ 문제의 확인 및 분석하기 ■ 문제의 재발견 및 재진술	■ 질문을 정확히 파악하고 이해하기 ■ 질문의 내재적 문제를 비판하며 조정하기
아이디어 산출단계	■ 생각의 그물 만들기 ■ 문제의 상호성 활용하기	■ 질문과 원인을 조응하기 ■ 상호성을 창출하고 객관화시키기
실행을 위한 계획단계	■ 고정 관념 벗어나기 ■ 입장 바꾸어 생각해 보기	■ 질문과 원인을 바꾸기 ■ 대안적이고 연결적인 구조 파악하기
문제의 해결단계	■ 아이디어 평가해 보기 ■ 가치 부여하고 합리화하기	■ 텍스트에 대한 독창적 해석 내리기 ■ 텍스트에 대한 자기검열과 평가하기

[표3] 문학적 상상력 확장의 교수 — 학습 모형

이처럼 교수자가 학습자에게 제시해야 할 사고력·창의력을 강화하기 위한 학습 모형을 단계에 따라 체계적으로 정리할 수 있다. 각 단계에서 학습자가 가지고 있는 상상력을 이끌어내어, 핵심을 가지고 주제로 접근하는 훈련이 어느 정도 진행되느냐에 따라 본인의 학습 성취도도 상승할 것이다. 단순히 전문적인 작가를 만드는 것을 목표로 하지 않고 다른 교육과 연계되어 사회생활을 정확하고 효과적으로 유지하는 데 필요한 능력과 자질을 이러한 교육방식을 통해 유도할 필요가 있다. 그러한 상상력 확장의 훈련을 창작교육 차원에서 반복적으로 행한다면 창작 주체는 상상력을 확장하는 작업에 한층 자신감을 얻게 될 것이다. 그리고 상상력 확장을 위해서는 기초적인 부분에서부터 차근차근 다음 단계로 밟아 나가는 작업뿐만 아니라 창작 주체의 상상력과 사고 작용에 대한 더 광범위한 차원의 연구도 지속적으로 수행되어야 할 것이다.

2
마인드 맵을 활용한 시 창작교육방법

1) 교육 목적 및 방향

대학(교) 문예창작과의 시 창작교육에 있어서 변화하는 사회의 주체자인 학습자들에게는 시 장르에 대한 정체된 학문적 지식보다는 새로운 시작품의 제시를 통해 '감수성 훈련, 상상력 배양, 창의적 사고 등'[8] 다양한 사고 능력과 기능을 길러 주는 것이 중요하다. 이는 기존에 학습자들이 갖고 있는 시문학에 대한 선입견, 즉, 시문학은 난해하고 접근하기 힘들다라는 한계에서 벗어나면서 동시에, 급변하는 사회에서 다양성에 대한 요청에 부응할 수 있는 방안으로도 유용하다. 특히 교수자는 학습자에게 창의적 사고와 상상력의 확장 개념을 인식시켜 주기 위해 학습과정 중에 일어나는 창의적 사고의 발현 과정에 제한을

---

8) 강경순, 「창의적 사고를 통한 시 교육 지도 방법 연구」, 서울대학교 교육대학원 석사학위논문, 2003, pp.1~2.

두지 말고, 사고 활동이 활성화될 수 있도록 그 영역을 확보해 주어야 한다. 따라서 교수자는 먼저 학습자가 갖고 있는 글을 쓰는 작업에 대한 강박감과 초조감을 제거해 주어야 한다. 무엇을 쓸까 오랫동안 망설이게 되면 결국 포기하는 경우가 많으므로, 먼저 학습자에게 글쓰기에 대한 긴장을 풀고 가벼운 마음으로 부담 없이 써내려 가는 과정을 제시해 줄 필요가 있다. 그러나 교수자는 학습자에게 텍스트의 해석은 유동적이라 전적으로 독자의 상상력으로만 재창조되는 것임을 인지시켜야 한다. 따라서 학습자는 자신이 쓰는 언어가 독자 개개인의 경험과 연결되면서 새로운 방향으로 해석될 것임을 간과해서는 안 된다. 즉, 언어의 맥락을 떠난 즉흥적이고 무의식적인 반응이 텍스트를 창조하는 자세가 아니라는 뜻이다. 다음 로빈슨의 견해를 보면 언어의 자유로움을 좀더 확연히 확인할 수 있다.

> 언어는 그 뒤에 가려져 있는 의미를 해방시키기 위해 제거해 버려야 하는 제2차적, 방해적, 객관적 과정이 아니다. 오히려 텍스트의 언어는 바로 그 의미의 해석적 전언(interpretative proclamation)으로서 의미에의 필수불가결한 통로가 되는 것으로 보아야 한다. 따라서 그 의미의 이해는 침묵의 심연 속에서 얻어지는 것이 아니라 우리 자신의 언어의 테두리 안에서 얻어지는 것이다.[9]

학습자의 상상력은 창의성과 밀접한 관계가 있음을 명시한 동시에 글쓰기에서의 한계와 범위 측면을 고려해야 할 필요성을 제시하고 있다. 교수-학습 모형으로는 먼저 작품을 ① 감상하면서 동시에 ② 주관적인 이해를 선행하도록 한다.

---

9) J.M Robinson, 「Hermeneutics since Birth」, 『New Frontiers in Theology』, New York, 1964. 이상섭, 『문학이란 무엇인가』, 문학과지성사, 1988. p.92. 재인용.

따라서 본 시 창작교육방법에서는 먼저 창의적 사고와 상상력 확장에 대한 개념 인식이 선행되어야 할 것이다. 그 다음에는 상상력의 확장을 통해 얻어진 연상 내용을 활용할 수 있는 교육이 진행되고, 마지막으로 학습자와 교수자는 창작 성과와 자기 검증으로 마무리질 수 있다.

2) 교육 내용 및 과정

(1) 자유연상훈련의 필요성

시적 상상력의 확대 개념에서 접근을 유도하므로 학습자들은 최대한 자신의 관점에서 작품을 이해하도록 해야 한다. 창작활동에 접근하기 위한 학습자들의 발상 자체가 유연해져야, 활동 영역의 확장이 가능하다는 개념이다. 그런 방법의 하나로 자유연상훈련법이란 방법이 있다. 처음에 제시하는 말을 '자극어(刺戟語)'라고 하고, 자극어를 통해 연상되는 말을 '연상어(反應語)'라고 한다. '연상'이라는 용어는 일반적으로 인접한 사물들 사이에서 하나의 심상이 과거에 관련되었던 다른 심상을 환기해내는 능력을 뜻하며, 반응어의 내용 범위에 따라 제한연상법과 자유연상법으로 나눌 수 있다. 즉, '어머니' 하면 사람에 따라 차이는 있겠지만, 일반적으로 '주름살, 고향, 시골집, 도시락, 아버지, 잔소리, 용돈' 등이 떠오를 수 있다. 이러한 단어들을 연결시키면서 점차 새롭고 독창적인 사고까지 발전시키는 것이다. 유사성과 인접성에 근거를 두고 한 사물의 심상을 다른 심상과 연결시키는 연상은 바로 쓸거리를 마련하는 출발이 되어, 문학 창작뿐만 아니라 언어발달과정이나 상호생활관계에서도 이 방법은 폭넓게 적용될 수 있다.

자유연상법의 한 모형인 마인드 맵(Mind Map)[10]은 일종의 〈생각의 지도 그리기〉이다. 어떤 주제에 대하여 분출하는 아이디어를 핵심 단어나 색, 중심 이미지 등을 이용해 한 장의 종이에 표현하는 쉽고 간단한 기법으로, 그림으로 보는 종합적인 두뇌사고법이다. 특별한 시각화 능력을 다시 일깨워 주는 글쓰기의 초기 단계인 마인드 맵핑에서 두뇌는 상상력을 확장하고 사고력, 인식 능력, 기억력, 창조력을 향상시킨다. 마인드 맵의 특성을 정리하면 다음과 같다.

첫째, 읽고, 생각하고, 분석하는 모든 것들을 마음속에 지도로 그려 정리하는 학습방법이다.

둘째, 이미지, 핵심단어, 색 부호를 통해 좌/우뇌의 기능을 유기적으로 연결하여 두뇌의 기능을 최대한으로 발휘하는 두뇌개발 프로그램이다.

셋째, 이미지를 이용한 연상기법으로 기억력과 창의력을 높여 주는 노트 필기법이다.

넷째, 무질서한 생각들을 자신의 스타일대로 정리 보관할 수 있다.

인간의 두뇌를 좀더 완벽하게 이해하면 영상기능과 어휘기능 간에는 새로운 균형이 확립되어 있음을 깨닫게 된다. 이것이 컴퓨터 산업에서 단어와 영상을 연결시키고 다루는 것을 가능케 해주는 기계 발달에 반영되어 왔고 개인적인 차원에서는 마인드 맵핑(Mind Maping)을 탄생시켰다.

이 마인드 맵핑을 활용한 학습자의 연상 훈련은 잘못된 선입견으로

---

10) 마인드 맵은 1971년 토니 부잔(Tony Buzan)에 의해 영국에서 개발되어 그후 심리학, 기억법, 아이디어 발상, 문제 해결 등의 여러 분야에서 널리 활용되고 있다. 특히 옥스퍼드와 캠브리지에서는 정규 과목으로 채택되어 학생들이 배우고 있다.

부터 벗어나기 위한 방법으로서 본격적인 글쓰기에 앞서서 학습자에게 독창적인 상상력의 확장을 위해 제시된 것이다. 사실상 이러한 연상 훈련이 성과를 거두기 위해서는 한 번의 훈련으로 그쳐서는 안 된다. 틈나는 대로 계속 반복 실행하여 보고 적절한 반성과정을 끊임없이 되풀이해 봄으로써 글쓰기에 대한 불안감과 거부감을 해소하도록 하는 것이 중요하다.

(2) 마인드 맵의 개념과 접근방법

자유연상법을 통한 마인드 맵을 그리기 위해 가장 기초 단계에는 한 개의 사고를 여러 개의 문장으로 바꿔 쓰는 것도 포함된다.[11] 가장 중요한 것은 새로운 글을 생각해내는 것만큼 글을 써내려 가는 것도 중요하다. 읽는 사람(독자)를 배려하는 것도 글 쓰는 학습자의 영역임을 교수자는 교육과정에서 간과해서는 안 될 것이다.

■ 마인드 맵핑의 3요소

①수용
모든 것을 그대로 받아들인다. 자신이 지금까지 가지고 있던 모든 정신적 한계를 넓히는 작업이다. 따라서 사회적 배경, 개인 환경, 교육, 주입식 의식에 대한 선입견과 경계를 버리고 오로지 자신의 경험에 의한 현상을 인지하고 인식하는 데서 출발한다.

---

11) 현재 자유연상은 실생활에서도 자유롭게 쓰이고 있다. 한 예로, 초보운전을 표현하는 방법으로 '면허증 딴 지 5분!', '지금은 연수 중', '아장아장 걸음마', '병아리 차', '진짜 초보?!', '꾸벅! 초보입니다' 등이 있는 것처럼 자유연상법은 문화와 문학을 연결하는 과정일 수도 있다.

②적용

가장 기초적인 훈련을 통해 자신의 경험에 의한 현상 인식을 완성한다. 자신의 스타일에 맞는 맵에 익숙해질 때까지 마인드 맵이 가지고 있는 여러 방식과 형태를 시도해 본다. 따라서 자연스러운 사고를 통해 습득될 수 있도록 생활의 모든 면에 마인드 맵을 적용시킨다.

③개작

훈련을 실제로 적용한다. 마인드 맵의 훈련은 곧 생활 전반에 걸친 주제에 체계적이고 분석적인 접근방식을 습득하는 일이다. 따라서 마인드 맵을 정리하고 체계화시키는 작업을 통해 사고를 정리하는 일이 필수적으로 이루어져야 한다.

마인드 맵은 글쓰는 과정에 접근하기에 간단하므로 교수자는 심도깊은 교육 커리큘럼을 제시하거나 학습자에게 전문적인 학습을 유도할 필요가 없다. 글로 옮기기 전에 학습자가 기존에 가지고 있던 시적 영감(inspiration)과 무의식을 통해 검토된 상상력의 확장으로 전이되는 것[12]을 창출하고 정리하기에 좋은 방법이다. 단 자유롭게 단어에서 단어를 연결시키고, 그것을 그림으로 옮기면서 뇌활동을 활발히 자극시켜 아이디어를 떠오르게 하는 훈련을 지속적으로 반복하는 것이 중요하다. 따라서 시적 상상력의 확장을 적극적으로 활용하기 위해서는 모든 시적 진술인 이미지, 은유, 상징, 신화 등으로 표현되고 역설, 아이러니, 패러디 등의 모든 시적 표현 방법에서 자유롭게 이동할 수 있는

---

12) 영감도 어떤 면에서는 무의식에 바탕을 두고 있고, 무의식이라는 어휘 자체가 내포하는 바와 같이 창작 주체에 의해, 의식되지 않는 것이라면 무의식도 어느 정도는 영감의 속성을 지니고 있다. 유영희,『이미지로 보는 시창작교육론』, 도서출판 역락, 2003, p.246.

초월성을 지녀야 한다. 즉 시 창작의 소재가 되는 대지, 풀, 하늘, 사과 등의 기본적인 이미지에서, 동시에 은유, 상징, 신화의 이미지가 시적 상상력을 통해 형상화되어야 한다. 모든 이미지는 시적 상상력을 통해 다른 작품과 별개의 이미지를 창출하면서 다른 역설이나 아이러니로 표현될 수 있는 것이다. 시적 상상력의 전개 역시 이와 같은 구조를 지니고 있다. 이런 간단한 사고의 확장에서 넓고 깊게 움직이면서 교수자는 학습자가 속해 있는 문화 전반에 걸쳐 그것을 적용할 수 있도록 학습자를 유도해야 할 것이다.

(3) 마인드 맵과 창작활동

디지털 매체에 익숙한 학습자들에게 마인드 맵이 가진 특징이 컴퓨터의 하이퍼링크와 유사한 개념이라는 인식을 이해시키는 단계는 수월했다. 오히려 학습자들이 가진 기존의 정형화된 시 장르의 특성에 대한 시적 상상력의 인식이 고정화되어 있었으므로 마인드 맵이 가진 사고 확장에 대한 '자유롭게 접근한다'는 관점에서 어려워하는 모습을 보였다. 따라서 먼저 학습자들에게 디지털 매체를 사용한 창작과정을 그대로 보여주면서 사고의 전환에 대한 이해를 촉진시켰다. 즉, 디지털 매체에서의 창작은 원고지에 쓰는 것과 달리 즉각적인 단상들을 연결하여 그대로 입력한 후 편집하는 방식을 따른다. 따라서 시간을 두고 모아진 단편들은 앞뒤가 쉽게 뒤섞이면서 형성되는 플롯이므로, 더 복잡하고 전개가 아주 빠르다. 또한 디지털 매체의 글쓰기는 하나의 일관된 구조와 체계로 존재하지 않는다. 구조 자체가 변화될 수 있다는 〈개연성〉이 원고지의 글쓰기와는 비교할 수 없을 정도로 증폭되므로 '수미일관된 논리적 체계이기보다는 몽타주를 콜라주하는 방식'[13)

을 띠게 된다. 그러나 이러한 '상상력의 활동을 효과적으로 강화하고 교육'[13]함으로써 학습자의 문학에 대한 흥미를 유발시키고, 나아가 주체적인 사고의 확장을 익혀 적극적으로 성장하는 여건을 마련할 수 있게 된다.

이러한 이해 과정을 거친 후, 본 교육과정은 먼저 수강생 전체가 수업시간을 통해 하나의 마인드 맵을 완성하는 기초단계를 먼저 선행하였다. 출발지와 도착지를 지정하여, 이동 목적, 교통수단, 일행, 이동 시각 등에 대한 마인드 맵을 자유 토론식으로 진행하여 완성하고, 남은 시간은 그 마인드 맵의 한 부분을 모티프로 하여 짧은 소설을 창작하게 했다. 이러한 과정 후 학습자 각자에게 개별 마인드 맵을 그리도록 유도했다. 본 연구에서는 수강생이 제출한 과제 중 네 가지의 타입을 선별하여 실제 창작물을 제시하도록 한다.

맵핑 ──▶ 모티프 연결 ──▶ 핵심어 출출 ──▶ 작품 완성

교수-학습 모형으로 먼저 ① 자유로운 마인드 맵핑 활동을 하면서 ② 주관적인 소재가 객관성을 획득하도록 지도를 만들도록 했다. 시적 상상력의 확대 개념에서 접근을 유도하므로 학습자들은 최대한 자신의 관점에서 모티프의 연결을 유도했다. 그리고 마인드 맵을 통한 ③ 핵심을 축출하여 독창적인 전개방식을 표현하게 했다. 이러한 전개부터 접근함으로써 타 학습자들에게 ④ 하나의 작품을 완성할 수 있는 과정이 될 수 있다.

---

13) 강내희 외, 『압구정동 : 유토피아 디스토피아』, 현실문화연구, 1992, p.113.
14) 김봉균, 『다매체 시대의 한국문학 연구』, 푸른사상, 2003, p.218.

⑷ 맵핑을 활용한 창작 실제 및 감상

　이러한 학습 모형을 전제로 하여 다음은 학생들의 마인드 맵과 마인드 맵핑을 기초로 모티프 연결을 통해 완성한 실제 시 창작 작품을 제시한다. 이들 학습자들은 같은 마인드 맵핑을 통해 시 장르뿐만 아니라 소설 초안을 잡는 동기 부여로 맵핑 활동 영역을 확대해 갔다. 소설(산문) 창작 부분은 각주로 처리하였다.

● 마인드 맵과 작품 : 문예창작과 52052379 임연화

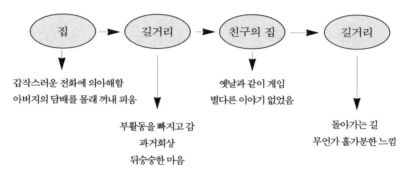

제목 : 소년기(少年期)

　　내가 네가 알지 못하는 곳에서 자랐던 만큼
　　너도 내가 알지 못하는 곳에서 자랐다
　　함께 했던 시간은 새로운 색으로 페인트질하지 못하니 괜찮다
　　딱, 그것만으로 충분하다
　　너와 나의 시간은 그걸로 충분하다

언젠가 만나는 시간을 기약하며
각자의 몫만큼의 시간만을 기억하면 된다
기약되었던 시간에 기억한 시간들을 들려주는 것,
그것이면 된다, 너와 나는

소년기는 끝났다.

작품 감상평 일반적으로 서사구조의 스토리는 질서 있게 전개되지만, 시 창작에 있어서는 마인드 맵 이상의 시적 상상력을 요구한다. 본 학습자의 마인드 맵은 다른 학습자와 비교하여 상당히 간단하고 단일한 구성을 이룬다. 기본적으로 시 창작에 필요한 모티프는 네 군데에서 얻을 수 있다. 본 학습자는 마지막 '귀가' 시점에서 전체를 아우르는 시적 상상력을 선택했다. 그리고 그 전개는 곧 '소년기는 끝났다'라는 안정된 끝맺음으로 정리된 느낌이다. 그러나 '너(친구)'와 '나'가 가지고 있는 '시간의 기억'이 구체적으로 형상화되지 못한 아쉬움이 남지만, 체계화된 시적 상상력의 발현이라는 면에서 마인드 맵의 효과를 찾을 수 있었다.

(본 마인드 맵은 소설 창작[15]의 모델이 된다. 오히려 본 학습자에게는 서사 장르에서 마인드 맵의 활용도가 크다.)

❷마인드 맵과 작품 ; 문예창작과 52052354 강외숙

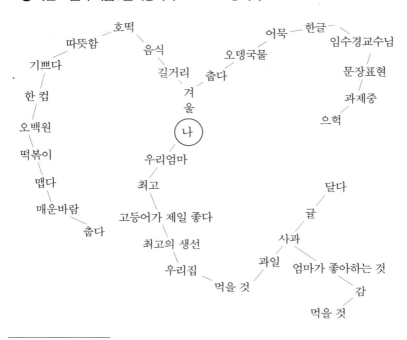

---

15) 마인드 맵을 활용하여 소설을 창작한 실제이다. 한 부분을 인용한다.

    (……) 나중에 오늘 몫까지 할게라고 말만 하고서는 무작정 부활동을 빠져 버린 나는, 같은 거리만 벌써 30분 넘게 헤매고 있었다. 이사를 간 지 그렇게 오래되지는 않았는데. 머리를 긁으며 나는 그렇게 중얼거렸다.
    이 거리는 그리고 이 마을은 정말 많이 변해 있었다.
    내가 이 거리에 살던 때에 있던, 마을 공용 놀이터 자리에는 번듯한 집이 들어 서있었다. 또 학교 수업이 끝나자마자 뛰어가던 문방구로 위장한 불량식품점이 멋들어진 슈퍼로 바뀌어져 있었다. 이것뿐만이 아니었다. 많은 것이 변해 있었다. 나 혼자만 빼놓고 자라있었다. 눈에 그 변화가 확연히 보일 정도로 자라있는 그 모습이 마음에 영 들지 않았다.
    나는 여전히 코찔찔이 꼬맹이인 모습 그대로인데, 이 동네는 세련된 멋쟁이 청년으로 자라있는 것 같았다. 그래서 이리저리 마음에 들지 않는다며 어느 동네나 있는 꼬마들이 해놓은 작은 낙서라든지 가지치기를 하지 않아 무성하게 잎이 자란 나무라든지 사소한 것을 붙잡고 괜히 트집을 부렸다.
    3시까지 정민이의 집에 도착한다는 것은 포기한 상태였다. 일단 집을 알아야지 찾아가든지 말든지 하지, 이렇게 있다가는 오늘 하루가 다 간다고 해도 정민이네 집에는 도착하지 못할 거다. 기억 속에 남아있는 모습과 지금의 모습을 비교하며 터벅터벅 길을 걷던 내 귀에 익숙한 목소리가 들렸다. 정민이의 목소리였다. 내가 떠나고 나서 동네가 많이 변한 것과 마찬가지로 정민이 역시 많이 변했다. (……)

제목 : 한 겨울의 귤

한 껍질의 무수한 알갱이들
'짓' 물러도 그만이고
'쏙' 빠져도 그만이지만
찬 바람 맞는 빈 깡통과
바지끝에 얼어 붙은 눈알갱이가
톡톡 터지라고 말한다
그래야 겨울이라고—

작품 감상평 마인드 맵핑을 통한 자유연상 훈련은 언어에 대한 감각을
기를 수 있다. 같은 말도 자신만의 독특한 아이디어로 적절하게 변화
를 주면 신선한 느낌을 줄 수 있다. 주어진 어휘를 새롭게 정의하는 훈
련은 일상적 사고를 한번 뒤집어 봄으로써 대상에 대한 새로운 의미를
발견하는 데 도움을 준다. 〈나〉에서 출발하는 마인드 맵은 가장 학습자
의 일상과 근접해 있다. 마인드 맵핑을 통해 얻어진 시적 상상력에서
'눈알갱이'와 '찬바람'이 '귤'을 연상시키면서 공감각적인 표현을 완성
시키고 있다. 본 학습자의 '귤'에 대한 단상이 '겨울'에서 그 이상으로
전개되지 못한 것이 아쉽게 느껴진 작품이나, 오히려 현실의 학습자와
작품 속의 시적 화자의 거리가 근접해 있어서 작품의 공감이 쉽게 얻
어질 수 있다는 장점을 보이고 있다.

(본 마인드 맵은 소설 창작[16]의 모델이 된다. 본 학습자도 오히려 소설 창작에
있어 마인드 맵핑이 유용하게 사용되었다.)

●마인드 맵과 작품 ; 문예창작과 52052369 유슬기

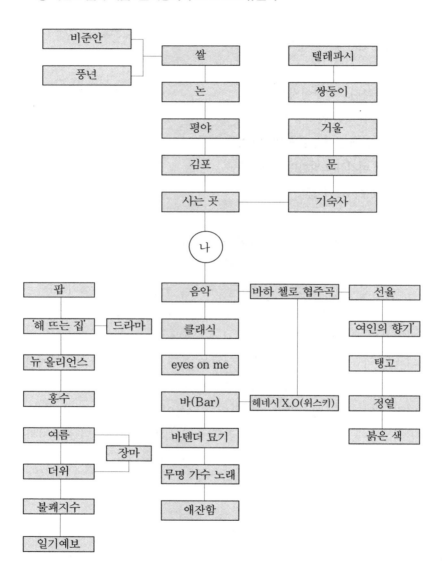

제목 : 거울

못에 박힌 네 웃음 뒤로
깊고 어두운 빛바랜 회색빛 공간

잊혀진 어제로 촉각촉각 귀를 세운
시간과 슬그머니 뒷걸음치는
날짜 경계선 사이에 낀 너와
나

침묵의 폭포수 가장자리에 서서
건조한 숨을 내쉬며 마주 보지만
무슨 말을 할까 입을 열어도
네가 먼저 말을 할까 입을 다물고
핏줄에 얼기설기 얽힌 침묵이 두려워
위액이 분비하는 쓰라린 고통에
뻣뻣한 등 너머로 너를 남겨두고
뒤를 돌아볼 용기조차 나지 않는데

잊길 바라는 회색빛 바랜 어제로

---

16) 마인드 맵을 활용하여 소설을 창작한 실제이다. 한 부분을 인용한다.

"곧 있으면 예수님 탄신일인데, 생일날에는 거 미역국도 나눠 먹고 하지 않소."
"전 예수 안 믿어요." 발목에 더 힘을 꽉 주어 말했다.
"복 많이 받을 거요. 아가씨."
(길거리의 거지와 청바지 끝에 눈 알갱이가 얼어붙은 아가씨와의 대화 부분)
"저기요, 귤 그만 드세요.그러니까 손이 자꾸 노래지죠."
(귤에 집착하는 남자에게 청바지 끝에 눈 알갱이가 얼어붙은 아가씨가 내뱉는 대화 부분)

끝없이 걸어가는 너는 에우리디케

작품 감상평 마인드 맵은 〈나〉에서 출발하여 두 가지로 분류한다. 〈취미〉는 〈음악〉이다. 음악의 종류가 나뉘고, 각 종류의 특성이 이어진다. 이 작품에 쓰인 소재는 〈사는 곳〉이다. 〈나〉의 〈사는 곳〉은 〈김포〉와 〈기숙사〉이며 각각의 자유연상 단어들이 순차적으로 떠오른다. '거울'을 바라보며 '에우리디케'를 떠올릴 수 있는 '회색 공간'은 〈기숙사〉에서 〈문〉과 〈거울〉로 이어지는 연상에서 출발한다. 쌍둥이의 개념에서 자아의 내면을 성찰하는 매체로 '거울'을 활용하고, 이 소재는 곳, 〈김포〉의 공간과 대조될 수 있다. 따라서 마인드 맵에서 출발한 연상을 통해 문학적 상상력의 확장이 충분히 이루어지고 있다.

(본 마인드 맵은 소설 창작[17]에 모델이 된다. 평소에 신화를 즐겨 읽던 학습자의 마인드 맵은 다른 학습자에 비해 폭넓은 상상력의 구조에 영향을 주었음을 알 수 있다.)

---

17) 마인드 맵을 활용하여 소설을 창작한 실제이다. 한 부분을 인용한다.

(……) 사건 2일 전. 언니가 제주도에 집을 산다는 명목으로 동생에게 큰 거금을 빌리기 위해 내일 모레 찾아간다고 전화를 했단다. 동생은 이젠 필요 없는 거울을 떼어내고, 거울의 흔적을 없앴다. 하지만 미처 천장의 실리콘의 흔적을 떼어낼 생각은 하지 못했던 것 같다. 뭐. 대칭적인 내부구조는 하루나 이틀로는 만들 수 없는 것이니, 이사 오기 전에 만들어놓았다는 것인데…. 그러면 아무리 거울을 떼어낸다 하더라도, 달라지는 건 없었겠지. 그래서 동생은 숨어 있다가, 어제까지만 해도 있었을 거울의 사정거리에 언니가 들어오자, 마치 자신이 언니의 모습이 거울에 비친 것처럼 행동을 따라했고, 틈을 보이는 순간에 살인을 저지른 거로군. 알코올 중독자에게 있어서 옷차림이 다르다거나 어설픈 행동을 따라 하기나 그런 객관적인 것은 신경 쓰지 않을 테니까. 일란성 쌍둥이라는 것을 이용한 교묘한 살인극이었다.
그런데 공교롭게도, 언니는 동생이 벌어들인 돈과 보험금을 노리고 동생을 죽이러 집에 간다는 계획 하에 집에 확실히 있는지 알아보기 위해 전화한 것이었다고 한다. 누가 일란성 쌍둥이 아니랄까봐 생각하는 것도 똑같군. (……)

④마인드 맵과 작품 ; 문예창작과 52052390 한가영

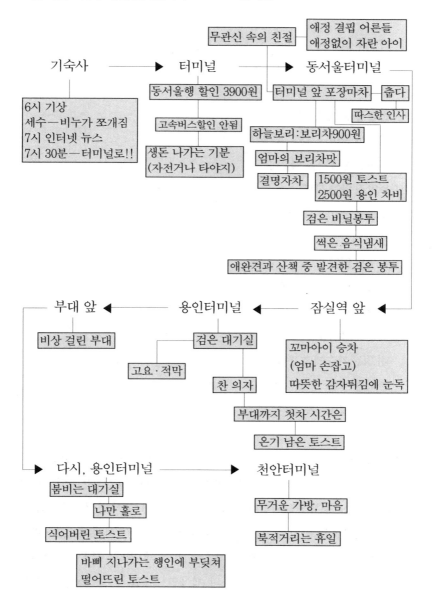

제목 : 이별

아무도 없다
진공 속에 울리는 소리

손끝을 울린 소리는
핏물이 되어
질척한 시궁창을 채운다
토악질 나는 사랑,
진공 속에 아무도 없다.

아무도 없다
이별 속에 빛나는 암흑
눈동자에 흐른 암흑은
썩은 도랑이 되어
내 멍든 가슴에 흐른다
추악한 사랑,
어둠 속에 아무도 없다.

작품 감상평 터미널과 역을 '진공'이라는 시적 공간으로 표현하면서, 오히려 많은 사람들이 오고가는 공간에서 '아무도 없다'는 무중력 상태를 느낀다. 동서울터미널에서 용인터미널로 이동하면서 '무관심 속의 친절'과 '검은 비닐봉투', '썩은 음식냄새'의 시적 상상력으로 '썩은 사랑'과 '썩은 도랑이 되어 멍든 가슴에 흐르'게 된다. 결국 '북적이는 휴일'에도 '아무도 없'음은 습작품의 제목인 '이별'과 일맥상통하며 형성화되었다. 공간의 이동에 따라 경험한 일상적인 느낌을 마인드 맵을 통해 일목요연하게 정리하고 창작활동까지 연결을 시키는 과정을 확인할 수 있다.

(본 마인드 맵은 소설 창작[18]의 모델이 된다. 자세히 연결되는 마인드 맵은 시 창작보다 소설 창작에서 유용하게 사용됨을 볼 수 있다.)

3) 기대 효과

본 교육방법의 실제로는 단국대학교 문예창작과 1학년 계열 기초 수업인 〈문장표현〉에서 수강생 전원이 각자가 마인드 맵을 그린 후 본격적인 시 창작을 하는 교육을 3년간 실시하였다. 마인드 맵을 활용한 시

---

18) 마인드 맵을 활용하여 소설을 창작한 실제이다. 한 부분을 인용한다.

(……) 터미널에서 막차가 출발한 뒤, 얼마 지나지 않아 청소부 아저씨가 내 앞을 지나갔다. "이보슈! 이제 그만 가봐. 뭐한다고 계속 여기 있누? 이제 문 닫아야 해. 그러니 나가보슈." 나는 청소부 아저씨의 말에 고개를 살짝 끄덕이며 흰색 의자에서 일어섰다. 대기실은 이미 적막했고,. 어두웠으며, 쓸쓸했다. 내가 터벅거리며 발걸음을 옮길 때마다 손에는 검정 비닐 봉투가 달랑거렸다. 나는 비닐 봉투를 바라보다 말고 비닐 봉투 속에 손을 넣었다. 이젠 그녀의 생글거리는 모습도 볼 수 없고, 따뜻했던 토스트도 없고, 강릉행 버스표 두 장도 없다. 나는 쿠킹호일에 쌓인 토스트를 꺼냈다. 차가운 유리문을 밀고 나오면서 나는 토스트를 감싸고 있던 쿠킹호일을 뜯어냈다. 그리고 이미 차가워 질대로 차가워져 질긴 식빵을 물어뜯었다. 질척한 토스트가 목구멍으로 넘어가면서 내 가슴을 때렸다. 그렇게 추운 밖으로 나왔다. 한 손에는 빈 검정 비닐 봉투를 달랑거리며, 한 손에는 한 입 베어 먹은, 그리고 식어빠진 토스트를 들고.
터미널 밖으로 나오니 그제야 내 두 눈에 눈물이 있었음을 깨달았다. 왜냐면 눈가와 볼가가 찬 겨울바람에 시렸기 때문이다. 난 따가운 눈과 볼을 생각하며 유리문 너머에서 가만히 서 있었다. 터미널 밖도 터미널 안과 다르지 않았다. 거리는 적막했고, 어두웠으며, 쓸쓸했다. 나는 걸음걸음을 옮길 때마다 입가로 토스트를 가져갔다. 더 이상 그녀의 생글거리는 얼굴은 볼 수 없었다.
나는 다 식어빠진 토스트를 들고 걷고 있다. 걷고 있다. 세상이 다 식어빠진 토스트가 되었다고 할지라도, 세상에 그녀라는 온기가 없어도 나는 걷고 있다. 그녀의 생글거리는 얼굴을 다시 볼 수 없다는 것이 슬프긴 했지만, 그래도 나는 걷고 있다. (……)

창작교육과정의 장점을 살펴보면 다음과 같다.

첫째, 언어(단어)의 감각을 기를 수 있다. 마인드 맵핑을 활용한 자유 연상 훈련은 학습자들이 가지고 있는 무질서한 내부의 사고를 시각적으로 정립된 외부 그림(지도)으로 발현하여 정리할 수 있는 능력을 가르게 한다. 같은 말도 자신만의 독특한 아이디어로 적절하게 변화를 주면 신선한 느낌을 줄 수 있다. 주어진 어휘를 새롭게 정의하는 훈련은 일상적 사고를 한번 뒤집어봄으로써 대상에 대한 새로운 의미를 발견하는 데 도움을 준다.

둘째, 학습자의 독창적인 사고의 전개방식을 습득할 수 있다. 교수-학습 모형에서 마인드 맵을 통한 사고의 확장 모형은 학습자 개인별로 다르게 나타나게 유도할 수 있으므로, 학습자의 독창적인 사고의 전개방식을 표현할 수 있다.

셋째, 주관적 사고의 흐름을 객관화시킬 수 있는 능력을 기를 수 있다. 마인드 맵을 활용하여 학습자가 가지고 있는 사고를 체계적인 전개로 이끌 수 있다. 따라서 학습자 스스로가 사고의 시적 모티프로 접근하는 체계적인 과정을 통해 그들이 만들어내는 창작물은 교수자뿐만 아니라 타 학습자들에게도 객관적인 공감대를 획득할 수 있는 전제가 될 수 있다.

이러한 사고의 전개 모형은 시 창작과정에 적용될 뿐만 아니라 일반적으로 서사구조의 스토리를 정립하는 소설, 시나리오, 드라마 등, 또는 중·고등학생의 교육에도 유용하게 쓰일 수 있다는 확장력을 가지고 있다.

시 창작의 기본 모티프는 '시의 종자'[19]를 얻는 행위에서 출발한다.

---

19) Cecil Day Lewis, 장만영 역, 『시학입문』, 정음사, 1974, pp.61.참고.

즉, 시상을 포착하는 단계이다. 물론 마인드 맵핑 자체가 시의 창작 행위에 직접적인 영향력을 끼치지는 못할 수도 있다. 이것은 마인드 맵과 작품을 보면 알 수 있는데, 마인드 맵이 타 수강생에 비해 지나치게 구체적이고 특수한 설계인 반면에 작품은 오히려 관념적이고 일반적인 모습을 보이고 있다. 그러나 이러한 마인드 맵의 훈련을 통해 학습자들의 생각 그리기라는 구체적인 생각 도안을 그려낸다는 점은, 그러한 시의 종자를 얻을 수 있는 기회로도 볼 수 있다. 또한 퇴고 과정에서 학습자가 창작한 시에서 놓치고 지나간 모티프의 전환 과정을 눈으로 확인할 수 있고, 보다 체계적으로 작품에 접근할 수 있는 기회를 스스로 제공받는 셈이다. 학습자들은 사고를 확장하고 정립하는 단계를 습득하면서 동시에 시 창작으로의 발전이 가능할 것이다.

따라서 본 상상력의 확장을 활용한 시 창작교육방법은 창작 전반에 있어서 마인드 맵 자체가 가지고 있는 효과 이상의 기대를 가질 수 있을 것으로 사료된다.

3
패러디 기법을 활용한 시 창작교육방법

1) 교육 목적 및 방향

하나의 작품은 기존 작품의 영향에서 완전히 자유롭기란 어렵다. 이 것은 작품에서 이전 작품이 가지고 있던 모습을 곳곳에서 발견할 수 있기 때문이다. 물론 시인의 의도적인 패러디 기법의 도입 이전부터 시인의 무의식적이고 다분히 비의도적인 표현의 발로라는 점에서 그 이해를 찾을 수 있다. 이것은 비단 문학에 한정된 이해가 아니다. 사회 전반에 걸친 문화의 일반적인 속성에서도 필연적으로 그렇게 될 수밖 에 없는 성질을 보이고 있다. 이처럼 두 작품 이상이 가지고 있는 특성 을 상호텍스트성이라는 개념으로 정의한다면, 그 개념은 '창작자 의도 의 개입'[20]여부에 따라 그 범위가 달라질 수 있을 것이다. 따라서 본 교

---

20) 유영희, 「패러디를 통한 시 쓰기와 창작교육」, 『국어교육연구』, 1995. p.76.

육방법은 학습자의 의도적인 상호텍스트성 획득에 대한 과정과 결과의 활용성에서 출발한다. 기존 '창작'의 개념에서 확장되어, 의도적인 상호텍스트성을 획득하는 한 방법으로 패러디 기법[21]을 활용한다.

패러디 기법의 활용을 통하여 학습자는 창의력과 상상력으로 기존 작품을 변화시켜 '기존의 특성을 유지 또는 변형시키기 위한 실험적 시도'[22]로 시문학의 다양성을 확보하고 그 영역을 확장시키고 있다. 즉 이 기법은, 학습자가 시 장르에 보다 수월하게 접근할 수 있는 통로를 열어 주는 방법적 측면으로도 설명할 수 있다.

따라서 패러디 시 창작교육은 학습자에게 학습 동기를 유발하고 사고의 확장을 지속시킬 수 있다는 장점을 갖는다. 또한 기존 작품에 대한 다양한 정보를 수집하여 학습자의 시적 체험화에서부터 능동적인 감상태도를 학습할 수 있다. 특히 패러디 기법을 활용한 시 창작의 특성상 학습자가 능동적인 주체가 되어 진행하기 때문에 학습 방법을 터득하게 된다.

그러므로 본 교육방법의 궁극적인 목적은 학습자들에게 시적 기법의 확장을 활용하여 기존의 작품 해석 일변도 수업에서 벗어나 학습동기를 촉진시키고 수업의 질을 향상시킬 수 있는 방법을 모색하여 학습자

---

21) 패러디 논의에서 '혼성모방'과 '표절'은 제외한다. 혼성모방 역시 패러디의 한 형태로 기존의 텍스트를 모방한다는 점은 유사하나 여기에서 제시된 두 가지 특성과는 다르게 모방하되 모방의 동기를 가지고 있지 않다는 특성이 있다. 그것은 기존 텍스트에 대해 비판이나 풍자의 의도가 없이 무작위적 또는 우연의 논리에 의해 모방이 이루어진다는 점에서 유하의 의도적 패러디와는 차별성을 가지므로 논의의 혼동을 피하기 위해 제외시킨다. 혼성모방에 대한 구체적인 정의는 이승훈, 「패스티쉬의 미학」, 『포스트모더니즘 시론』(세계사, 1991, pp.252~259.)을 참조하면 된다.
표절의 문제는 신세대 작가들이 등장하면서 문학의 중요한 쟁점의 하나로 부각된 문제이다. 특히 혼성모방과 비교하여 작가 자신이 그것은 표절이 아니라 포스트모더니즘의 혼성모방의 기법의 차용이었다는 반론을 제기하면서 확산되었다. 〈공공연함과 명백성〉이 없는 차용은 표절행위임이 분명하지만 모든 자명성이 불분명해진 시대의 새로운 소설들을 과거의 고정적 틀과 인식으로 바라볼 수 없다는 데 문제의 복잡성이 내제해 있으므로 본 논의에서는 제외한다. (장정일, 「〈베끼기〉의 세 가지 층위」, 《문학정신》, 1992. 7~8 합병호. 참조.)
22) 장창영, 「패러디 시 활용의 교육적 의미」, 『한국언어문화』 제26집, 2004. 12, p.274.

의 스키마(schema)를 최대한 이끌어내어 시 교육 효과를 극대화하는 것이라 하겠다. 스키마(schema)는 인간이 가지고 있는 지식(경험)의 구조적 총체이다. 즉, 인간이(의식적이든 무의식적으로) 경험을 하고, 지식을 습득한 모든 능력을 유지하고 활용하는 메커니즘을 가시적 구조로 개념화한 것이다. 따라서 문학에서 이 스키마는 어떤 텍스트를 해석하고 수용하고 적용하는 모든 작용에 대한 사전 지식의 역할을 한다.[23] 이를 위해 시적 기법 중 기본으로 활용할 수 있는 패러디 기법의 특성을 이해하는 것을 선행하고, 학습자에게 패러디 기법을 활용한 시 창작을 실시한다.

2) 교육 내용 및 과정

(1) 패러디 개념 인식 및 커리큘럼 접근방법

학습자가 작품 창작으로 접근할 때 패러디 기법은 다른 기법들과 달리 두 가지 특성을 가지고 있다. 하나는 모방의 대상이 존재한다는 점이다. 최소한 상상력의 출발점이 존재하고, 적어도 앞에서 언급한 상호텍스트성을 기저로 가지고 있다는 뜻이다. 그리고 그 상호텍스트성은 엄밀히 말해서 창작자의 의도와 치밀한 계획을 내포하고 있어야 한다. 이것은 현실에 대한 시적 인식과 모방 대상 텍스트에 대한 시적 인식이 동시에 작품 창작에 활용될 수 있다. 따라서 학습자들은 독창적인 사고[24]로 한 편의 작품 창작에 접근하면서 기존의 텍스트에 대한 비

---

23) 노명환, 「이해, 학습, 기억 : 독서과정에 관한 인지심리학적 연구분석」, 『한국교육』 제14권 2호, 한국교육개발원, 1987, p.43.

평과 인식까지도 함께 흡수하게 된다. 그러므로 패러디 기법을 통해 한 번에 두 가지의 시적 인식 능력이 얻어질 수 있다는 장점을 가지고 있다. 패러디 기법이 가지고 있는 또 다른 하나는, 의식적인 상호텍스트성을 획득하는 행위, 즉, 기존 작품을 모방하는 행위 자체가 풍자와 전복을 목표로 한다는 점이다. 풍자란 학습자가 가진 이데올로기나 신념을 전제로 하므로, 패러디를 하는 입장에서의 학습자는 대상 텍스트가 가지고 있는 세계관을 전복시키려는 의지를 표출하는 것을 목적으로 한다. 바로 이러한 특성들을 패러디를 통한 시 창작교육방법의 초점으로 삼는다. 즉, 작품은 기존의 모든 텍스트를 패러디의 대상으로 하면서도, 동시에 스스로 그 원본에서 벗어난 더 심도 있고 주제가 강하게 드러나는 작품이 되고자 한다. 이중 기호화를 통하여 아이러닉한 주제를 내포하기도 하면서, 그 작품 자체는 독자의 다양한 반응을 유도할 수 있다는 측면에서 학습자의 기발한 접근방법을 강구할 수 있는 긍정적인 면이 부각될 수도 있다.

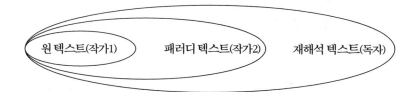

원 텍스트는 패러디의 대상 텍스트에 포함된다. 이때 작가 1은 작가 2와의 소통을 예상하지 못한다. 작가 2에서 시 창작을 통하여 원 텍스트와 패러디 텍스트는 비로소 두 텍스트간의 의도적인 상호텍스트성을 획득하게 된다. 이때의 상호텍스트성은 작가 2의 의도에 따라 다분

24) 독창성이란 창조적 상상력이 구현하는 바, 이 상상력이라는 것도 따지고 보면 결국은 일종의 연합적 능력이다. 이승훈, 『해체시론』, 새미, 1998, p.430.

히 계획적이고 일방적인 형태를 띤다. 이러한 과정으로 만들어지는 패러디 텍스트는 원 텍스트와 함께 소통을 이루면서 한 작품으로 인식되어지기도 한다. 소통이 원활한 패러디 텍스트는 더 나아가 재해석 텍스트라는 독자 영역으로 확장된다. 작가 1이 기존 시인이라면 작가 2는 교육방법상 학습자로 정리할 수.있다. 이때 독자의 개념은 타 학습자일 수 있고, 혹은 교수자일 수 있는 교육 구조를 보인다.

본 시 창작교육의 실제에서는 기본적으로 '작품의 본문과 함께 작가와 관련된 자료, 그 작품을 이해하고 감상하기 위한 기본적인 자료, 작품에 대한 조직적인 해설, 작품의 이해와 감상 능력을 실현시키기 위한 문항 등'[25]이 함께 제시되어야 한다. 우선 본 교육방법에서는 패러디 시 창작에 관련된 교수-학습 단계를 간략하게 네 단계로 제시할 수 있다. ① 원 텍스트에 대한 감상 및 이해가 선행되어야 한다. ② 학습자가 작품에 적극 개입하여 독자적인 분석이 이루어지고, ③ 작품의 배경이나 형식, 내용 등에 학습자가 공감대를 얻고 재창작의 단계로 이행되어야 한다. ④ 원 텍스트와 관련하여 자신의 창작물에 대한 객관적인 자기 평가와 진단의 단계를 거쳐 다시 원 텍스트와의 비교가 이루어져야 한다.

이 모형에서 상정하는 ③ 공감대 형성 및 재창작 단계를 가장 핵심적인 단계로 볼 수 있다. 이것은 학습자가 직접 작품을 '내면화'하여 그

---

25) 김봉균, 앞의 책, p.242.

것의 미적, 도덕적 가치를 수용하고 학습자 나름의 독자적인 해석과 이해를 통해 새로운 모델을 구상하는 단계이기 때문이다. 이런 교육과정 단계에서 학습자의 정서 상태와 텍스트의 미학적 자질에 대한 평가를 통해 '조성된 학습자의 정서적 공명이 상상된 체험으로 구체화하는 과정에서 교육적으로 유의미한 국면을 부각시키거나 다양한 양상으로 분화시키는 행위'[26]로 이행될 수 있다.

따라서 패러디 기법을 활용한 시 창작교육방법은 우선 창작자, 즉, 학습자의 창작에 대한 고유 영역의 독립성을 확보해 주는 것이 필요하다. 특히 이러한 패러디 기법을 활용한 시 교육방법이 디지털 매체와 함께 활용되면서 제공되는 가장 큰 장점이 이전에 글쓰기에서 흔히 발생하는 학습자들이 느끼는 백색공포, 즉, 백지에 직접 펜을 들어 써야 한다는 공포로부터 자유로워진다는 사실을 인식하고 적극 활용하는 것도 중요하다. 쉽게 지우고, 다시 써내려갈 수 있다는 장점의 활용은 학습자의 입장에서 시·공간의 제약을 넘어 보다 자유로운 분위기에서 자신들의 '감성과 느낌을 충실하게 전달하는 시 쓰기'[27]를 시행할 수 있는 여건으로 형성된 셈이다. 제약이 없는 창작이야말로 학습자에게 무한한 상상력과 더 나아가 문화콘텐츠로의 활용이나 유래 없었던 또 다른 문학 영역이 개척되리라는 확신을 가지고 교육을 진행해 나가야 할 것이다.

(2) 패러디 대상 텍스트 선정 및 분석

다음은 본 교육 목표를 단국대학교 문예창작학과 2학년 전공 IT 수업인 〈문학예술기행〉에 적용한 과정과 결과이다.

---

26) 최지연, 「문학감상교육의 교수학습모형연구」, 『선청어문』 제26집, 1998, p.345.
27) 장창영, 앞의 글, p.270.

① 대상 텍스트의 선정과 이해

패러디를 활용한 시 창작교육에서 대상 텍스트의 선정 기준에 따라 패러디 창작 작품의 결과는 다르다. 또한 어떤 식으로 대상 텍스트에 접근하느냐는, 패러디의 방식에 따라 상당히 다양한 효과를 거둘 수 있다. 접근의 방법은 대상 텍스트의 전체 분위기를 패러디 대상으로 삼는 것뿐만 아니라, 지극히 잘 알려진 단어나 구절을 택하거나, 특유의 리듬 등을 대상으로 삼을 수 있다. 중요한 것은 학습자가 대상 텍스트를 이해하는 과정을 통해 스스로 비평 행위를 도출해낼 수 있다는 것이다. 또한 이러한 비평 행위는 학습자의 창작활동으로 이어지면서 능동적인 사고를 유도할 수 있다는 점이다. 그리고 패러디의 방식은 대상 텍스트를 모방하여 주제를 부각시키는 방식과, 대상 텍스트가 가진 의미를 굴절시켜 의미의 변질을 유도하는 방식이 있고, 또한 대상 텍스트가 가지고 있는 의미를 확장시켜 다른 의미로의 이행을 가져와 강조하는 방식 등이 있다. 이러한 패러디의 방식에 대한 이해가 선행되어 좀 더 자세하고 복합적인 패러디 창작을 유도해야 한다.

먼저 대상 텍스트의 선정 기준은 이미 학습자에게 익숙한 텍스트를 대상으로 한다. 이해가 충분히 선행되어야 학습자들의 동기유발을 쉽게 유도할 수 있다는 장점이 있기 때문이다.

본 교육방법에는 서정주의 시집 『질마재 신화』에 수록되어 있는 시 「신부(新婦)」를 대상 텍스트로 선정하였다. 시 작품 「신부」뿐만 아니라 서정주의 시 창작방법(내용) 전반에 영향을 끼친 시집 『질마재 신화』의 중요성을 인식시키며 동시에 작품이 창작된 전체 배경과 시집에 수록된 작품 전반에 걸친 상호텍스트성을 함께 인식시키기 위해 대상 작품으로 선정한 것이다. 특히 서정주 문학이 가지고 있는 초기의 퇴폐적이고 상징적 원죄의식에서 벗어나 불교에 몰입하면서 고유의 한국의 미학으로 접근하는 특징을 이해시킨다.

②대상 텍스트의 분석 및 감상

대상 텍스트인 「신부」는 경북 영양 일월산 황씨 부인 사당에 전해지는 전설을 소재로 하여 재구성한 작품[28]이다.

일월산 아랫마을에는 황씨 처녀가 살고 있었다. 처녀를 사모하는 총각이 둘 있었는데, 그 중 한 사람에게 시집을 가게 되었다. 신혼 첫날밤 화장실을 다녀오던 신랑은 신방 문에 비친 칼 그림자를 보고 놀라 그 길로 뒤도 돌아보지 않고 멀리 달아나 버렸다. 그 칼 그림자는 다름 아닌 마당의 대나무 그림자였음에도 불구하고 어리석은 신랑은 그것을 연적(戀敵)이 복수하기 위해 자신을 죽이려고 숨어든 것이라고 오해한 것이었다. 신부는 그런 사실도 모르고 족두리도 벗지 못한 채 신랑이 돌아오기를 기다리다 깊은 원한을 안고 죽었는데 그녀의 시신은 첫날밤 그대로 있었다. 오랜 후에 이 사실을 안 신랑은 잘못을 뉘우치고 신부의 시신을 일월산 부인당에 모신 후 사당을 지어 그녀의 혼령을 위로하였다.[29]

---

28) 조지훈의 시 「석문(石門)」도 황씨 부인 이야기를 패러디한 작품이다. 서정주 작품을 학습할 때 동시에 조지훈의 작품을 함께 언급하면서 교육 효과를 극대화했다.

당신의 손끝만 스쳐도 소리 없이 열릴 돌문이 있습니다. 못사람이 조바심치나 굳이 닫힌 이 돌문 안에는, 석벽 난간(石壁欄干) 열두 층계 위에 이제 검푸른 이끼가 앉았습니다. / 당신이 오시는 날까지는, 길이 꺼지지 않을 촛불 한 자루도 간직하였습니다. 이는 당신의 그리운 얼굴이 이 희미한 불 앞에 어리울 때까지는, 천 년(千年)이 지나도 눈 감지 않을 저희 슬픈 영혼의 모습입니다. / 길숨한 속눈썹에 항시 어리운 이 두어 방울 이슬은 무엇입니까? 당신의 남긴 푸른 도포 자락으로 이 눈썹을 씻으랍니까? 두 볼은 옛날 그대로 복사꽃빛이지만, 한숨에 절로 입술이 푸르러 감을 어찌합니까? / 몇 만리 굽이치는 강물을 건너와 당신의 따슨 손길이 저의 목덜미를 어루만질 때, 그때야 저는 자취도 없이 한 줌 티끌로 사라지겠습니다. 어두운 밤 하늘 허공 중천(虛空中天)에 바람처럼 사라지는 저의 옷자락은, 눈물 어린 눈이 아니고는 보이지 못하오리. 여기 돌문이 있습니다. 원한도 사무칠 양이면 지극한 정성에 열리지 않는 돌문이 있습니다. 당신이 오셔서 다시 천 년(千年)토록 앉아 기다리라고, 슬픈 비바람에 낡아 가는 돌문이 있습니다.—조지훈, 「석문(石門)」 전문, 『풀잎단장』, 창조사, 1952.

황씨 부인의 이야기는 한 여인과 두 남자의 전형적인 인물의 삼각구도 형태로, 어느 지방에서나 흔히 찾을 수 있는 전설, 설화, 민담 등의 주된 모티프를 가지고 있다.

신부는 초록 저고리 다홍 치마로 겨우 귀밑머리만 풀리운 채 신랑하고 첫날밤을 아직 앉아 있었는데, 신랑이 그만 오줌이 급해져서 냉큼 일어나 달려가는 바람에 옷자락이 문 돌쩌귀에 걸렸습니다. 그것을 신랑은 생각이 또 급해서 제 신부가 음탕해서 그 새를 못 참아서 뒤에서 손으로 잡아당기는 거라고, 그렇게만 알고 뒤도 안 돌아보고 나가 버렸습니다. 문 돌쩌귀에 걸린 옷자락이 찢어진 채로 오줌 누곤 못 쓰겠다며 달아나 버렸습니다.

그리고 나서 40년인가 50년이 지나간 뒤에 뜻밖에 딴 볼일이 생겨 이 신부네 집 옆을 지나가다가 그래도 잠시 궁금해서 신부방 문을 열고 들여다보니 신부는 귀밑머리만 풀린 첫날밤 모양 그대로 초록 저고리 다홍 치마로 아직도 고스란히 앉아 있었습니다. 안쓰러운 생각이 들어 그 어깨를 가서 어루만지니 그 때서야 매운 재가 되어 폭삭 내려앉아 버렸습니다. 초록 재와 다홍 재로 내려앉아 버렸습니다.

—서정주, 「신부(新婦)」 전문[30]

작품은 서사적 구조에 전설을 바탕으로 해서 여인의 절개를 담담한 짧은 이야기체로 구성되어 있다. '매운 재'로 표현된 여인의 절개는 남편을 기다리는 고통과 슬픔, 전통적 한(恨)의 정서를 담고 있으며, 시적 화자의 객관적인 시각을 통해 감정의 절제로 전체 작품이 안정감과 객관성을 가지고 있다.

---

29) 경북 영양 일월산 황씨 부인 사당 전설 요약
30) 서정주, 『질마재 신화』, 일지사, 1975.

수업내에서 작품 분석은 기존의 신비평 방식을 취하지 않는다. 원 텍스트인 서정주의 「신부」는 문학적 개념을 다루기보다는 텍스트를 이해하고 감상하는 〈과정〉을 수용하고, 시 교육의 의사소통이라는 본질적인 문제에 접근하고자 했다. 이미 타 장르의 문화를 통해 익히 알려진 이야기로 구성되어 있으므로, 작품을 읽고 학습자에게 감상평을 발표하도록 유도하였고, 대부분의 학습자는 전통적인 여성과 현대의 여성을 비교하면서 다채롭게 상상력을 확장시켰다.

(3) 패러디 시 창작 실제 및 감상

다음은 학습자가 서정주의 시 「신부」를 수업한 후 제출한 패러디 시 작품이다. 이 작품은 온라인 수업 전용 클럽인 〈단어와 문장〉에 탑재하였고, 수강생들이 직접 활용할 수 있는 발표 공간을 따로 지정하여 모든 학습자는 다른 학습자의 작품을 함께 감상하고, 감상을 댓글 형식으로 표현하여 학습자간의 작품 비교도 교육과정에 포함시킬 수 있었다.

● 작품 : 문예창작과 52042293 김동균

짝! 이 짐승……

그러고 나서 사십 일인가 오십 일이 지나간 뒤 뜻밖에 딴 볼일이 생겨 그 모텔 옆을 지나다가 그래도 잠시 궁금해서 314호 방문을 열고 들여다보니 사내는 왼뺨의 손자국 그대로 풀다 만 허리띠를 부여잡고 아직도 고스란히 침대에 걸터앉아 있었습니다. 안쓰러운 생각이 들어 그 팔목을 가서 어루만지니 그때서야 바지춤의 봉긋하던 것이 폭삭 내려앉아 버렸습니다.

—김동균, 「질마장 실화」 전문

작품 감상평 이 작품에서 '사내'는 '신부'와 동일한 위치에 놓여 있다. '초록 저고리와 다홍치마'로 상징되는 신부의 순결성이, '바지춤의 봉긋하던 것'으로 변형을 이루는 과정에서 유머와 위트가 더해졌다. 오늘날 여성 중심 성문화에 대한 무너진 남성성을 주제로, 시적 화자의 초점은 여성에게 버림받는 남성에게 두고 접근했다. 전체적인 내용은 기존의 원 텍스트와 같지만, 원 텍스트의 내용을 전제로 한 작품이라 '짝', '짐승', '모텔', '314호' 등이 현실성이 가미되어 시적 배경과 대상 텍스트의 주객체가 바뀜에도 불구하고 타 학습자들의 공감을 쉽게 얻었지만, 첫 구절에서 보이는 시구의 가벼움이 작품 전체가 가지고 있는 무게를 가볍게 만들지 않았나 하는 아쉬움이 보이는 작품이다.

● 작품 : 문예창작과 52002373 이상태

아이는 옷매무새 단정하게 옷깃을 세우고 고이 꿇은 무릎 반듯하게 첫 잔을 아직 앉아 기다리는데, 어르신은 그만 벌게진 두 볼을 감싸 안고 酒道를 가르쳐 줄 터이니 기다리라며 어슬렁 뒷간을 가셨습니다. 어두컴컴한 뒷간에서 큰일을 보고 있는 어르신은 바람 때문에 열린 문이 아이가 술 고파서 酒道를 멀리 하고 경건하게 꿇은 무릎을 풀은 거라고, 그렇게만 알고 볼일을 마치지 않은 채 나가 버렸습니다. 그러고 나서 40년인가 50년인가 지나간 쥐에 뜻밖에 딴 볼일이 생겨 이 아이네 집 옆을 지나다가 그래서 잠시 궁금해서 아이 방 문을 열고 들여다보니 아이는 첫 잔을 받기 위해 고이 꿇은 무릎 모양 그대로 고스란히 앉아 있었습니다. 안쓰러운 생각이 들어 40년인가 50년인가 잘 익힌 술을 아이에게 따라주니 그때서야 얼큰한 재가 되어 폭삭 내려앉아 버렸습니다. 벌게진 두 볼 한줌 재가 되어 반듯하게 내려앉아 버렸습니다.

—이상태, 「주도(酒道)」 전문

작품 감상평 혼인(婚姻)의 남과 여를 주도(酒道)의 어른과 아이로 간단하게 시적 상상력을 옮겨 갔다. 혼인과 성장이라는 중요 관문을 비교하는 단순한 패러디는, 대부분의 학습자들이 패러디 기법을 배울 때 거치는 첫 번째 단계이다. 형식의 변화 없이 내용의 관점만을 달리 하여 원 텍스트에서 벗어나서 작품화했다. 마지막 '잘 익힌 술을 따라주는' 행위를 통해 해결점을 찾기엔 미흡한 전개가 보이지만, 결국 시를 쓰는 일 역시 언어의 문제라기보다 삶과 세상을 관조하는 힘을 가지는 것이라는 측면에서, 이 작품의 시적 상상력 자체는 작품성을 가지고 있다고 본다.

● **작품 : 문예창작과 52022307 김미나**

　기름 발라 가지런히 올린머리가 혼례부터의 새로운 하루를 빛내줄 줄 알았습니다.

　초록저고리, 다홍치마 곱게 차려입은 채 부산스럽게 움직일 아침을 꿈꿨습니다.

　비싸다고 바를 엄두도 못 낼 동백기름 버석하게 말라버린 후,

　초록저고리, 다홍치마 어느새 색이 빠져 쓰임조차 잃어버린 후,

　벙어리 삼년, 귀머거리 삼년 견디고서

　손주 안고 찾아오라던 어머니 말씀이 떠올랐습니다.

　식어버린 신방 바닥에 내 자신이 흩뿌려지고서야

　연지곤지 찍어놓고 들여다보던 경대 속 얼굴이 눈에 선했습니다.

　예쁜 가정 꾸려갈 꿈에 부풀어

　하늘이 무너져도 믿어야 한다던 남편을 기다리며

　이 생각 저 생각 추스르다 수십 년이 흘러갈 줄 꿈에도 몰랐습니다.

이제라도 찾아온 남편, 그 손길에 무너져버린
꿈이 너무도 컸나봅니다.

—김미나, 「꿈에 부푼 긴 하룻밤」 전문

작품 감상평 시적 화자는 「신부」에서의 신부이다. 원 텍스트의 시적
화자는 「신부」를 바라보고 있는 제3자의 입장에서 객관적으로 풀어냈
다면, 이 작품은 신부의 주관적인 시각에서 심정을 과거시제를 사용하
면서 화자가 직접적으로 토로하였다. 따라서 시적 화자의 시각을 통해
시상이 전개되는 방식으로, 오히려 원 텍스트보다 텍스트와 독자와의
거리가 좁혀진 양상을 보이고 있다. 대상 텍스트가 30~40년의 세월을
훌쩍 뛰어넘어 결과를 제시했다면, 이 작품은 그 시간을 기다리는 신
부의 입장에서 생과 사를 초월한 여인의 한이나 운명 같은 정서를 느
끼게 해주고 있다는 점에서 확장된 시적 상상력의 변모를 보이고 있는
작품이다. 전통적인 유교사상에서 한정되어, 현재를 살아가는 학습자
의 상상력이 넓게 펼쳐지지 못한 점이 아쉽지만, 시간을 초월하여 담
담한 여인의 어조로 연결된 작품의 완성도가 돋보이는 작품이다.

● **작품 : 문예창작과 52002353 김지훈**
나비가 합장하는 순간,

신부가 재가 되어 폭삭 삭아 내릴 때까지 눈감은 순간을
죽음이라 합시다
막막한 어둠을 삽질하는 환한 삽
삽머리에선 불꽃이 튀어 올라요
신랑의 어깨선을 따라 근육이 울퉁불퉁 일어나요

땅도 일어나구요, 거기 신랑과 신부가 만나는 장면은 없어요

나비인가 싶었더니 잘못 보았군요

불나방입니다 분가루 털면서 날아다니는 불나방

합장인가요 아니면 환장인가요

눈앞이 보이지 않아요

환장하겠네 불 속으로 뛰어듭니다

합ㅡ죽 입다문 죽음이 아가리 벌리는 시간입니다

나방과 나비는 일심동체

나방도 나비도 합장을 합니다

참 아름다운 죽음입니다

죽음이 생명을 잉태합니다

오래 전에, 읽어 본 서정주 선생의 시

흔들어봅니다

아! 죽음입니다.

—김지훈, 「신부」 전문

작품 감상평 삶과 죽음이라는 테마에서 접근을 한다. 대상 텍스트 역시 삶과 죽음이라는 주제를 내면에 깔고 있다는 점에서 동일하지만, 본 학습자는 대상 텍스트 이후의 상황을 주제로 하고 있다. 결국 산사를 힘겹게 오르는 나비와 거실에 안락하게 앉아 있는 나방은 비교의 대상이 안 된다. 하지만 학습자는 그 둘의 이미지를 '합장한다'는 이미지에서 연결하여 혼인이라는 인륜지대사(人倫之大事)와 신부의 죽음이 갖는 의미를 연결시켰다. 직접적으로 '서정주 선생의 시'라는 시구를 통해 메타적 기법을 보인다는 점에서 타 학습자보다 다양한 기법을 사

용고 있다. 이는 원 텍스트의 기원을 정확히 밝히면서 비교되는 자신감이 표현되고 있다는 점에서 주목할 만하다. 좀더 '나방'과 '나비'가 가지고 있는 상징이 확실히 부각되었다면 학습자의 시적 상상력이 정확히 전달될 수 있을 것이라는 아쉬움이 남는 작품이다.

시 형식 외에도 학습자들은 짧은 산문 형식이나 비평 형식 등 자유롭게 형식을 선택하여 패러디 작품을 제출했다. 〈그림〉과 〈편지〉를 콜라주하여 패러디한 학습자도 있고, 글 전체를 소설화하여 원고지 40매 정도의 글을 제출한 학습자도 있다. 이처럼 패러디를 통한 시적 상상력의 발상은 시의 의도와 표현의 여러 측면에서 영향관계를 가지고 있음을 알 수 있었다. 따라서 우선 무엇보다도 이 교육방법을 활용하기 위해서는 자유로운 내용과 형식을 취할 수 있도록 학습자의 상상력을 확장시켜 놓는 일이 선행되어야 훨씬 효과적인 교육 결과를 도출해낼 수 있을 것이다.

⑷ 퇴고와 자체 검열

패러디 시 창작은 학습자들에 의해 자발적이고 능동적이다. 손쉽게 시 장르에 접근할 수 있다는 편안함이 창작 영역이 갖는 소수의 엘리트 의식을 부여해 주기 때문이다. 또한 이러한 시 창작은 현재 인터넷이라는 매체와 결합되면서 빠르게 확산되고 있다. '동시성·속보성·다량성·확산성을 특징으로 하는 매스컴과 사회현상으로서의 정보사회가 다양성·익명성·상대성·소외성을 수반한 대중사회의 특징'[31]으로

---

31) 이상호, 『디지털 문화 시대를 이끄는 시적 상상력』, 아세아문화사, 2002. p.13.

부각되고 있다. 이 경우 시 창작 영역의 질적 저하나 학습자에 의한 감정의 폭주, 혹은 매체를 활용한 패러디적 창작집 등의 남발 우려가 단점으로 지적될 수가 있다. 이러한 단점이 교육 현장에서 느끼는 파장은 기대 이상의 역효과를 초래할 수 있다. 앞에서 언급한 바와 같이 글쓰기는 개인이 사회의 일원으로 타인과의 자유로운 소통을 전제로 하고, 이는 자신의 표현 욕구와 결합되어 효과적이고 독특한 개성을 향유할 수 있는 영역이다. 패러디 기법은 창작기법의 하나라는 측면에서 활용이 가능하나 문학 전반을 대하는 원작과 모방작의 혼용의 태도까지도 초래할 수 있는 현상을 가져올 수 있다. 전통적인 시 창작과는 달리 패러디 기법을 활용한 시 창작에서 가장 경계해야 할 것이 바로 자신의 문학에 대한 양심, 즉 진정성을 확보하는 일이다. 고급문학과 저급문학 혹은 순수시와 대중시와의 격차를 두는 것이 목적이 아닌, 자기 반성적 내면 성찰에 대한 시 창작의 자세일 것이다. 패러디란 기존의 작품을 소재로 하여 자신의 시적 상상력을 확장하고 시 창작 영역을 확보하는 소통방식의 도구이자 수단에 불과하다. 매스미디어를 활용한 시 창작은 즉각적인 행동과 반응을 유도한다. 창작자 자신도 인식하지 못하는 상태에서 창작이 이루어지고, 그 창작물이 네트워크를 통해 동시다발적으로 영향을 줄 수 있다는 점을 인식해야 한다.

따라서 교수자는 패러디 기법을 활용한 자유로운 시 창작을 교육하기 이전에 원작과 모방작의 변별성과 그 파장 효과에 대한 사실을 주지시켜 줄 필요가 있다. 또한 이전과는 다른 방식인 패러디 기법의 특성을 충분하게 학습자들에게 상기시키고, 모든 시 쓰기 내용을 다른 학습자와 자체 검열을 통해 검토하거나 개별적인 퇴고를 하는 등 세심한 교과과정에 배려를 기울이는 것이 필요하다. 가장 중요한 것은 이를 방지하기 위해서 무엇보다도 학습자의 자발적인 참여와 함께 학습자의 문학에 대한 의식에 대해 교수자의 올바른 지도를 통한 방향 제시 역할이 중요하다.

3) 기대 효과

패러디 시 창작은 문학 감상의 또 다른 방법으로도 활용이 가능하다. 대상 텍스트의 학습을 통해 문화를 습득하고, 적응 훈련 과정과 상상력 확장 등이 작품에 지속적으로 영향력을 행사한다. 일종의 기존 문화가 가지고 있는 강제와 규율에 대한 반발인 셈이다. 따라서 기존 문화와는 전혀 다른 방식의 글쓰기로 변형 또는 발전적 해체를 보인다. 이런 형식의 자유로움을 통해 상상력 확장의 극대화를 보이므로 기존 문학에 반발이 예상되었지만 오히려 대상 텍스트로의 소급 효과를 가져와 문학과 문학 사이의 상호텍스트성으로 확대되는 결과를 가져왔다. 푸코(Michel Foucault)가 『저자란 무엇인가』(1969)에서 예언했듯, 지금 현재 문화는 권위적인 저자가 불필요하다는 것이 적중한 문화적 형태를 띠고 있다. 이러한 흐름은 교수자뿐만 아니라 학습자의 입장에서 텍스트를 감상하고 이해하는 방식에 뚜렷한 변화를 가져왔다. 이처럼 다양한 접근방법을 제시함으로써 학습자의 능동적인 참여를 유도하고 그런 점에서 패러디 작품을 대상으로 하는 시 창작교육은 우리 문화와 흐름을 시에 적절하게 반영할 수 있는 유용한 방법론이라 할 수 있다. 패러디 기법을 활용한 시 창작 교육 과정의 특징을 살펴보면 다음과 같다.

첫째, 입체적으로 시를 감상하는 능력을 키울 수 있다. 시를 이해하는 작업에서 시의 형식이나 내용을 분석하는 작업, 다시 재창작의 재구성 작업까지 발전시킬 수 있다. 표현 경향이나 세계가 확립되지 않은 학습자는 패러디 시 창작교육을 통해 자기만의 표현법을 개발하고 어법을 만들 수 있는 것이다.

둘째, 대상 텍스트와의 상호텍스트성을 가질 수 있다. 감상 과정에서 재구성 과정까지 대상 텍스트와 학습자의 텍스트가 가진 상호텍스트적 성격을 파악하고 교육하는 데 훨씬 효과적이라 판단된다.

셋째, 창작의 과정 전체가 교육방법으로 활용될 수 있다. 대상 텍스트를 분석하고 이해하는 데 있어서 그 '의미작용을 발상과 표현, 주제, 구조의 확대와 변형의 측면'[32]에서 각각 살펴보고, 여기에서 도출된 방법들을 학습자들의 창작과정에 활용할 수 있다는 점이다.

더 나아가 다양하고 새로운 기법을 요구하되 이러한 실험은 체험의 심화와 감성의 확장을 통해 이루어져야 할 것이다. 예를 들면, 학습자들이 일상적으로 사용하는 온라인, 즉 싸이월드나 블로그와 같은 홈페이지나 각종 포털사이트를 창작 환경에 적용하여 다양하게 활용할 수 있다. 즉 거부감 없이 창작환경을 수용함으로써 시·공간의 제약으로부터 자유롭게 벗어나게 하여 글쓰기에 대한 두려움을 극복하고, 문학에 대한 편견을 완화시키는 데 도움을 줄 수 있다. 이처럼 패러디를 활용한 시 창작교육방법은 학습자의 창조적 영역의 무한한 확장과 급변하는 문화에 적응하는 문학의 위치 확보가 가능할 것으로 기대된다.

---

32) 손진은, 「독창적 창작 이전 단계로서의 모방시 쓰기」, 《시안》, 2005. 가을, p.49.

4
문학공간 답사를 활용한 시 창작교육방법

1) 교육 목적 및 방향

문학공간 답사를 활용한 창작교육방법에서 가장 우선되어야 할 과제는 공간과 장소, 기행과 답사의 개념을 구분하고 정리하는 것이다.

우선 공간과 장소를 구분하기 위해서는, 이푸 투안의 견해를 참고할 필요가 있다. 그는 인간이 인지하는 공간의 개념을 세 가지 주제로 분류했다. 즉, 첫째, 경험의 생물학적 토대, 둘째, 공간과 장소의 관계, 셋째, 인간 경험의 범위를 중심으로 '인간이 어떻게 세계를 경험하고 이해하는가'[33]에 대한 접근을 시도했다. 문학이 가진 사회성과 시대성

---

33) Yi—Fu Tuan, 구동회 외 역, 『공간과 장소』, 대윤, 1995, pp.19~22. 참고. '경험은 사람들이 실재(實在)를 인식하고 구성하는 여러 가지 양식을 포괄하는 용어이다. 이러한 양식들은 후각, 미각, 촉각 등의 보다 직접적이고 수동적인 감각에서 능동적인 시각적 인지, 상징화라는 간접적 양식에 이르기까지 다양하다.' Michal Oakeshott, 『Experience and Its Modes』, Cambrige at the University Press, 1933, p.10. Yi-Fu Tuan, 위의 책, p23. 재인용.

을 고려해 볼 때, 문학 창작의 주체인 인간의 경험 범위를 중심으로 문학의 공간이 설정된다는 것이다.

장소란 고정되고 일반적이다. 누가, 어떻게, 왜 그 장소에 있든지간에 장소는 변함이 없이 변하지 않는 고정된 의미를 가진다. 상대적으로 공간은 누가, 어떻게, 왜 그 공간에 있느냐에 따라 의미가 변화되고 바뀔 수 있다. 하르트만은 예술작품을 전경(前景)과 배경(背景)으로 설명하고 있다. 즉, 예술작품이라는 실재성을 통해서 존재가 지니고 있는 뜻을 현상할 수 있다는 것이다. 실재하는 세계의 구조는 물질층과 유기층 그리고 심리층과 정신층으로 되어 있다고 하면서, 특히 예술에 있어서는 물질적 질료를 통해 정신층의 세계를 나타낼 수 있다고 정의하였다. 위대한 예술작품에는 반드시 특수한 표현력을 지닌 세계관적 배경이 있다는 것이 그의 예술공간을 정의하는 개념이다.[34] 작품 속의 공간은 그 자체가 가진 상징성과 역사성, 사회성으로 공간의 의미를 갖는 것이 아니라 작품을 구성하는 작가가 변용시킨 직관공간에 해당한다. 또한 독자에 의해 변용된 또 하나의 이념공간으로서 더욱 심화된 창조적 변형으로 의미화된다. 더구나 유기적 관계의 위치에서 객관적 위치를 유지하는 작품의 공간은 충분히 의도적이거나 비의도적일지라도 현실을 모방하여 재창조하고 있기 때문에 작가와 독자의 주관에 의해서도 얼마든지 변형되고 굴절될 수 있는 것이다. 특히 문학공간의 개념은 시간에 영향을 받는다. 즉, 시간의 흐름과 문학공간으로 접근하는 시각이 함께 변모한다는 뜻이다. 작품내 공간은 시인이 가진 현실에 한정되는 것처럼 보이나, 결국 작품을 감상하고 해석하는 것은 독자의 영역으로, 독자가 위치한 시간적 정의에 따라 작품은 변형되고 재구성되기 마

---

34) 권기호, 『현대시론』, 경북대학교출판부, 1998, pp.310~311. 참조.

련이다. 따라서 작품을 통해 현실공간에 대한 구조와 질서를 규정할 수 있다. 또한 현실에 대한 객관화를 바탕으로 한 주관적 공간은 시인에 의해 창조되므로, 작품의 공간에 대한 이해 역시, 작가의 내면을 이해하는 데 하나의 지표가 될 수 있다. 이러한 공간 개념은 기존에 산재되어 있던 하이데거의 개념, 즉, 인간이 존재의 빛을 받아들이기 위해서 순수 수동성의 입장에서 가슴을 비우고 존재의 빛과 소리를 받아들여 담아내는 그릇이 바로 시(詩)가 된다는 입장과는 대조적인 위치를 차지한다. 학습자(창작 주체자)의 능동적인 공간 해석을 통해 새로운 공간 개념의 창조가 가능하다는 시각으로 시 창작활동에 접근하는 태도야말로 답사를 활용한 교육방법의 궁극적인 목적이라 할 수 있다. 다시 말해, 지도에서 알려주는 것은 장소이고, 그 장소를 배경으로 한 문학에서 해석되어지는 것은 공간인 셈이다. 문학 텍스트에 따라 같은 장소가 각기 다른 공간으로 창조되고, 그 공간을 해석하려는 수용자에 따라 다시 재창조되는 공간이다. 3장에서 언급한 하르트만의 공간분류법의 연장이다. 작가와 독자의 감성이 작품 해석에 있어서 역동적으로 작용하고 있다는 점에서 그 공간의 의미를 분석하는 데 주목할 만하다. 이러한 감각과 경험에 대한 공간이론은 이푸 투안이 제시한 공간과 장소의 개념 이해 부분과 연결될 수 있다. 이푸 투안은 공간을 해석할 때 인간의 지각과 감성이 반영된다는 점을 밝히면서, 작가의 의도로서의 공간과 독자의 이해로서의 공간을 보는 관점을 경험이 근거한 상상력의 차이라 설명하고 있다. 따라서 장소와 공간의 개념이 나뉘고 그에 따른 정의와 문학적 형상화도 달라질 수 있다.

다음은 기행과 답사의 개념 구분이다. 두 개념 모두 문학과 관련된 공간을 찾아간다는 공통점을 가지지만, 기행(紀行)은 여행의 의미가 강한 데 반해 답사(踏査)란 학술적 탐구활동을 중심으로 한다. 앞서 살퍼본 공간의 개념을 바탕으로 하면, 문학 텍스트에 나타난 공간을 답사하는 일은 그 텍스트를 이해하는 데 가장 중요한 작업이라 할 수 있다. 특히, 문예창작교육을 통한 공간 분석을 목적으로 할 때에는 기행보다 답사의 개념이 더 적합하다. 그러나 수업에서 개별적으로 답사활동을 하기엔 여러 여건의 한계가 있기 때문에, 현재 문학공간 답사는 주로 사회/평생교육원 및 문화센터를 중심으로 이루어져 왔다. 이는 문학공간 답사에 대한 인식이 본격적인 교육활동의 일부가 아니라, 문화를 활용한 여가활동쯤으로 파악되어 왔다는 사실을 증명하는 것이다.[35] 이러한 공간과 장소의 개념을 이해하고, 수용자(학생)에게 답사의 중요성을 인식하게 한다.

2) 교육 내용 및 과정

(1) 조 구성 및 대상 작가·작품 선정

본격적인 수업에 앞서, 전체 수강생을 각 조 6~7명의 조원으로 편성했다. 공간 답사는 단체활동 영역이므로 각 조는 조장을 중심으로 토론을 통해 대상 작가·작품·지역을 선정하도록 했다. 그리고 다음과 같은 조건에 맞는 답사지역과 대상 작품을 선별하도록 하였다. 물론 단체 합동 개념의 시 창작으로 연결을 유도한 것은 아니다. 결국 시 창작은 개별적으로 이루어지지만, 답사과정에서 전체 54명의 학습자를 개별로 움직이게 하기엔 수업 진행상 무리가 따르므로 편의상 조를 편

---

35) 김수복, 「문학공간답사와 문학교육」, 김수복 편저, 앞의 책, p.64.

성해서 답사가 이루어지도록 하였다.

첫째, 답사의 편의를 위해 문학관이 건립되어 있는 지역을 우선적으로 고려하도록 권장했다. 이는 미리 문학적 위상이 정립되어 있는 대상을 설정하여 접근하면서, 현재까지 진행된 문학연구를 함께 습득할 수 있는 계기를 마련해 주기 위함이다.

둘째, 1·2학기 교과과목에 따라 그 기간내에 지역의 문화축제나 지역축제가 개최되는 곳으로 조건을 삼고, 각 축제에 참여하는 것을 목표로 했다. 이러한 문화축제를 참여하는 과정에서 수용자에게는 대상 작가와 작품에 대한 이해를 돕고, 대상 문학공간을 경험할 수 있는 계기를 마련해 주기 때문이다.

셋째, 조원의 관심과 선호도에 따라 지역을 선정했다. 학습자의 관심은 문학을 접근하는 데 가장 선행되어야 할 필요요건이라 판단했기 때문이다.

이러한 조건에 맞는 예상 대상 지역을 아래와 같이 제시하였다.

■ 대상 지역 선별 조건

(a) 문학관
구상문학관(칠곡), 김유정문학촌(춘천), 이효석문학관(봉평), 미당시문학관(고창), 조태일시문학기념관(곡성), 청마문학관(통영) 등[36]

(b) 문화축제 및 지역축제
문화축제 : 편운문학제, 만해축전, 미당대상제, 김유정문학제, 박인환문학

제 등

지역축제 : 각종 지역 특산품 혹은 특산화시킨 상품을 중심으로 한 지역축제

(c)작품 공간 관련 대상 지역

서울 청계천, 충주 문의마을, 경주 역사유적지, 강릉 정동진, 경주 첨성대 등

※ 이상의 구별 대상 모든 지역은 대상 공간을 배경으로 하는 작품과 출신 작가 등이 고려되었다.

또한 대상 작품을 선별할 때, 문학작품에만 국한하지 않고, 이를 문화 전반에 걸친 학습으로 확대하기 위해 영화나 연극, 드라마의 공간이 된 배경을 아우르는 문학공간을 검토하는 방법도 고려했다. 이는 문학이 영상문화로 발전하고 있는 '시대 상황'[37] 변화를 고려한 것이다. 대상 지역을 선정하면, 조원들은 토론을 통해 대상 지역에 관련된 작가와 작품을 선정했다. 작가와 작품의 선정은 한국 현대문학사 기술에 있어서 평가상의 자리매김을 받았거나 최근까지 문학교육의 현장에서 의미를 인정받은 바 있는 작가와 작품을 중심으로 한다.

본 연구는 창작에 있어서 공간을 활용한 창작방법론을 다루는 데 목적

---

37) "만일 우리가 문학양식에 끼치는 시장의 힘을 면밀히 관찰한다면, 우리는 영화가 소설의 가장 강력한 시장 요인이라는 것을 알게 된다. 거기에는 의심의 여지가 없다. 할리우드는 소설의 보물섬이다. 일반적으로 오해되고 있는 것과는 달리 영화는 소설의 파괴자가 아니라 오히려 구원자이다. 더 나아가가 나는 현대 미국소설의 건강은 전적으로 영화에 의존하고 있다고 말하고 싶다." Arnold Hauser, 백낙청 · 염무웅 역, 『문학과 예술의 사회사』 4권, 창작과비평사, 1999, p.301.
영상의 시대에 소설이 가진 정체성을 유지하기 위해서 영상과 문자의 관계를 규정지을 필요가 있다. 이를 크게 두 가지 측면에서 이루어지는데, 하나는 이러한 시대 변화를 '문학의 위기'로 파악하는 입장이고, 다른 하나는 이를 오히려 '문학의 확대'로 보는 입장이다. 문학의 위기를 주장하는 입장에서는, 영상예술의 매체적인 특성에 대한 비판을 통해서 논의를 전개하고 있고, 이에 비해 문학의 확대를 주장하는 입장에서는, 영화와 문학의 관계를 상호소통으로 파악하는 관점에서 논의를 전개하고 있다. 최수웅, 앞의 논문, pp.141~142. 참고.

을 두기 때문에, 이러한 현상에 대한 가치 판단보다는 영상과 작품의 관계를 규명하고 창작교육으로 전개하는 방법에 초점을 두고 전개하였다.

(2) 주제 설정 및 대상 작품 강독

본격적인 답사활동에 들어가기에 앞서 대상 작가와 작품에 대한 기존의 연구를 학습하도록 했다. 이를 통해 대상 문학공간을 접근하는 주제 방향을 선정하여 독자적인 재창작 영역을 확보하기 위한 방법이다. 그러나 기존의 학습방법과는 다른 방식, 즉 기존에는 교수자에 의한 일방적인 '작품의 이해와 감상'이 우선 선행되었다면, 이번 주제 설정시에는 전적으로 조원의 합의에 따라 기존의 연구 내용과 다른 변별성을 찾는 데 주안점을 두었다. 작품 강독과 이해를 위한 토론은 학습자 스스로가 텍스트의 접근 방법을 찾고 궁극적인 목표인 '쓰기를 위한 문학교육'에 주제를 설정할 수 있는 인식의 전환을 가져올 수 있다. 특히 학습자 개인별 학습 능력과 성취 수준 등을 종합적으로 비교할 수 있고, '듣기', '말하기', '읽기', '쓰기', '국어지식', '문학' 영역을 포괄하여 학습 내용이 유기적으로 연관되도록 하였다.

이러한 방법을 통해 기존 작품의 이해와 직접 답사에서 습득한 작품의 이해를 함께 비교할 수 있는 학습과정이 될 수 있다고 판단되었다. 따라서 주제를 설정한 문학공간의 접근방법은 자유롭게 진행되며, 전적으로 조장을 중심으로 한 개별화된 조원의 연구가 합쳐지는 합동연구로 이루어진다.

■ 작가론―정호승

생애
문학 공간 특성
작품내 공간의 비중 및 의의

작가론 포인트 한 지식인이나 작가로서 정호승이 남긴 발언이나 그가
지속하는 창작과정은 우리가 현대 한국문학의 진행을 기술할 때 관심
의 대상이 되어야 할 것이다. 오늘날 그가 단순히 서정시 계열의 시인
으로만 알려져 있다시피 한 실정을 감안할 때 본격적인 공간 분석을
통한 서정시 계보의 필요성은 그만큼 더 절실하다 하겠다. 이런 의미
에서 정호승에 대한 관심을 환기하는 데 그 목적을 둔다.

■ 작품·공간론

작품 : 정호승 시 「첨성대」[38]

공간 : 경상북도 경주시 인왕동 소재 첨성대

작품론 포인트 정호승 시 「첨성대」는 '기억의 장소에서 변신의 공간으
로' 실제 유적지인 〈첨성대〉를 대상 공간을 다루고 있다. "실재하는 공
간인 첨성대와 작품에 내포된 공간으로의 첨성대 사이의 상관관계를
밝히고 그러한 공간 설정이 형성하는 구조를 분석하는 데 그 목적을
둔다."[39]

본 문학공간 답사를 위한 선행 학습 자료로 문학적으로서의 〈첨성대〉

뿐만 아니라, 역사적·조형적 전반에 걸친 〈첨성대〉에 대한 기본 지식을 수강생들에게 미리 강의하고 참조시켰다. 공간 답사를 하기 전에 미리 작가론과 작품론을 학습하는 이유는 앞에서도 언급한 바와 같이 모든 문학작품은 상호텍스트성을 의식적으로나 무의식적으로 가지고 있기 때문이다.

모든 사회와 문화가 별개로 존재할 수 없듯이 문학공간 답사 역시 그러한 사고의 접근에서 시작된다고 보겠다. 따라서 학습자에게 문학공간에 대한 기존 작품을 숙지하고, 작가의 출생과 성장, 또는 문학적 사상 등을 미리 학습한 다음, 작품과 작가의 연결 고리를 문학공간에서 확인하고자 하였다. 또한 결과적으로 이러한 학습이 선행한 후 학습자는 문학공간에 대한 이해가 좀더 수월했다는 결과를 도출해낼 수 있었다.

---

38) 할머님 눈물로 첨성대가 되었다. / 일평생 꺼내보던 손거울 깨뜨리고 / 소나기 오듯 훌리신 할머니 눈물로 / 밤이면 나는 홀로 첨성대가 되었다. // 한 단 한 단 눈물의 화강암이 되었다. / 할아버지 대피리 밤새 불던 그믐밤 / 첨성때 꼭 껴안고 눈을 감은 할머니 / 수놓던 첨성대의 등잔불이 되었다. // 밤마다 할머니도 첨성대 되어 / 댕기 댕기 꽃댕기 붉은 댕기 흔들며 / 별 속으로 달아난 순네를 따라 / 동짓날 흘린 눈물 북극성이 되었다. // 싸락눈 같은 별들이 싸락싸락 내려와 / 첨성대 우물 속에 퐁당퐁당 빠지고 / 나는 홀로 빙빙 첨성대를 돌면서 / 첨성대에 떨어지는 별을 주웠다. // 별 하나 질 때마다 한 방울 떨어지는 / 할머니 눈물 속 별들의 언덕 위에 / 버려진 버선 한 짝 남몰래 흐느끼고 / 붉은 명주 옷고름도 밤새 울었다. // 여우가 아기 무덤 몰래 하나 파먹고 / 토함산 별을 따라 산을 내려와 / 첨성대에 던져논 할머니 은비녀에 / 밤이면 내려앉는 산여우 울음 소리. // 첨성대 창문턱을 날마다 넘나드는 / 동해바다 별 재우는 잔물결 소리. / 첨성대 앞 푸른 봄길 보리밭길을 / 빚쟁이 따라가던 송아지 울음 소리. // 빙빙 첨성대를 따라 돌다가 / 보름달이 첨성대에 내려앉는다. / 할아버진 대지팡이 첨성대에 기대놓고 / 온 마을 석등마다 불을 밝힌다. // 할아버지 첫날밤 켠 촛불을 켜고 / 첨성대 속으로만 산길 가듯 걸어가서 / 나는 홀로 별을 보는 일관이 된다. // 지게에 별을 지고 머슴은 떠나가고 / 할머닌 소반에 새벽별 가득 이고 / 인두로 고이 누빈 베동정 같은 / 반월성 고갯길을 걸어오신다. // 단오날 밤 / 그네 타고 계림숲을 떠오르면 / 흰 달빛 모시 치마 홀로 선 누님이여. / 오늘밤 어머니도 첨성댈 낳고 / 나는 수놓은 할머니의 첨성대가 되었다. / 할머니 눈물의 화강암이 되었다. ―정호승, 「첨성대」 전문, 『내가 사랑하는 사람』, 열림원, 2003.
39) 최수웅, 「기억의 장소에서 변신의 공간으로―정호승의 「첨성대」」, 김수복 편, 앞의 책, pp.278~300. 참고.

(3) 현장답사

조원 전원이 참석한 가운데 문학 텍스트의 현장답사를 실시했다. 답사 전에 미리 일정을 검토하여 대상 공간과 문학관, 각종 주변 예술 공간을 체계적으로 답사할 수 있도록 했다.

작가론과 작품론, 공간론을 강독한 후 직접 대상 텍스트의 문학공간을 답사하고 재해석을 유도했다. 문학공간의 특징은 교수자에 의한 일방적인 학습보다 조원들의 경험과 토론을 통해 더 명확해진다는 점도 고려되어야 할 것이다. 뿐만 아니라 답사시 영상자료, 즉 카메라와 캠코더 등의 매체를 확보하여 답사하는 학습 상황에서도 조원 전체가 능동적으로 참여하여 문학공간 자료(음성—청각화, 문자(글)—시각화)를 수집하는 것도 자신의 사상과 정서를 창의적으로 표현하는 활동임을 강조하는 등 답사의 중요한 부분임을 인지시킨다.

■ 자료수집 방법

(a) 관찰과 조사
문학 텍스트내 현장을 비롯한 여러 대상을 관찰하거나 조사함으로써 작품 이해와 창작의 소재를 수집

- 문화유적〈첨성대〉의 사적 정리 및 의의 발표
- 천문관측대로 알려진〈첨성대〉의 본래 목적 유추[40] 등

(b) 면담과 질문
현존 작가나 텍스트 내 현장과 관련된 사람을 찾아 면담하거나 질문 조사

를 통해 일반인들의 여론을 파악

─ 왜 정호승은 〈첨성대〉를 작품 대상으로 삼았는가에 대한 질의 응답 정리
─ 〈첨성대〉는 정호승의 유년 시절에서 어떤 영향을 끼쳤는가에 대한 정리

(c) 독서와 사색

직·간접으로 관련이 있는 텍스트를 함께 분석하고 내적 체험활동을 통해 다각적인 지식을 활용.

─ 정호승의 다른 시 작품 숙독
─ 〈첨성대〉 공간에 대한 문학적 사색[41]

---

40) 동양에서 가장 오래된 천문대로 널리 알려져 있지만, 첨성대처럼 그 축조 목적에 논란이 많은 문화재도 없다. 천문 관측대였다는 지배적인 여론에도 불구하고, 나침반이 발달하지 못했던 시대에 자오선의 표준이 되었다고도 하며, 천문대의 상징물이었을 것이라고도 한다. 혹은 축조 당시 선덕여왕의 정통성을 입증하기 위한 제단이었다거나 민간신앙에서 유래되었다는 설도 있다. 그러나 문학적 시각에서 접근할 수 있는 첨성대의 의의는 그 자체가 매우 과학적인 건축물이며 돌 하나하나에 상징적 의미가 담겨 있다는 데에서 출발해야 할 것이다. 한국문화유산답사회 엮, 『답사여행의 길잡이 1―경주』, 돌베개, 1994, pp.210~212. 참고.

41) 정호승의 시 「첨성대」외에도 조태봉의 동화 「첨성대와 아기별똥」과 김수복의 시 「첨성대―천마도 손수건1」을 포함한 「천마도 손수건」 연작에 대하여 숙독하도록 했다. 첨성대라는 현실공간에서부터 확장되어 동화적 상상력과 근원을 향한 원형적 상상력까지 함께 학습자는 독서와 사색할 수 있는 기회를 제공받을 수 있는 기회가 될 수 있다.

첨성대를 돌아 나와서, 누군가를 기다리며 서 있는 첨성대를 보며 천마총 입구에서 天馬圖 손수건 한 장 샀습니다//천마도 손수건에는 살결 고운 白樺樹 한 그루가 오래도록 서 있었습니다/돌아가라고 이제는 돌아가도 좋다고 말해도 돌아가지 않고/마음의 고삐를 잡고 서 있었습니다//사람들이 몰려왔다가 사라지고 해가 지고 저녁이 되고,/숲이 잠들 시간이 되어도 백화수 한 그루는 몸이 저물도록 서 있었습니다//늙어서도 하늘을 바라보고 서 있는 첨성대만을 바라보며,/죽어도 좋다고, 바라볼 수 있는 것만으로도, 죽어서도 행복하다고 말하는/백화수 한 그루가 오래도록 서 있었습니다 ― 김수복, 「첨성대―천마도 손수건 1」 전문, 『사라진 폭포』, 세계사, 2003, pp.65~66.

(d) 체험과 기억

답사라는 직접 체험을 조원이 함께 공유하면서 자연히 공유된 경험의 기억을 통해 재생되는 소재를 찾고 모두 종합하여, 조원들이 토론을 통해 최종 발표문을 제작.

　－답사 시 수집한 영상자료 정리 및 발표
　－발표 후 시 창작으로의 연계

경주는 답사를 하기에 최적의 조건을 갖추고 있다. 문화유산뿐만 아니라, 교통편이나 숙박, 편의시설이 잘 갖춰진 장소이다. 또한 계절마다 다른 모습을 보이는 경주의 분위기 때문에 그것을 표현해내는 문학 작품들 사이에서도 많은 차이를 보인다. 따라서 학습자가 공간을 답사한 시점과 그 영상자료는 매우 중요하다. 더욱이 오늘날 국토의 대부분에선 문화재를 포함한 유형의 대상들을 끊임없이 보수하면서 변화되는 실정이다. 이런 의미에서 문학의 공간이라는 것은 답사한 시간에 영향을 받으며, 더는 학습자의 창작물에까지 영향을 준다고 할 수 있다. 따라서 〈경주〉의 공간답사를 통한 시 창작 작품은 2005년에 한정된 문학 공간[42]에 대한 학습자의 해석이라는 점에서 더 흥미로울 수 있다.

---

42) 공간 답사는 학습자에게 시간과 공간에 대한 다각도의 문학적 시각을 습득할 수 있는 계기가 된다. 즉 크게는 해마다 다르게 보이는 공간이 계절별·월별, 작게는 시대별로 그 모습을 변화시키므로 학습자에 다른 경험으로 탐구된다.
　혹은 학습자의 심리적 상황이나 답사태도, 동행한 인원 등이 경험을 변화시키는 변수로 작용하므로, 학습자에게 공간 답사의 경험이 가지고 오는 파장 효과는 실로 다채롭게 전개될 가능성을 충분히 내포하고 있음을 인지해야 할 것이다.

⑷ 창작작품 발표 및 감상

발표의 방법은 각 조에서 선택한 주제 방향에 따라 조별적으로 자유롭게 선택하게 하고, 전공 IT 과목의 특성을 살려 인터넷 환경으로 재현되는 문학공간에 대한 재창조에 비중을 두었다. 이를 바탕으로 수용자들에게 문학 전반에 대한 관심을 고취시키고, 창작교육이 전개되도록 유도했다. 또한 학습자의 창작활동은 '창의적 발상과 전개, 표현'에 중점을 두고 창작 주체가 자신의 능력을 최대한 발휘하여 창작품을 생산하고 향유하는 과정에서 흥미를 느낄 수 있도록 여러 영상 기법을 사용하도록 했다.

발표자가 창작품을 전개하는 과정에서 ① 풍부하고 다양한 자료를 수집하고, ② 근거가 뚜렷하고 모순이 없는 전개방식을 유도하고, ③ 조가 가진 주제를 확실히 부각시키면서도 가장 중요한 것은, 작가가 간과해서는 안 되는 ④ 독자의 중요성을 인식하고 독자의 관심을 끌 수 있는 발표 방향을 갖도록 유도했다. 자신의 생각을 어떠한 방식으로든 표현하기 위해서는 무엇보다도 정확성과 적절성, 그리고 논리성이 필요하다는 과정을 미리 인지시켰다. 우선 현재 인터넷상에서 많이 통용되고 있는 이모티콘의 사용이나 외계어 사용, 혹은 줄임말 표현 등을 자제시키고, 정확하고 참신한 단어와 적절한 어휘 선택을 할 수 있도록 했다. 본 논고에서 다룬 실제 모형은 단국대학교 문예창작과 2학년 전공 IT 과목인 〈문학예술기행〉으로, 본 강좌에 앞서 수강생들은 1학년 1·2학기 동안 〈문장기초〉와 〈문장표현〉의 두 기초과목을 수강함으로써, 정확한 문장과 적절한 어휘, 문법에 맞는 문장에 대한 개념과 단락의 원리를 알고 전체적으로 글의 구상과 구성에 대한 활용을 미리 습득한 바가 있다.

또한 발표 내용을 전체적으로 포괄하여 수강생들의 이해가 용이할 수 있도록 가시적(可視的)인 특성을 갖춘 영상자료가 제작되어야 하는데, 그 과정에서 또한 멀티미디어 매체의 적극적인 활용할 것을 권장하였다. 〈영상자료〉를 만들도록 한 이유는 재창작의 영역에서 활자매체로서의 텍스트의 세계는 이미 해체의 길로 접어들었기 때문이다. 따라서 학습자의 무한한 상상력과 창작의 영역을 확보하기 위해서는 창작에 활용되는 매체의 한계를 확장시켜야 한다는 점이 필수적으로 요구되었다.

이상의 내용을 도표로 정리하면 다음과 같다.

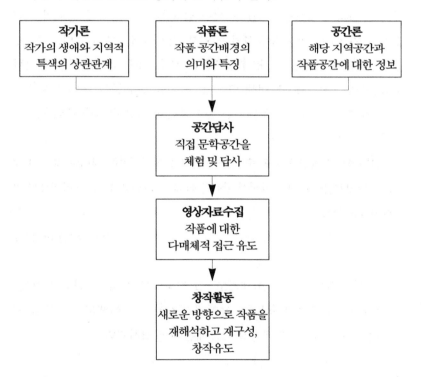

문학공간 답사 후 정리한 〈영상자료〉는 강의실에서 실제 답사 장소로 이동했던 학습자들의 창작교육 학습 장소가 다시 재창작된 영상공

간으로 이동해, 최종 정리는 강의실에서 진행할 수 있도록 하는 역동적인 모형을 띠고 있다.

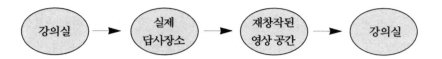

따라서 학습자들은 답사 후 현실적인 장소가 어떻게 공간으로 확장되고 내적인 창작의 기회로 구현되는지, 그 과정과 함께 창작과정 모델을 나름대로 제시할 수 있다. 이런 발표 양식은 교육적 정보의 전달 및 보고가 아닌 함께 향유하자는 기본 취지에서 비롯되었다고 할 수 있다. 학습자의 발표 내내 수강생들은 모두 경주라는 대상 공간과 문화유산인 〈첨성대〉에 대해 학습할 수 있는 발표물에 흥미를 보였으며, 발표 이후 문학작품에 나타난 문학공간에 대한 관심을 보였다.

결론적으로 육안으로 볼 수 있는 공간은 한정적이라는 것이다. 중요한 것은 육안으로 볼 수 있는 한정적 공간을 확대할 수 있는 심미적·상상계의 공간이라는 점이다.

—「학생 발표문」에서 발췌

작가 정호승의 작품을 이해하고, 그 작품 대상이 된 공간과 함께 문학 전반에 대한 역동적 해석과 문학공간을 토대로 이해된 작품론을 재정리하고, 해석과 함께 재창작으로 새롭게 탄생시켰다.

다음은 〈경주〉 답사 후 학생들이 제출한 〈첨성대〉에 관한 작품이다. 본 창작품의 첨삭지도는 클럽 〈단어와 문장〉을 활용했으며, 모든 학습자들이 함께 읽고 감상평을 쓰도록 유도했다.

●작품 : 문예창작과 52022314 김재은

산머리 끝에 걸린 해는 부은 초승달처럼 돌탑을 미끄러져 내리고
돌탑 아래 풀들은 레몬 색으로 빛났다. 둥그런 허리, 치마폭처럼 그 안의
모든 것을 감싸 안았다고
잎사귀들이 속삭였다. 별들조차 그 안으로 떨어져내려
옛 사람 중 누군가는 그 안에서 별들을 받아 그것이 뜨거운지 차가운지 알
고 있었다고
해가 가라앉자 그 무게에 하늘 위로 별들이 하나둘씩 떠오르면
천 년 전의 사람도, 천 년 후의 사람도 똑같이 바라본다.
문득 별들 중 하나가 긴 꼬리 이끌며 내리면
그 별이 천 년의 시간 안으로 떨어져 간 것은 아닐지
그 돌탑 안에는 아직도 별을 받는 옛사람이
천 년 후의 시간을 상상하고 있는 것은 아닐지
지나는 이는 고개를 갸웃하고
하늘만은 웃는 듯 마는 듯 구름을 움직인다.

—김재은, 「첨성대」 전문

작품 감상평 낮은 산으로 둘러싸인 경주의 낮은 '부은 초승달처럼 돌
탑을 미끄러져 내'렸다. 그리고 그 '돌탑 아래의 풀들은 레몬 색으로
빛났다'. 학습자가 경주를 답사한 5월의 태양과 첨성대, 그 아래 풀들
이 그대로 시작품으로 형상화되고 있다. 본 작품은 별의 항시성과 〈첨
성대〉의 항시성을 비유하면서 과거와 현재를 연결시키는 고리를 형성

했다. 천년이 흘러도 변하지 않게 가라앉는 태양과 시간의 무게가 경주를 직접 경험한 학습자에게는 '하늘만은 웃는 듯 마는 듯 구름을 움직'이며 시간과 공간을 넘어선 초월의 시각으로 표현되었다. 그러나 시적 화자가 느끼고 있는 경주 자체가 가진 '시간'에 대한 개념 설정이 좀더 명확하게 드러났다면 천년을 이어줄 수 있는 공통분모를 손쉽게 찾을 수 있지 않았나 하는 아쉬움이 남는 작품이다.

● 작품 : 문예창작과 52012368 조상훈

달빛 물을 받아서
분무기로 아가미를 적시면

하늘에 반짝이던 플랑크톤들
주둥이 속으로 빨려와
퐁당 빠진다

불룩 해진 배

칼을 찬
여인의 손,
그 어루만짐에
담았던 별들 게워 놓는다

—주상훈, 「첨성대일기」 전문

작품 감상평 대상은 첨성대이다. 여인의 몸을 닮은 첨성대, 즉 선덕여왕의 대리물인 첨성대는 하늘에 떠돌던 플랑크톤이 가득한 달빛 물로 적시면서 '불룩해진 배'를 하고 새로운 탄생(별)으로 이어진다. 예전에는 첨성대를 우물로 착각했던 그 시상이 시적 상상력으로 확장되면서 그 전개가 빠르고 역동적으로 바뀌는 것을 볼 수 있다. 이는 정호승의 작품과 비교하면 그 상상력을 쉽게 이해할 수 있는 구절이다. 실제 사물을 바탕으로 펼쳐지는 자유로운 상상력을 작품화하는 능력이야 말로 습작기의 초기 습득 과정이라 하겠다. 이미지가 나열되면서 달빛ㅡ물ㅡ플랑크톤ㅡ배ㅡ여인ㅡ별로의 연결고리가 약하다는 점이 단점으로 보이나, 첨성대에서 별들을 게워낸다는 참신한 발상이 전체 작품의 분위기를 신선하게 만들고 있는 것이 장점으로 꼽을 수 있다.

● 작품 : 문예창작과 52042300 남찬미

스물일곱 단
삼백육십이 개의 돌
모든 곳에 붉게 타고 있는
천년을 가벼이 넘긴
지귀의 화염이
과거를 놓지 못해 떠도는
현대인들의 갈증을
따갑게 만든다

입구에서 천원주고 마신
얼린 생수
가시지 않을 갈증을
잠깐이나마 잊게 해주고

다시 돌아본 첨성대

여전히 불타고 있다

어느 능에 걸린 선덕의 팔찌가 경주를

지귀로 만든다

—남찬미, 「첨성대」 전문

작품 감상평 첨성대는 삼백육십이 개의 돌로 구성되어 있다. 미리 학습한 첨성대의 구조물을 학습자는 시적 상상력을 통해 '현대인의 갈증'과 '천년 전의 지귀'를 연결시켰다. '과거를 놓지 못'하는 사람들, 늘 추억과 기억에만 얽매인 사람들을 첨성대와 함께 비유되고 있다. 직접 경험한 공간 답사를 통해서 양쪽 공간을 비교할 수 있는 힘을 가진다. 그러나 시어의 사용에 있어 '모든 곳', '천년', '지귀의 화염', '과거', '현대인' 등 시적 이미지화가 미숙하여 상상력의 폭이 한정되어 있다는 점이 아쉽지만, 본 작품으로 인해 첨성대의 관심이 증폭될 수 있는 단서를 제시한다는 점에서 장점을 찾을 수 있다.

● 작품 : 문예창작과 52012344 김주영

토함산이 초생달을 토해낸다

해묵은 노송들 기지개를 켜고

천년 동안 갇혀 있던 천마가 날개를 턴다

후두둑, 한 무리의 별똥

첨성대 속으로 쏟아진다

사자(死者)처럼 굳어 있던 화강암들이

어깨를 부비기 시작한다

나는 화강암 틈 사이로 여전히 숨쉬고 있는

별을 본다

―김주영, 「첨성대」 전문

작품 감상평 이 작품의 가장 큰 장점은 첨성대에서 경주로 시적 공간 대상을 확장시켰다는 데 있다. 본 학습자가 직접 공간을 이동하면서 느꼈던 영감이 시적 상상력을 확장시키는 데 도움을 받았다고 했다. 토함산―천마(총)―첨성대라는 공간과 초생달과 별이 뜨는 시간이 어우러진 시적 공간에서 시적 화자인 '나'는 '여전히 숨쉬고 있'으며 '별을 보'고 있는 행위에 만족해 한다. '사자처럼 굳어 있던 화강암들이 어깨를 부비'는 것처럼 짧은 작품에도 불구하고 시적 묘사가 뛰어난 작품이다. 그러나 '나'가 찾고자 하는 행위가 무엇인지에 대한 구체적인 내용이 제시되지 못하고 공간의 의미 부여가 아쉬운 작품이다.

3) 기대 효과

각종 경험을 통한 시적 경험의 확장은 우선 관련된 개체들의 개념을 확실히 정립하고, 목적 달성을 위해 기존 의식을 확장하여 디지털 매체에 익숙한 영상세대들에게 목적과 의도를 분명히 전달하는 과정상의 문제를 해결해야 할 것이다. 이 목적을 커리큘럼화하기 위해서는 사전 교육을 통한 의도적이고 체계적인 문학교육 방안의 제시가 선행되어야 한다.

먼저, 첫째, 작가에 대한 개념을 명확하게 설정해야 한다. 학습자 모두가 작가가 되면서 동시에 독자가 되는 위치 개념을 학습하여 공급자의 태도를 수용자의 입장에서 고려하여 접근하는 방식을 취해야 한다.

둘째, 작품에 대한 개념이다. 디지털 매체를 통한 글쓰기는 여과장치가 없다. 쓰는 행위와 동시에 곧바로 수용자들에게 전달되므로 작품에 대한 파급 효과를 충분히 학습자에게 인지시켜야 한다.

셋째, 매체에 대한 개념이다. 컴퓨터와 시의 결합은 단순히 글감을 컴퓨터로 끌어들여 매체로 활용하는 것 이상으로, 기존에 편집과 교정으로 여과된 활자매체가 아닌 자동저장이 가능한 실재를 옮겨놓은 가상공간으로의 변화라는 것을 인지시켜야 한다.[43] 디지털 매체는 만들어낸 가상 현실이지만, 실제 현실을 대신할 수 있다. 따라서 디지털 매체가 가진 동시성과 상호성에 대한 개념을 충분히 숙고한 후에 학습자의 정보 능력, 개성을 포함한 종합 표현력, 다양한 정보를 토대로 이루어지는 재창작 능력 등의 배양을 목적으로 창작에 접근할 수 있도록 교육 과정을 편성해야 할 것이다.

수강생 전원을 대상으로 조를 편성하고, 조원 스스로가 대상 작가, 작품을 선정하는 동시에 문학 텍스트 공간에 대한 이해를 높이는 과정을 가졌다. 창의적인 주제 설정을 통한 문학작품의 새로운 접근방법을 제시하여, 궁극적으로 능동적인 사고와 창의적인 발상을 유도하는 데 그 목적이 있었다. 수업 초기에는 수강생 스스로가 택해야 했던 문학 텍스트에 대한 접근방법과 이해에 대한 부담감과 직접 답사한다는 방법에 대해 어려움을 토로했었다면, 이러한 과정을 거친 수강생들의 반응은 처음과는 다르게 호의적으로 바뀌어 있었다.

이 교육방법은 단국대학교 문예창작과 2학년 학생들을 대상으로 이루어졌던 〈문학예술기행〉의 창작교육방법 및 문학공간 답사 성과를 정

---

43) 매스미디어가 중심이 되는 사회가 되면서 실재적으로 현실 공간과 가상 공간의 경계는 앞으로 더 무너질 것이다. 즉, '사회를 반영하고 예술 장르인 문학 역시 현실 공간의 문학과 사이버공간의 문학이라는 이분법적인 구분은 이미 무의미해져 있다.' 이강현, 「사이버문학의 역기능과 전망」,《현대시》, 2001. 2. p.48.

리한 것이다. 이를 통해서 문학공간 답사가 작품에 대한 이해를 돕고 특히 문학의 현장성과 역동성을 되살리는 데 효과적인 교육방법이라는 사실이 증명되었다. 더불어 직접적인 문학공간을 답사하는 데 그치지 않고 학습자 자신의 문예창작으로 전환한다는 것은 지금까지의 문학교육방법과 차별성을 확인할 수 있었다.

5
문학관을 활용한 시 창작교육방법

1) 교육 목적 및 방향 — 문학관 현황

지자체 시행 이후 각 자치단체는 지역문화 활성화를 위하여 출신 문학가의 문학관을 건립하고, 그 문학관을 중심으로 문화행사사업을 활발하게 추진해 오고 있다. 문학관은 지역의 특색을 중심으로 지역 문화의 근거지를 이룬다는 데 건립 목적이 있다. 특히 문학관과 관련한 지역행사는 그 지역 주민들에게 다양한 문화 체험의 기회를 제공하고, 지역문화 수준의 확대를 이룰 수 있다는 궁극적인 목적을 가지게 된다.

문학관의 일차적인 의미는 '작가의 삶과 창작의 기억과 자취를 간직하는 곳'[44]이라 정의할 수 있다. 즉, 작가의 전 생애에 걸쳐 그의 작품

---

44) 『경기문학 활성화를 위한 지역문학관 정책연구』, 경기문화재단, 2006, p.18. 참고.

세계의 흔적을 지속적으로 유지·보존·전시하는 문화시설을 뜻한다. 이러한 의미는 작게는 개인의 집필실이나 개인적 기억의 공간에서 넓게는 지역문학을 대표하는 별도의 목적으로 세워진 종합적인 시설까지로 확대되어 문학관의 범주에 넣을 수 있다. 그러나 지자체 행정방법의 일환으로 전국에 산재·건립되어 있는 문학관이다 보니 그들의 활동과 정부의 지원에 따른 문제가 부각되었다. 이에 2004년 4월 한국문학관협회를 발족하여, 점차적으로 문학관 운영에 따른 활성화를 위해 체계화를 진행하고 있다. 또한 각 문학관이 연계하여 지역의 문학 향수 기회를 넓히고, 프로그램 상호 공유를 통한 우수 프로그램 개발, 문학관 운영 인력 양성, 자료의 데이터 베이스화 및 홈페이지 개설을 통한 사이버 문학관 운영 등[45]을 통해, 문학관이 독립적으로 하나의 새로운 문화시설로 점차 변모되고 있다. 이러한 활동에 따라 문화관광부는 지역 주민을 위한 문화 환경 조성을 위해 한국문학관협회를 중심으로 전국 지역문학관의 문학행사에 대하여 연간 총 2억 원의 예산을 지원했다. 2004년 3월, 전국 지역문학관의 대상으로 사업을 공모하여 이 중 19개 문학관의 31개 문학행사를 지원[46]했다. 이는 지역문학관이 지역 문예진흥 및 문학 생활화의 거점으로 자리매김하는 데 활성화 역할을 담당했다.

2006년 현재 전국 문학관은 각 문학관이 대상으로 하는 작가에 따라 (1) 다수 문인을 대상으로 한 문학관과 (2) 특정 문인을 대상으로 한 문학관으로 나누어 정리할 수 있다.[47]

---

45) 최수웅, 「지역문화 운영실태 연구」, 『한국문예창작』 7호, 한국문예창작학회, 2005, pp.47~48. 참고.
46) 「문화관광부, 전국 지역문학관 문학행사 지원」, 2004.04.28. 문화관광부 홈페이지 http://www.mct.go.kr 참고..

① 다수 문인을 대상으로 한 문학관

문학관	지역	대상작가	전시
경남문학관	경남 진해	경상남도 출신문인	유
농민문학관	충북 영동	이무영, 유승규 외 농민문학작가	유
마산문학관	경남 마산	경상남도 마산 출신문인	유
문학의 집·서울	서울 중구	국내 문인	유
세계여성문학관	서울 용산구	국내외 여성문인	유
영인문학관	서울 종로구	국내 문인	유
추리문학관	부산 해운대구	국내외 추리작가	유
한국가사문학관	전남 담양	송강, 정철 외 가사작가	유
한국문인인장박물관	충남 예산	국내 문인	유
한국현대문학관	서울 중구	국내 현대문인	유

② 특정 문인을 대상으로 한 문학관

문학관	지역	문학행사 및 축제	문학교실	전시
구상문학관	경북 칠곡	문학관 주최 각종 문학행사	시 창작교실	유
김달진문학관	경남 진해	〈김달진문학제〉	문학교실	유
김유정문학촌	강원 춘천	〈김유정문학제〉	금병의숙 문학교실	유
난고김삿갓문학관	강원 영월	〈김삿갓대잔치〉	문학교실	유
동리목월문학관	경북 경주	〈동리, 목월문학제〉, 백일장	·	유
만해기념관	경기 광주	〈만해학교〉	문학교실	유
미당시문학관	전북 고창	〈미당대상제〉, 〈국화꽃축제〉	문학강연회, 심포지엄	유

---

47) 『전국 문학관 찾아가기』, 한국문학관협회, 2004 ; 『문향을 따라가다』, 한국문학관협회, 2006.; 문화관광부 홈페이지 http://www.mct.go.kr ; 웹사이트 네이버 지역정보 http://local.naver.com ; 웹사이트 파란 전화번호 『http://local.paran.com/tel/ 참고

문학관	지역	문학행사 및 축제	문학교실	전시
백화성문학기념관	전남 목포	·	·	유
백담사만해마을	강원 인제	〈만해축전〉	문학교실, 문예학당	유
아리랑문학관	전북 김제	테마코스를 통한 문학탐방	동호회 지원	유
오장환문학관	충북 보은	〈오장환문학제〉	·	유
원서문학관	충북 제천	〈시의 축제〉	어린이 시인학교	유
이원수문학관	경남 창원	〈고향의 봄 예술축제〉	세미나	유
이육사문학관	경북 안동	〈육사 문학상〉, 백일장	·	유
이주홍문학관	부산 동래	·	창작 수업, 문학강연회	유
이효석문학관	강원 평창	〈효석문화제〉, 테마별답사기행	문학교실	유
정지용문학관	충북 옥천	〈지용제〉	문학강좌, 세미나	유
조병화문학관	경기 안성	〈꿈과 사랑의 시 축제〉	문학강좌	유
조태일시문학기념관	천남 곡성			유
지훈문학관	경북 영양	〈지훈 예술제〉	문학강좌	유
채만식문학관	전북 군산	·	지역 단체 강연회	유
청마문학관	경남 통영	〈청마문학상〉	문학특강	유
최명희문학관	전북 전주	〈혼불 문학상〉, 〈혼불학술상〉	·	유
한무숙문학관	서울 종로	〈한무숙 문학상〉, 문학기행	·	유
혼불문학관	전북 남원	〈혼불 문학제〉	·	유
효당문학관	경남 거제	·	·	유

　전국 각지에 세워진 문학관은 각 지역의 특성을 살려 문인들의 생가
나 소설의 무대 등 지역과 관련 있는 테마를 중심으로 36개소가 건
립·운영되고 있다. 일부 문학관은 자체적으로 문인들의 창작교실 운
영, 문학창작교실을 통한 문학교육의 확대, 청소년 문학 활성화를 위

한 프로그램 개발 및 학습의 장으로 운영한다. 사실상 전국적으로 각 문학관은 자신들만의 고유한 사회적·역사적 배경에 따른 문화정책을 수립하기 위해, 각종 문화 관련 단체나 시설을 설립하여 다양한 문화를 제공하고 있다. 특히 오래되고 전통 있는 문학관에서 주최하는 문학행사는 전 국민이 문화 향수층에서 소외되지 않도록하기 위해 참여형 프로그램이 확대되었다. 각 지역별로 문학관마다 특색 있는 문학프로그램을 운영함으로써 전반적인 활성화를 위해 노력을 아끼지 않고 있다. 또 하나의 특징은 표에서 살펴본 바와 같이 모든 문학관은 기본적으로 그 문학관의 특성에 맞게 전시실을 갖추고 있으며, 그 성격에 따라 문학교실을 운영하는 등 지역 주민과의 연계를 지속적으로 이어나가고 있다.

2) 교육 내용 및 과정

(1) 문학관 활용 목적

문학관은 작가와 작품을 학습자의 답사 경험을 통해 직접적으로 연결할 수 있다는 장점이 있다. 답사라는 학습자의 시적 경험 발전 단계는 학습자의 시 창작에 기본이 되며 영향을 줄 수 있다. 학습자의 시적 경험은 학습자의 주관적인 이해에서 독창적인 표현으로 발전하고, 이는 시 창작방법에 적용되어 객관적인 작품으로 형상화된다. 따라서 본 연구는 보다 창의적이고 적극적인 교육방법으로 고창 미당문학관을 중심으로 문학관을 학습자가 직접 답사하고 참여하면서 학습자의 시적 경험에 의한 시적 상상력의 확장과 직접적인 창작과정을 연결하는 교육방법을 제시하고자 한다. 특히 문학관 답사를 활용한 시적 경험의 확장은 관련된 개체들의 개념을 확실히 정립하고, 목적 달성을 위해 기존 의식을 확장하여 학습자들에게 목적과 의도를 분명히 전달하는 과정상의 문제를 해결해야 할 것이다. 이 목적을 커리큘럼화 하기 위해서는 사전 교육을 통한 의도적이고 체계적인 문학교육 방안의 제시가 선행되어야 한다.

학습자의 예술적 경험이 획득되고 발현되는 것은 답사 장소와 시간의 영향이 크다. 그것은 객관적인 장소 속에서 학습자의 주관적이고 개인적인 체험들이 학습자가 가지게 될 하나의 작품관에 모티프로 형성될 수 있다는 점과 경험의 활용성이 제한된 상상력에서 벗어나 더 확장될 가능성을 가지고 있다는 점이 복합되어 활용성을 규명할 수 있기 때문이다. 사실상 현 작가들의 기존 작품에서 나타나 있는 문학공간에 대해 시적 경험과 시적 상상력의 선후관계를 밝히는 것이 본 연구의 목적이 아니다. 그보다 시 창작교육에서의 관점, 즉, 학습자가 가진 시적 상상력의 확장을 도모하기 위한 방안으로 학습자의 시적 경험을 활용한다는 점에 초점을 두어 연구를 진행한다.

(2) 문학관 주체 행사 내용 및 학습자 현황
― 국화꽃축제 내 〈미당문학제〉

국화꽃축제는 약 5만여 평 규모에 달하는 국화밭을 조성하여, 소작·대작 외 9종의 작형별 국화를 전시하면서 시작된다. 문화 행사, 체험 행사, 농산물 판매 행사로 나뉘어 진행되는 축제기간 중에 매년 11월 3일 미당시문학관에서 서정주문학제가 개최된다.

문화 행사 : 미당문학제, 시낭송회, 미당학술세미나 등
체험 행사 : 전통 연날리기, 100억 송이 국화 향기 체험, 국화 사진 컨테스
　　　　 트 등 각종 대회
특산물 판매 행사 : 국화 상품 판매장 및 고창 특산품 장터 운영 등

　미당문학제는 오전에 기념식과 백일장, 오후에는 백일장 시상식과 미당문학상 시상식 순으로 행사가 진행된다. 이후 시낭송, 문학강연, 축하공연, 국화꽃밭 관람을 하고, 다음날 미당학술세미나와 문학순례 등의 순으로 진행된다.

　재단법인 미당 시문학관과 사단법인 고창국화축제위원회가 주최하고, 중앙일보·동국대학교·한국문화예술위원회 등이 후원하는 미당문학제는 동국대학교 버스의 운행과 선운산 관광호텔 및 동백장 호텔 투숙 등의 편의가 제공되는 고창의 대표 문학제이다.

　고창 미당문학관은 답사를 하기에 최적의 조건을 가지고 있다. 서정주 문학관에서 약 300여 미터 떨어진 곳에 서정주 생가가 있고, 서정주의 묘는 조성된 국화밭 사이에 안치되어 있어 그 자체만으로도 충분한 볼거리를 제공하고 있다. 또한 인근에 선운사와 동백군락지 등 문화제를 포함한 자연 경관이 계절마다 다른 모습을 보이기 때문에 그것을 표현해내는 문학작품들 사이에서도 많은 차이를 보인다. 특히 고창에서 가장 아름다운 11월의 가을에 열리는 미당문학제는 시문학을 공부하고 창작하고자 하는 학습자들에게 여러 면에서 영향을 줄 수 있다는 점에서 대상 답사 지역으로 선정했다.

　먼저 문학관 답사에 앞서 학습자들에게 답사할 문학관의 해당 작가와 작품을 미리 학습하도록 유도하여 학습자들의 이해를 높였다.

미당 서정주는 1915년 5월 전라북도 고창에서 출생하여 2000년 12월에 타계할 때까지 토속적이고 아름답지만 날카로운 직설어법적인 작품 경향을 가지고 있어서 한국 시단의 '보를레르'라고 일컬어지기도 했다. 불교전문학교를 다니고, 1936년에 동아일보 신춘문예 시 「벽」이 당선되면서, 그의 시는 불교적인 색채가 가미된 작품을 발표했다. 대표 시집으로 『화사집』(1941), 『귀촉도』(1948), 『신라초』(1961), 『동천』(1969) 등이 있다. 청마 유치환과 더불어 생명파로 불리기도 했던 서정주의 작품세계를 기리기 위해 고창군에서는 그의 생가와 그 주변인 고창군 부안면 선운리의 질마재를 무대로 한 『질마재 신화』를 직접 확인할 수 있도록 보존해 놓고 있다. 현재는 질마재 아래에 위치해 있던 옛 선운초등학교를 개조하여 미당문학관을 지어 서정주의 친필 작품과 영인본, 작가와 관련된 여러 유품을 전시해 놓고 있어 이색적인 모습을 보이고 있다. "나를 키운 것은 팔 할이 바람이다."라고 말한 서정주는 1941년 남만서고에서 출간한 첫 시집 『화사집』을 시작으로 타계하기 전 1997년 제 15시집인 『80소년 떠돌이의 시』를 시와시학사에서 출간하였다.

고창 미당문학관 답사 전 2주에 걸쳐서 시집 『질마재 신화』(일지사, 1975)를 기초 텍스트로 하여 수업을 진행하였다. 답사 후 학습자들에게 시작품 「신부」에 대한 패러디 시 창작교육방법을 시도해 보았다.[48] 이를 통해서 문학공간 답사가 작품에 대한 이해를 돕고 특히 문학의 현장성과 역동성을 되살리는 데 효과적인 교육방법이라는 사실이 증명되었다. 더불어 직접적인 문학공간을 답사하는 데 그치지 않고 학습자 자신의 문예창작으로 전환한다는 것은 지금까지의 문학교육방법과 차별성을 확인할 수 있다.

---

48) 본 연구 4장—3에 패러디 기법을 활용한 시 창작교육방법이 결과물로 정리되어 있다.

특히 고창 미당문학관은 답사를 하기에 최적의 조건을 가지고 있다. 관련 서정주 생가가 근처에 위치하고, 서정주의 묘는 잘 조성된 국화밭 사이에 안치되어 있어 그 자체만으로도 충분한 볼거리를 제공하고 있다. 또한 평상시엔 찾아가기 힘들지만, 문학제 기간만큼은 교통편이나 숙박, 편의시설을 제공하고 있어 문학제의 의의를 더 실감할 수 있다. 또한 계절마다 다른 모습을 보이는 고창의 분위기 때문에 그것을 표현해내는 문학작품들 사이에서도 많은 차이를 보이고 있다.

(3) 현장답사 과정 및 내용

본 교육방법은 단국대학교 문예창작전공 2학년 전공과목인 〈문학예술기행〉의 문학공간 답사 성과물을 정리한 것이다.

시인 서정주가 가진 시세계 전반이 배경으로 삼고 있는 고창 선운리 일대에 대한 현장답사는 2005년 11월 3일 하루 동안 〈문학예술기행〉 학습자 전원이 참여한 가운데 다음과 같이 진행되었다.

교통편은 전세버스를 이용하였는데, 그 이유는 다음과 같이 세 가지를 들 수 있다. 첫째로, 학습자가 40명 이상인 관계로 개별적으로 움직이거나 대중교통을 이용하는 것보다 저렴하다는 장점과, 둘째로, 미당문학관과 선운사를 하루에 답사한다는 다소 빠듯한 일정에서 이동이 용이하다는 점을 들 수 있다. 또한 셋째로, 버스로 이동 중 다음 답사지에 대한 설명을 보충하면서 수업의 연장으로 학습자에게 이해에 대한 효과를 줄 수 있으리라고 판단했다.

• 미당문학제의 백일장 참여

- 미당문학관 관람
- 서정주 생가·묘 답사 및 국화밭 체험
- 선운사 동백군락지와 도솔암 답사
- 패러디 작품 및 문학관 답사 후기 제출

❶ 미당문학제의 백일장 참여

단국대학교 천안 캠퍼스에서 출발해 고창 미당문학관까지 가는 데 걸리는 소요시간은 전세버스로 약 2시간으로, 오전 10시에 집결하여 목적지로 출발한다고 해도 사실상 백일장 참여는 불가능했다. 실질적으로는 백일장 참여는 본 답사 일정에는 없었으나, 희망자에 한하여 선발대로 전날 미당문학관에 도착하여 답사 당일, 오전에 실시하는 백일장에 참여하는 결과를 얻게 되었다.

❷ 미당문학관 관람

오전 10시에 천안에서 출발하여 11시 30분 김성수 생가[49]를 거쳐 미당문학관에 도착한 학습자들은 문학관내 문학제의 일환으로 조성되어 있는 장터로 이동하여 점심식사를 하였다. 미당문학관 초입에 건립된 미당문학비에서 간략하게 작가의 문학사적 의미와 문학공간에 대한 설명을 했으며, 개별적으로 미당문학관을 관람하였다. 미당문학관은 총 두 개의 건물로 제1전시관과 제2전시관이 통로로 연결되어 있고, 그동안 발간된 시집과 친필 서적, 아내에게 보내는 편지나 지인들과

---

49) 미당 서정주의 시 「자화상」의 한 부분인 '아비는 종이었다'에서 보인 서정주의 부친은 실제로 김성수의 소작인으로 어린 서정주의 시적 상상력에 큰 영향을 끼쳤다. 이런 연유로, 미당문학관 답사에 김성수 생가를 거치는 것을 일정에 넣었으나, 빠듯한 일정 때문에 실제로 김성수생가 답사는 하지 못하고 버스 안에서 짧은 설명과 학습자들이 멀리서 바라보는 데서 답사를 진행시켰다.

주고받았던 편지뿐만 아니라, 사용했던 담배 파이프와 지팡이나 부채 등 서정주와 관련된 유품 2천여 점을 전시하여 문인에 대한 정보를 충분히 제공하고 있다. 또한 운보 김기창 화백의 그림을 전시해 놓은 서정주의 서재를 복원하여 학습자들로 하여금 문학작품과 문학인에 대한 문학공간을 쉽게 이해할 수 있게 꾸며져 있었다.

❸ 서정주 생가·묘 답사 및 국화밭 체험

문학관 관람 후 모인 학습자들은 도보로 약 3백 미터 떨어진 서정주의 생가로 이동하였다. 생가에 도착한 학습자들은 작품을 읽으면서 미리 분석·정리해 두었던 문학공간과 실제공간에 대한 비교를 중심으로 답사를 실시했다. 사실상 서정주의 시집 『질마재 신화』에 수록되어 있는 거의 모든 작품의 배경인 서정주의 생가는 선운리의 간척사업으로 인하여 바닷물이 들어오거나 하는 등의 외관은 변해 있었지만, 2001년 10월 복원 사업을 마친 이후 답사한 2005년 11월까지 유지·보존이 잘 되어 있어 쾌적한 답사가 진행될 수 있었다.

서정주 생가에서 묘까지의 거리는 약 5백 미터에서 1킬로미터 정도로, 도보로 약 5만여 평에 달하는 국화밭 사이를 지나 선운리가 내려다보이는 산 정상으로 이동하면 그곳에 서정주의 묘가 있다. 따라서 서정주의 묘를 가기 위한 목적을 가지지 않더라도 국화밭을 체험하기 위한 코스가 콘텐츠로 충분히 활용되고 있다.

서정주의 묘에서 내려다보이는 선운리 전경과 화려한 미당문학관, 그리고 그 앞에서 진행되는 서정주 개인에 대한 반대 운동을 통하여, 학습자들은 문학인에 대한 개인사적인 인식과 작품 자체가 가진 의의의 차별성에 대한 일부 체험을 할 수 있었다.

❹ 선운사 동백군락지와 도솔암 답사

선운사 답사는 미당문학관에서 전세버스로 약 30분 정도 이동하여 진행되었다. 버스 안에서는 선운사 동백군락지와 도솔암 마애불에 대한 사적 선행 학습을 실시하였고, 학습자를 두 그룹으로 나누어 각각 답사를 진행하였다.

먼저 선운사 동백군락지는 천연기념물 제184호로 대웅전 뒤편으로 동백나무 3천여 그루가 빼곡히 자리잡아 장관을 이루는 곳이다. 동백 꽃이 만개하는 봄이 동백군락의 절정을 이루지만, 11월에 찾아보는 풍광에서 학습자들의 또 다른 창작 모티프를 발견할 수 있도록 했다.

다음으로 선운사 도솔암 마애불(禪雲寺 兜率庵 磨崖佛)은 보물 제1200호로 고려시대 제작된 것으로 추정된다. 도솔암으로 오르는 길 옆 절벽에 새겨진 마애불좌상으로, 평면적이면서도 얼굴 전체에 다소 파격적인 미소를 띠고 있는 모습이 인상적이다. 특히 학습자들에게는 마애불 가슴에 표시되어 있는 흰 사각형을 중심으로, 동학농민전쟁 때의 비밀 기록과 사실이 문학창작과 연결될 수 있는 모티프가 되도록 진행되었다.

(4) 창작작품 발표 및 답사 후기

다음은 학습자가 미당문학관을 답사한 후 서정주 시집 『질마재 신화』에 수록되어 있는 시작품을 바탕으로 작품을 창작하여 제출하였다. 이 작품은 온라인 수업 전용 클럽인 〈단어와 문장〉에 탑재하였고, 수강생들이 직접 활용할 수 있는 발표 공간을 따로 지정하여 모든 학습자는 다른 학습자의 작품에 대한 감상을 댓글 형식으로 표현하여 학습자 간의 작품 비교도 교육과정에 포함시킬 수 있었다.

❶ 작품 : 문예창작과 52042293 김동균

해일이 들이닥치고, 옥수수밭은 이내 허리까지 바닷물에 잠겼다. 하나 둘 옥수숫대가 물결 속으로 쓰러져갔다.

바닷물이 빠진 후 할머니는 마당 앞으로 나가 보았다. 옥수수밭은 이미 다 쓰러져 시커먼 뻘밭으로 변해 있었다. 하지만 유독 한 줄기의 야윈 옥수숫대가 위태위태하게 중심을 잡고 서 있었다. 해일이 오기 전 까치가 앉아 울던 바로 그 옥수숫대였다. 할머니는 가까이 다가가 살펴보았다. 초여름이라 옥수수가 여물 시기도 아니었는데, 옥수숫대에는 검은 수염의 튼실한 옥수수 하나가 달려 있었다. 할머니는 그 옥수수를 두 손으로 조심스레 따 품에 안았다. 그리고는 집을 향해 돌아서 서너 발쯤 걸었을 때, "푸닥" 등 뒤에서 무언가 쓰러지는 소리가 들렸다. 몸을 돌려보니 옥수숫대는 보이지 않았다. 그리고 자신의 품에는 바닷물에 젖어 축 늘어진 까치의 주검 하나가 안겨져 있었다.

— 「서정주 시 〈해일〉 속에 감추어진 이야기」 일부

❷ 작품 : 문예창작과 52042305 박진양

어제 그리 비가 거세게 들이치고 나무가 바람에 휘어 울타리에 부딪히는 소리가 들리더니 바다가 내 집 가까이에 와 있습니다. 맨발로 마당에 걸터앉으니 발목까지 물이 잠기더군요. 바닷물이 넘쳐서 개울을 타고 여기까지 고였나 봅니다.

마당 안에 피어있던 민들레가 물속에서 하느작거립니다. 발을 걷어 올리니 쭈르륵, 쭈글한 발등을 타고 물이 물 안으로 떨어집니다. 저기 손주놈은 절벅거리며 무언가를 손으로 움켜냅니다 귀여운 녀석이에요. 제 할애빌 닮았지요. (……)

아직 해가 저물려면 멀었는데 제 얼굴에 노을이 드는군요. 저 바다 어딘가에 풀어져 있을 남편의 몸. 당신입니까?

여기 제 발을 씻기고 있는 것이.

—「서정주 시 〈해일〉 재구성」 일부

작품 감상평 수강생들의 작품에는 작품 공간이 생생하게 제시되어 있다. 특히 이들 수강생들이 대상으로 한 텍스트의 공간에서 절대적 시간을 배재함으로써, 시인의 주관적인 기억과 맞물려 나타나고 있다는 점이 특징이다. 지금은 더 이상 바닷물이 들어오지 않는 선운리의 시인 생가에 앉아 있는 수강생에게는 시인의 기억 속 바닷물을 느끼고 손자가 바라본 할머니의 아련한 모습, 혹은 할머니의 시각을 가지고 할아버지를 그리워하는 마음 등을 떠올리기에 충분한 경험이 되었다. 원 텍스트를 염두에 둔 창작 작품이라 그 원작에서 완전히 자유롭지는 못한다는 단점을 들 수 있겠지만, 두 작품 이상에서 획득할 수 있는 상호텍스트성 또한 다분히 수강생(창작 주체)의 의식적이고 의도적인 표현의 발로라는 점에서 모든 창작 작품이 독보적인 의의를 가지고 있다고 볼 수 있다.

이러한 문학관을 활용한 답사를 통해 학습자에게 문학작품의 새로운 접근방법을 제시하여, 궁극적으로 능동적인 사고와 창의적인 발상을 유도하는 데 그 목적이 있었다. 사실상 학기가 진행되는 중 학습자 전원을 대상으로 문학답사를 실시한다는 것은 다소 무리가 있었다. 특히 수업 초기에 학습자들은 그들의 시간과 그에 따른 여건의 부담감, 또한 직접 답사한다는 어려움을 토로했다. 그러나 본격적인 수업 진행에 따라 학습자가 대상 지역에 따른 대상 작가, 작품에 대한 분석과 이해를 진행하고, 문학 텍스트 공간에 대한 이해를 높이는 과정을 가지면서, 점차 학습자가 흥미와 열의를 가지고 참여하는 등 그 반응은 처음

과는 다르게 호의적으로 바뀌어 있었다. 답사 이후 결과물을 낸 다음
에는 스스로의 성취감에 흥미로웠다는 의견이 많았다.

❶ 문예창작전공 52022336 이경은

죽음의 냄새가 날 정도로 치열했던 그의 삶, 그를 대신 나타내 줄 수 있는
것에서 알 수 있었다. 그의 방 안은 아무 치장도 없었다. 읽고 던져진 수북한
책과, 한 번에 스윽 써내려갔을 것 같은 수많은 원고 그리고 문학에 자신을
모두 걸었던 모습들뿐이었다.

❷ 문예창작전공 50212338 곽태우

시인의 고향마을이며, 〈질마재〉는 과학과 물질문명이 개입되지 않은 토속
적이고 원초적인 삶의 공간이다. 그곳은 우리의 삶의 모습이 훼손되지 않고
살아있는 공간이다. 그 재래적인 삶의 모습은 전통과 인습으로 가득 차 있다.

❸ 문예창작전공 52042296 김윤희

미당 서정주의 국화 꽃 옆에서의 공간인 국화. 국화가 가득 피어 있는 길을
걸을 때는 마냥 즐거웠다. 국화를 그렇게 가까이 오랫동안 바라본 적은 이번
기행을 통해 처음이었다.

❹ 문예창작전공 52042312 유홍정

고창에는 그 유명한 서정주 문학관과 생가가 있다. 서정주 하면 떠오르는
것 중 하나가 '국화 옆에서'라는 시다. 고창에 가면 끝이 없을 것 같은 노오란
국화밭을 볼 수 있다. (……) 잘 다져진 흙길을 밟으며 끝없을 것 같은 국화밭
을 걷다 보면 서정주 시인의 묘까지 갈 수 있다. 묘는 그 언덕의 높은 곳에 있
는데 그곳에서 아래로 내려다보면 국화와 바다, 산을 한눈에 볼 수 있다.

❺ 문예창작전공 52012369 최진우

11월의 선운리는 몰라보게 아름다워져 있었다. 한 달 사이에 이렇게 많은 변화가 있었을 줄이야! 한 달이란 시간은 선운리에게 가을의 성숙미를 선물한 것일까? 국화꽃의 노란 빛깔로 온통 물들어 있는 질마재는 눈이 부실 정도로 아름다웠다.

앞에서 언급한 바와 같이 학습자가 문학관을 답사한 시점과 그들이 가진 답사 후기는 매우 중요하다. 더욱이 오늘날 국토의 대부분에선 문화재를 포함한 유형의 대상들을 끊임없이 보수하면서 변화되는 실정이다. 이런 의미에서 문학의 공간이라는 것은 답사한 시간에 영향을 받으며, 더는 학습자의 창작물에까지 영향을 준다고 할 수 있다. 따라서 고창 미당문학관의 공간 답사를 통한 창작 작품은 2005년에 한정된 문학 공간에 대한 학습자의 해석이라는 점에서 더 흥미로울 수 있다.

3) 기대 효과

시문학은 다의성과 함축성에 의거하여 학습자들에게 향유를 위해서는 다의적인 해석과 감상을 요구하므로, 그에 따른 더 많은 시 창작교육방법론이 제기될 수 있다. 이에 본 연구는 가장 기초적이라고 할 수 있는 학습자의 시적 경험을 확대함으로써 시의 수용과 이해 활동뿐만이 아니라 시적 상상력의 확장을 목적으로 하여 결과적으로는 학습자로 하여금 시 창작활동을 전개시키는 데 그 목적을 두었다.

따라서 본 연구에서는 보다 적극적으로 학습자의 시적 경험을 확대할 수 있는 활용 방안으로 전국 각지에 산재되어 있는 문인의 문학관을 활용한 방법을 제시하였다. 각 지역별 문화산업의 중심으로 자리매김하고 있는 문학관은 그 건립과 활용 내용에 따라 차별화된 교육과정 및 결과를 도출해낼 수 있다. 즉, 문학관을 활용한 창작교육방법의 시도는 학습자로 하여금 기존 작가의 창작공간에 대한 이해와 창작품과의 접근성을 높일 뿐만 아니라 문학작품의 체험을 넓히고 더 넓고 깊은 창작공간을 제공받을 수 있다.

먼저 첫째, 문학관의 활용 목적에 대해 충분히 인지시켜야 한다. 학기가 진행되고 있는 시점에서 학습자들이 함께 답사에 참여하는 것은 사실상 매우 어려운 일이다. 그럼에도 불구하고 학습자들이 능동적으로 수업에 참여하여 커리큘럼을 이해하고 선행자료를 만들어 활용할 수 있도록 유도하는 것이 본 수업의 핵심이 된다.

둘째, 학습자의 경험이 창작활동으로 연결되어야 한다. 영상세대는 매체를 통하여 간접적으로 습득되는 경험이 훨씬 많다. 따라서 간접 경험보다 직접 경험이 문학창작활동에 미치는 영향을 확인하고 학습자로 하여금 경험을 창작 영역으로 확대 적용시킬 수 있도록 유도하는 일이 중요하다.

셋째, 더 많은 경험활동으로의 확장이 필요하다. 문예창작과는 타 학과와 마찬가지로 협소한 연구 영역을 가지고 창착활동으로 연결을 시도하고 있다. 문학창작이란 문자를 활용한 창작 전반을 대상으로 한다는 점을 인지시켜 대학(교)내에서나 생활에서 습득할 수 있는 경험 영역을 학습하여 문학창작의 대상 확장을 꾀하여야 할 것이다.

최근에 단국대학교 문예창작전공은 학과 전체 행사로 전라남도 문학 기행을 실시한 바 있다. 학생들은 전주를 거쳐 남원으로 들어가 춘향테마파크를 관람하고, 이튿날 남원 최명희의 소설 『혼불』을 중심으로 조성된 〈혼불문학관〉을 방문하고 문학관내에 있는 행사를 함께 하였다.

<u>웬일인지 나는 원고를 쓸 때면, 손가락으로 바위를 뚫어 글씨를 새기는 것만 같은 생각이 든다. 그것은 얼마나 어리석고도 간절한 일이랴.</u>

최명희 작가가 생전에 남긴 말이다. 이 한 마디에서 그녀가 한 글자 한 글자 쓸 때마다 얼마나 고심하고 고통스러웠을지 알 수 있을 것 같았다. 나도 손가락으로 바위를 뚫는 듯 한 고통을 느껴보고 싶다. 항상 머리로 부드러운 바닥을 쳐내려는 고통만으로도 창작의 고통은 끝이 없구나, 느꼈었는데. 아직 갈 길이 멀다. 끊임없이 내리는 빗방울이 남원에 글을 써내려갔다. 남원 도시 전체가 하얀 종이처럼 느껴졌다.

─문예창작전공 52032329 이수인

전국에 산재되어 있는 문학관을 답사하면서 학습자가 얻을 수 있는 경험은 정체된 수업 현장에서 얻을 수 있는 결과와는 다르다. 특히나 그 문학관에서 운영하는 프로그램을 체험함으로써 학습자의 수용 능력의 확장과 그들의 시적 상상력을 확장하는 교수-학습을 효과적으로 마련할 수 있는 방안을 제시할 수 있는 방법은 무궁무진할 것이다.

이제 남은 문제는 기존 교수자에 의한 일방적인 학습으로 전개되던 문학교육에서 벗어나 새로운 교육방법의 개발과 육성을 통해 체계적이고 진보적인 문학교육이 이루어질 수 있도록 전개하는 것이다. 즉 제7차 교육과정에서 제시한 '지식의 문학과 힘의 문학'이 어울어진 창작교육방법을 통해 학습자들에게 문학의 이해와 창작 과정의 연계성을 확고히 자리매김하여 여타 어문학계열 전공과는 변별성을 가진 문예창작전공의 영역을 확보해야 할 것이다. 더불어 문학창작품이 문화산업으로 이어지는 가능성 또한 확보될 수 있을 것으로 기대된다.

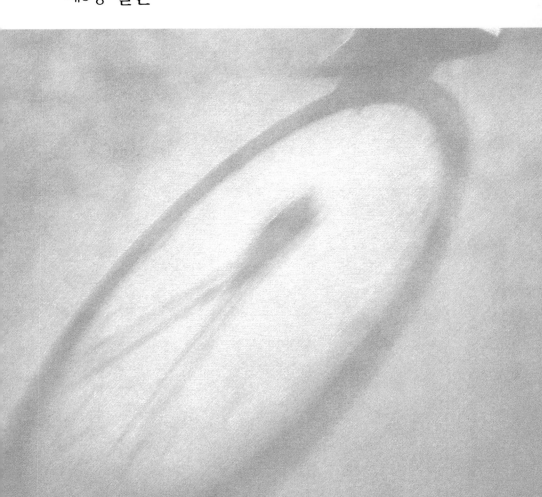

제5장 결론

창작은 '문학을 매개로 하는 창조적 언어활동 전반'을 뜻한다. 현재
는 전문작가의 창작활동으로 개념을 한정지어 말하지만, 사실상 창작
이란 실생활에 필요한 모든 언어활동을 뜻한다. 따라서 창작교육이라
함은 '문학을 매개로 하는 창조적 언어활동을 통해 표현물의 생산을
활성화하는 교육적인 활동'이라 정의할 수 있다. 창작교육이 기존의 문
학교육과 변별되어 현재 창작교육 내용이 정착되기 위해서는 우선 교
수자를 포함한 교육 현장에서부터 창작교육의 개념과 중요성의 이해
가 선행되고 실질적인 교육 현장과의 합의가 필요하다. 기존 문학교육
과 신규 창작교육의 교육적 의의나 변별성을 확립해야 앞으로 제기될
문제의 혼선을 줄일 수 있을 것이다. 특히 문학창작교육이라는 영역은
다양한 문학적 활동과 도구를 활용한 프로그램의 마련, 평가 방법의
개발 등 교수자가 가진 인식의 전환이 무엇보다 중요한 변수로 자리
잡고 있기 때문에, 교육이론적 바탕 위에 제시되고 연구되는 다양한

이해의 폭을 넓히는 데 우선 주력해야 할 것이다.

이러한 교육방법의 필요성을 배경으로 본 연구는 1990년대 발표된 시작품의 창작방법의 유형을 분석함으로써 현재 문예창작과에서 필요로 하는 시 창작교육방법으로 접근하는 연구를 시도했다. 시문학을 포함한 문학 장르를 교육하는 교육론을 객관성 있게 과학화한 선례가 없고, 그러한 시도 또한 난해한 작업이었으므로 사실상 교육방법론을 정립하기란 쉬운 작업이 아니었다. 특히 교수자의 능력이나 관심 여부에 따라 실제 교육과정이 달라질 수 있고, 역시 학습자의 능력이나 집중도에 따라 교육 완성도와 성과까지도 달라질 수 있는 변수가 내제되어 있는 창작교육이기 때문에 더욱 난처한 작업이기도 했다. 이는 창작교육방법이 창작 주체인 학습자가 시 창작에 직접 접근한다는 사실 이외에도 창작 방법을 구사해내는 과정의 일면이 교수자의 시 창작교육의 방법에 따라 학습자의 시에 대한 이해나 감상 자체가 변화될 수 있음을 파악해야 했기 때문이다. 그러나 이러한 교육방법의 체계화는 보다 전문적인 교육 효과를 가져오기 위해 필수과정으로 인식하여 연구를 진행하여 결과를 정리하기에 이르렀다.

따라서 본 연구는 시 창작방법과 시 창작교육방법을 결부시켜 보다 현실적이고 실제적인 교육방법을 제시하는 데 목적을 두었다.

먼저 2장에서는 시 창작방법과 시 창작교육방법을 연구하기 위한 기초 자료를 정리했다. 문학교육과정의 이론과 실제를 제시하고 교수–학습 모형과 비교함으로써 실제 교육 현장에서 실행될 때의 한계점과 문제점을 도출해냈다. 실제적인 시 창작교육방법을 제시하기 위해 1990년대에 발표된 시문학의 동향 및 창작방향을 정리하여 상상력 확장과 기법 확장의 필요성을 유추했고, 시 창작방법론의 시 창작교육방법론화

과정을 이론화하고자 했다.

3장에서는 현대시의 창작방법 유형을 세 가지로 분류하여 분석했다. 80년대부터 현재의 시 창작방법을 확장시켜 새로운 창작방법이 시도되었으며 그 시도가 1990년대 이후 시 창작방법에 영향을 끼친 바, 그 방법론에 대한 개념과 이해를 분석했다.

첫 번째로, 상상력의 확장을 활용한 시 창작방법 유형을 분석했다. 시 창작활동에 가장 기본이 되는 시적 상상력의 확장에 초점을 맞춘 시 창작방법 유형이다. 여기서는 문학작품에서 시적 상상력의 적용 범위와 그 유형을 분석하고 상상력 확장의 기대 효과를 정리했다.

두 번째로, 주요 문학 소통의 변화에 따른 시적 기법의 확장에 초점을 맞춘 시 창작방법 유형이다. 1980년대부터 계속 시도되어온 시 창작기법의 유형들을 살펴보고, 이러한 시도에서 확장·적용될 수 있는 기대 효과를 정리했다.

마지막으로, 문학작품에 접근할 수 있는 과정인 시적 경험의 확장을 활용한 시 창작방법 유형이다. 현재 시 창작에 활용되는 문학의 역동성을 고려해 볼 때, 문학은 시간과 아울러 외부 세계를 이해하고 그것을 기저로 하여 재창조되는 영역이다. 따라서 보다 자세하게 묘사된 답사 경험과 디지털 매체 경험을 통하여 확장되는 창작방법의 유형을 살펴보고 그 기대 효과나 발전 가능성을 예측했다.

이러한 시 창작방법을 중심으로 4장에서는 시 창작교육방법 시론으로 발전시켜 단계적으로 제시하고, 실제 모형을 보다 발전적인 창작교육으로 진행시키기 위한 시도를 했다.

먼저 상상력 확장을 활용한 시 창작교육방법에서는 오스본의 창의적 문제해결 모형인 CPS(Creative Problem Solving) 교육프로그램을 근거로 하여 학습자의 무한한 상상력 확장을 활용한 창작교육방법 시론을 제시했다. 이 교육방법에서는 자유논리법인 〈이유만들기〉와 자유연상법의 한 유형인 마인드 맵을 활용한 〈생각그리기〉 글쓰기의 모형을 다루었다. 이 교육 과정 및 결과는 단국대학교 문예창작과 1학년 계열 기초과목으로 개설된 〈문장표현〉의 학습자가 제출한 창작물을 실제 모형으로 다루었다.

둘째, 기법의 확장을 활용한 시 창작교육방법에서는 린다 허천의 패러디 기법이론을 전제로 패러디 시 창작을 통해 구현되는 시론을 제시했다. 패러디 대상 텍스트의 다양한 정보를 수집하여 학습자의 시적 체험화에서부터 능동적인 감상 태도를 학습할 수 있었다. 이 모형은 단국대학교 문예창작과 학습자 중 시 창작전공 고학년의 창작물을 대상으로 실제 모형을 다루었다.

마지막으로 문학공간 답사를 활용한 시 창작교육방법 시론에서는 이푸 투안의 공간 개념과 하르트만의 공간 분류법에 대한 견해를 가져오면서, 문학공간 답사와 문학관 답사를 통한 실질적인 체험 학습과 그 학습에 따른 경험적 창작교육방법을 제시했다. 이 교육방법 역시 단국대학교 문예창작과 2학년 전공 IT 과목으로 개설된 〈문학예술기행〉의 학습자 발표물을 실제 모형으로 다루었다.

시 창작교육방법을 제시하기 위해 학생들의 상상력을 계발시키고 주변의 모든 문화적 체험에서 창작의 단초를 유도하는 목적으로 실제 교육의 방향을 잡았지만 현실적으로 난제(難題)가 많았다. 특히 학습자들은 직접 체험 영역이 좁고, 디지털 매체를 통한 간접 체험 영역은 넓기 때문에 시 창작교육을 통해 집단으로 학습자의 지적 호기심을 충당하기엔 불가능한 일이라 판단되었다. 그러나 교수자는 개별적인 학습자의 상상력 훈련과 창조적인 사고의 개발을 자극하여 능동적인 학습 자세를 이끌어낼 수 있는 효율적인 방안을 모색하는 방향을 통해 더 나은 교육방법의 제시를 해야 하겠다.

지금까지 창작교육방법으로 제시한 시 창작교육방법을 정리하면 다음과 같다.

첫째, 시 창작교육의 방향은 학습자들에게 전문작가의 육성뿐만 아니라 새로운 사회에 적응할 수 있는 전문인을 기르는 것으로 교육의 폭을 개방할 필요가 있다.

둘째, 시 창작교육의 주체는 학습자이다. 따라서 학습자와 문학현상이 맺고 있는 관계가 창작교육의 대상이 되는 것이며, 창작교육은 그 관계의 형성과 증진을 궁극적으로 지향해야 한다.

셋째, 시 창작교육은 결과 중심이 아닌 창작과정이 체계적으로 제시되고, 더불어 학습 성과에 대한 확인까지 병행되어야 한다.

넷째, 시 창작교육의 학습 목표는 학습자별 성과에 도달하기 위한 문학의 본질성에 두어야 한다.

다섯째, 시 창작교육의 실제는 문자뿐만이 아닌 타 장르나 매체를 활용한 확장된 사고를 통한 모든 이해 활동과 긴밀한 결합이 이루어져야 한다.

물론 문학이란 당대의 특정한 사회적 규범과 문화적 환경에 영향을 받는다. 특히 시 장르가 가진 다의성과 함축성에 의거한 다의적인 해석과 감상을 요구하므로, 그에 따른 더 많은 시 창작교육방법에 대한 시론이 제기될 수 있다. 시의 수용 활동뿐만이 아니라 상상력의 확장 등 시 창작활동을 전개시키는 데 그 목적을 두었기 때문에 따라서 본 연구는 앞으로 제시될 시 창작교육방법에 대한 수많은 시론(試論)들에 접근하기 위한 도량적 위치를 담당하는 데 만족하고자 한다.

■ 참고문헌

1. 기초 자료

김선우, 『내 혀가 입 속에 갇혀 있길 거부한다면』, 창작과 비평사, 2000.

김광규, 『우리를 적시는 마지막 꿈』, 문학과 지성사, 1979.

김수복, 『모든 길들은 노래를 부른다』, 세계사, 1999.

_____, 『사라진 폭포』, 세계사, 2003.

김언희, 『말라죽은 앵두나무 아래 잠자는 저 여자』, 민음사, 2000.

김중식, 『황금빛 모서리』, 문학과 지성사, 1993.

김혜순, 『불쌍한 사랑기계』, 문학과 지성사, 1997.

박남철, 『지상의 인간』, 문학과 지성사, 1985.

박상배, 『잠언집』, 세계사, 1994.

서정주, 『질마재 신화』, 일지사, 1975.

_____, 『한국인의 애송시 Ⅱ : 80년대의 시인들』, 청하, 1986.

성기완, 『유리 이야기』, 문학과 지성사, 2003.

성미정, 『대머리와의 사랑』, 세계사, 1997.

신현림, 『세기말 블루스』, 창작과 비평사, 1996.

안도현, 『그리운 여우』, 창작과 비평사, 1997.

오규원, 『길, 골목, 호텔 그리고 강물소리』, 문학과 지성사, 1995.

_____,『한 잎의 여자』, 문학과 지성사, 1998.

유   하,『바람부는 날에는 압구정동에 가야한다』, 문학과 지성사, 1991.

윤의섭,『말괄량이 삐삐의 죽음』, 문학과 지성사, 1996.

이   상,『오감도』, 미래사, 1990.

이성복,『뒹구는 돌은 언제 잠 깨는가』, 문학과 지성사, 1980.

_____,『그 여름의 끝』, 문학과 지성사, 1990.

이승훈,『나는 사랑한다』, 세계사, 1997.

이   원,『야후!의 강물에 천 개의 달이 뜬다』, 문학과 지성사, 2001.

이정록,『의자』, 문학과 지성사, 2006.

장경린,『사자 도망간다 사자 잡아라』, 문학과 지성사, 1993.

장정일,『햄버거에 대한 명상』, 민음사, 1987.

_____,『길안에서의 택시잡기』, 민음사, 1988.

정호승,『눈물이 나면 기차를 타라』, 창작과 비평사, 1999.

_____,『내가 사랑하는 사람』, 열림원, 2003.

조병화,『시간의 숙소를 더듬어서』, 양지사, 1964.

조지훈,『풀잎단장』, 창조사, 1952.

조태봉,『첨성대와 아기별똥』, 청동거울, 2003.

최영미,『서른, 잔치는 끝났다』, 창작과 비평사, 1994.

한용운,『님의 침묵』, 민음사, 1990.

함기석,『착란의 돌』, 천년의 시작, 2002.

황지우,『새들도 세상을 뜨는 구나』, 문학과 지성사, 1988.

_____,『어느 날 나는 흐린 주점에 앉아 있을 거다』, 문학과 지성사, 1998.

2. 단행본

강내희 외, 『압구정동 : 유토피아 디스토피아』, 현실문화연구, 1992

강상대, 『문학과 비평의 사유』, 단국대학교출판부, 2006

경기문화재단, 『경기문학 활성화를 위한 지역문학관 정책 연구』,
　　　경기문화재단, 2006

고영근, 『텍스트 이론―언어문학 통합론의 이론과 실제』, 아르케, 1999

교육부, 「국어과 교육과정」, 교육부 고시 제1997―15, 「별책5」, 1997

구인환 외, 『문학교육론』, 삼지원, 1988

권기호, 『현대시론』, 경북대학교출판부, 1998

김봉균, 『다매체 시대의 한국문학 연구』, 푸른 사상, 2003

김상욱, 『문학교육의 길 찾기』, 나라말, 2003

김수복, 『상징의 숲 : 우리 시의 상징과 자아동일성』, 청동거울, 1999.

김수복 편, 『한국문학 공간과 문화콘텐츠』, 청동거울, 2005

김영철 외, 『문학체험과 감상』, 건국대출판부, 2002

김용희, 『페넬로페의 옷감짜기』, 문학과 지성사, 2004

김욱동 편, 『포스트모더니즘의 이해』, 문학과 지성사, 1990

김욱동, 『대화적 상상력―바흐친의 문학이론』, 문학과 지성사, 1994

김은전 외, 『현대시교육론』, 시와 시학사, 1996

김정근, 『콜리지의 문학과 사상』, 한신문화사, 1996

맹문재, 『현대시의 성숙과 지향』, 소명출판, 2005

문학과 문학교육연구소, 『문학과 문학교육』, 푸른사상, 2001

　　　――――――――――, 『창작교육, 어떻게 할 것인가』, 푸른사상, 2001

박덕유, 『문장론의 이해』, 한국문화사, 2002

박주택, 『반성과 성찰』, 하늘연못, 2004

박지원 외, 『창조적 아이디어 발상 및 전개』, 학문사, 2003

박진환, 『21C 시창작법』, 조선문학사, 1999

엄정희, 『오규원 시와 달콤한 형이상학』, 청동거울, 2005

오규원, 『현대시작법』, 문학과 지성사, 1990

오세영 외, 『시창작 이론과 실제』, 시와 시학사, 1999

우찬제, 『타자의 목소리』, 문학동네, 1996

유영희, 『이미지로 보는 시 창작교육론』, 역락, 2003

유지현, 『현대시의 공간 상상력과 실존의 언어』, 청동거울, 1999

이남호, 『교과서에 실린 문학작품을 어떻게 가르칠 것인가』, 현대문학, 2001

이상옥, 『시창작강의』, 삼영사, 2002

이상호, 『디지털 문화 시대를 이끄는 시적 상상력』, 아세아문화사, 2002

이성원, 『데리다 읽기』, 문학과 지성사, 1997

이숭원, 『폐허속의 축복』, 천년의 시작, 2004.

이승훈, 『포스트모더니즘 시론』, 세계사, 1991

_____, 『해체시론』, 새미, 1998

_____, 『한국현대시의 이해』, 집문당, 1999

이지엽, 『현대시 창작 강의』, 고요아침, 2005

이화현대시연구회, 『행복한 시인의 사회』, 소명출판사, 2004

일송 송하섭 교수 정년기념논총간행위원회 편, 『문예창작의 방법과 실제』, 청동거
　　　울, 2006

장석주, 『세기말 글쓰기』, 청하, 1993

장영우, 『소설의 운명, 소설의 미래』, 새미, 1999

전병용, 『매스미디어와 언어』, 청동거울, 2002

조남현, 『1990년대 문학의 담론』, 문예출판사, 1998

정끝별, 『오룩의 노래』, 하늘연못, 2001

차호일,『현장중심의 문학교육론』, 푸른사상, 2003

최동호 편,『현대시창작법』, 집문당, 1997

최동호,『새로운 비평 논리를 찾아서』, 나남출판, 1990

_____,『디지털 문화와 생태시학』, 문학동네, 2000

_____,『인터넷시대의 시창작론 1,2』, 고려대학교출판부, 2002

최혜실,『디지털 시대의 문화읽기』, 소명출판사, 2001

_____,『사이버 문학의 이해』, 집문당, 2001

한국문학관협회,『전국문학관 찾아가기』, 한국문학관협회, 2004.

_____,『문향을 따라가다』, 한국문학관협회, 2006.

한국문학교육학회,『문학교육의 방법론』제2차, 한국문학교육학회, 1997

_____,『창작교육의 좌표 설정을 위한 논의』제10차, 한국문학교육학회, 1998

한국문화유산답사회,『답사여행의 길잡이1―경주』, 돌베개, 1994

한국소설학회,『공간의 시학』, 예림기획, 2002

한명희,『삶은 조심스럽게 문학의 거침없이』, 천년의 시작, 2004

홍용희,『아름다운 결핍의 신화』, 천년의 시작, 2004

황종연 외,『90년대 문학 어떻게 볼 것인가』, 민음사, 1999

황지우,『사람과 사람 사이의 신호』, 한마당, 1986

Alvin Kernan, 최인자 역,『문학의 죽음』, 문학동네, 1999

Andrew Dobson, 정용화 역,『녹색정치사상』, 민음사, 1993

Arnold Hauser, 백낙청 · 염무웅 역,『문학과 예술의 사회사』, 창작과 비평사, 1999

Ceeil Day Lewis, 장만영 역,『시학입문』, 정읍사, 1974

C.S. Hall · V.J. Nordby, 최현 역,『융 심리학 입문』, 범우사, 1985

Immabuel Kant, 최재희 역,『순수이성비판』, 박영사, 1983

Jamws Engell·W.Jackgon Bate, 김정근 역, 『콜리지 문학평전』, 옴니북스, 2003

Jacques Atali, 편혜원·정혜원 역, 『21세기 사전』, 중앙M&B, 1999

Linda Hutcheon, 김상구·윤여복 역, 『패러디이론』, 문예출판사, 1992

Mircea Eliade, 이재실 역, 『이미지와 상징』, 까치글방, 1998

P.B.Shelly, 윤종혁 역, 『시의 옹호』, 새문사, 1978

Raman Selden, 현대문학이론연구회 역, 『현대문학이론』, 문학과지성사, 1987

Roger Cailois, 이상률 역, 『놀이와 인간』, 문예출판사, 1999

Rosemary Jackson, 서강여성문학연구회 역, 『환상성―전복의 문학』, 문학동네, 2001

Robert Whitehead, 신헌재 역, 『아동문학교육론』, 범우사, 1992

Roman Jakobson, 신문수 역, 『문학 속의 언어학』, 문학과 지성사, 1989

Terry Eagleton, 김명환 외 역, 『문학이론 입문』, 창작과 비평사, 1986

Victor Zmegac 외 편, 류종영 외 역, 『현대문학의 근본 개념 사전』, 솔출판사, 1996

Victor Erlich, 박거용 역, 『러시아 형식주의』, 문학과 지성사, 1983

Vincent B. Leitch, 권택영 역, 『해체비평이란 무엇인가』, 문예출판사, 1988

Yi-Fu tuan, 구동회 외 역, 『공간과 장소』, 대윤, 1995

Micbel Collot, 정선아 역, 『현대시와 지평구조』, 문학과 지성사, 2003

Hartman, 조욱연 외 역, 『존재학의 새로운 길―비판적 존재학』, 형설출판사, 1990,

Carl Darryl Malmgren, 『Fictional Space in theModernist and Postmodernist American Novel』, Associated UP, 1985

De Quincy. Thomas·Barry, 『Works of Thomax De Quincy』, Ashgate Pub Co, 2003.

J. Spiro, 『Assessing Literature:Four Papers』, Assessment in Literature
　　　　Teaching(ed.C. Brumfit), Modern English Publ, 1991

J.M Robinson, 『New Frontiers in Theology』, New York, 1964

M.H. Abrams, 『The Mirror and The Lamp』, London, Oxford Univ. Press,
　　　　1971

Michal Oakeshott, 『Experience and Its Modes』, Cambrige at the University
　　　　Press, 1933

Rene Wellek & Austin Qarren, 『Theory of Literature』, Penguin University
　　　　Books, 1973

3. 학위 논문

강경순, 「창의적 사고를 통한 시 교육 지도 방법 연구」, 서울대학교 교육대학원 석
　　　　사학위논문, 2003

강경호, 「국어과교육의 변천에 관한 연구」, 건국대학교 대학원 박사학위논문,
　　　　1988

강미현, 「한국 현대시의 기독교 수용양상」, 건국대학교 대학원 석사학위논문,
　　　　1992

경규진, 「반응중심의 문학교육연구」, 서울대학교 대학원 박사학위논문, 1993

강민정, 「유하시의 상호 텍스트성 연구」, 단국대학교 대학원 석사학위논문, 2006.

경미경, 「멀티미디어를 활용한 시 지도 연구」, 숙명여자대학교 대학원 석사학위논
　　　　문, 2003

공광규, 「신경림 시의 창작방법 연구」, 단국대학교 대학원 박사학위논문, 2005

권혁준, 「문학비평 이론의 시교육적 적용에 관한 연구―신비평과 독자반응이론을

중심으로」, 한국교원대학교 대학원 박사학위논문, 1997

김광엽 ,「한국 현대시의 공간 구조 연구」, 서강대학교 대학원 박사학위논문, 1993

김미연,「유하 시 연구」, 한국교원대학교 대학원 석사학위논문, 2004

김봉순,「텍스트 의미 구조의 표지 연구」, 서울대학교 대학원 박사학위논문, 1996

김선민,「시 창작교육의 텍스트변용 연구」, 명지대학교 대학원 박사학위논문, 2003

김선학,「한국 현시대의 시적 공간에 관한 연구」, 동국대학교 대학원 박사학위논문, 1989

김은경,「고등학교 시 교육의 방법과 해석 모형」, 이화여자대학교 교육대학원 석사학위논문, 1997

김의수,「김춘수 시의 상호텍스트성 연구」, 서울대학교 대학원 박사학위논문, 2002

김정희,「비판적 사고력 신장을 위한 읽기 지도 방안 연구」, 홍익대학교 교육대학원 석사학위논문, 2005

김종태,「정지용 시 연구 ; 공간의식을 중심으로」, 고려대학교 대학원 박사학위논문, 2002

김창원,「시 텍스트의 해석모형과 적용에 관한 연구」, 서울대학교 대학원 박사학위논문, 1994

남동수,「웹기반 창작학습 환경 구현」, 춘천대학교 교육대학원 석사학위논문, 2003

남 석,「소설 텍스트 이해를 위한 영상매체 활용 방안」, 상명대학교 교육대학원 석사학위논문, 2005

박진환,「한국시의 공간구조 연구」, 중앙대학교 대학원 박사학위논문, 1990

서혜련,「시 텍스트에 대한 기호학적 접근 방법 연구」, 전북대학교 대학원 박사학위논문, 1992

송문석, 「시 텍스트의 창작과 수용방법에 관한 연구」, 제주대학교 대학원 박사학
위논문, 2003

양문규, 「백석 시 연구 ; 시 창작 방법론을 중심으로」, 명지대학교 대학원 박사학
위논문, 2003

엄정희, 「오규원 시 연구 ; 시와 형이상학의 관계 고찰」, 단국대학교 대학원 박사
학위논문, 2005

오경순, 「멀티미디어를 활용한 학습자 주도의시 교육방안 : 제7차 중학교 교육과
정을 중심으로」, 성신여자대학교 교육대학원 석사학위논문, 2001

유병학, 「시문학 교육 연구」, 세종대학교 대학원 박사학위논문, 1993

유영희, 「이미지로 보는 시 창작교육론」, 서울대학교 대학원 박사학위논문, 1999

유지현, 「서정주 시의 공간 상상력 연구 ; "화사집"에서 "질마재 신화"까지」, 고려
대학교 대학원 박사학위논문, 1997

이명길, 「정보통신기술 활용을 통한 효율적인 국어과 교수·학습 방안 연구」, 계명
대학교 교육대학원 석사학위논문, 2005

이성우, 「디지털 기술과 한국 현대시」, 고려대학교 대학원 박사학위논문, 2005

이승민, 「다양한 매체 활용을 통한 시쓰기 능력 신장 방안 연구」, 대구대학교 교육
대학원 석사학위논문, 2005

이윤경, 「S.T.Coleridge 후기시의 상상력의 양상」, 충남대학교 대학원 박사학위논
문, 1997

이태희, 「정지용 시의 창작방법 연구—전통계승 측면을 중심으로」, 경희대학교 대
학원 박사학위논문, 2003

이희숙, 「만해 한용운의 한시 연구」, 국민대학교 교육대학원 석사학위논문, 2004

이희중, 「김소월의 시 창작방법 연구—어법·구성·배경을 중심으로」, 고려대학교
대학원 박사학위논문, 1994

임수경, 「한국 전후시 연구—1950년대 남북한 시문학 대비」, 단국대학교 대학원

석사학위논문, 2000

정끝별, 「한국 현대시의 패러디 구조연구」, 이화여자대학교 대학원 박사학위논문,
　　1996

정혜선, 「현대문학의 영상이미지 연구―장정일과 유하를 중심으로」, 충남대학교
　　대학원 석사학위논문, 2005

최수웅, 「한국현대소설의 창작방법론 연구」, 단국대학교 대학원 박사학위논문,
　　2005

최순열, 「문학교육론 연구」, 동국대학교 대학원 박사학위논문, 1987

한영일, 「한국 현대 기독교 시 연구」, 성균관대학교 대학원 박사학위논문, 2000

홍흥기, 「시 창작교육의 방법론적 연구」, 중앙대학교 대학원 박사학위논문, 2002

4. 논평, 평론, 소논문

강상희, 「추억과 상징의 시, 그 희망없음의 세계」, 《문학과사회》, 1995.11

강영기, 「유하 시의 현실 인식」, 『영주어문』, 2000.2

고　은, 「시 속의 나」, 《창작과비평》, 1996.9.

고미숙, 「새로운 중세인가, 포스트모던인가」, 《문학동네》, 1995.가을

_____, 「대중문학론의 위상과 "전통성"에 대한 비판적 검토」, 《문학동네》, 1996.
　　가을

권명아, 「가치의 무차별화와 아름다움의 가치를 지키기 위한 투쟁들」, 《문예중앙》,
　　1998.가을

김　영, 「국어교육에서의 멀티미디어활용가능성과 문제점」, 『국어과교육』21호,
　　부산대국어연구회, 2001

김경복, 「유하론」, 《오늘의 문예비평》, 1991.12

김미정, 「'脫—'의 감각과 쓰기의 존재론」, 《문학동네》, 2004.가을

김병로, 「메타픽션에 나타나는 패러디와 해체의 담론 시학—장정일의 '그것은 아무도 모른다' 분석을 중심으로」, 『한남어문학』, 1998.12

김병익, 「신세대와 새로운 삶의 양식, 그리고 문학」, 《문학과사회》, 1995.여름

_____, 「자본—과학 복합체 시대에서의 문학의 운명」, 《문학과사회》, 1997.여름

김봉군, 「문학 교육의 기본 과제」, 『선청어문』 제26집, 서울대학교 사범대학 국어교육과, 1998

김선학, 「쉬운 시가 주는 감동」, 《문학사상》, 1998.7

김수이, 「삶, 무한 욕망과의 유한 경주」, 《현대문학》, 2001.4

김용범, 「"새를 기다리며", 김수복 〈서평〉」, 《현대시학》, 1988.5

김주연, 「풍속의 제의를 넘어서 : 황지우의 시에 관하여」, 《문학과사회》, 1988.1.

김준오, 「서정 양식과 태도의 비극—정호승 론」, 《문학사상》, 1991.11

김진수, 「서정시의 지평과 새로운 모색」, 《문학과사회》, 2001.겨울

김진호, 「학교에서의 글쓰기 교육은 어떻게 할 것인가」, 전국국어교사모임, 『(함께 여는) 국어교육』, 2001

김태현, 「'젊음'이 신세대 문학의 척도다」, 《문학사상》, 1994. 3

남진우, 「공허한 너무도 공허한 ; 김현 비평이 남긴 것」, 《문학동네》, 1995. 봄.

노명환, 「이해, 학습, 기억 ; 독서과정에 관한 인지심리학적 연구분석」, 『한국교육』 제14권 2호, 한국교육개발원, 1987

문선영, 「키치시, 또는 자아속임의 미학」, 《심상》, 1991.10

민현기, 「새와 택시의 시적거리」, 《문학과사회》, 1988.5

박기수, 「투명한 비인칭의 적요」, 《시와 상상》, 2004.상반기

박남철, 「새로운 시창작 교육을 위하여」, 『상지영서대학 논문집』 제23집, 2004

박상배, 「텍스트 시와 그 근원」, 《현대시학》, 1988.9

방민호, 「대중문학의 '복권'과 민족문학의 갱신」, 《실천문학》, 1995. 가을

심선옥, 「좌절된 자유주의자의 꿈」, 《문예중앙》, 1992. 2

손종호, 「21세기의 시 창작 방향」, 『인문과학논문집』 제31집, 대전대학교 인문과
　　　학연구소, 2001

손진은, 「독창적 창작 이전 단계로서의 모방시 쓰기」, 《시안》, 2005. 가을

심재휘, 「시창작교육방법론」, 『어문논집』 제42집, 암암어문학회, 2000.8

엄경희, 「제국주의 문화에 맞서는 반담론」, 《오늘의 문예비평》, 2003.가을

염무웅 외, 「좌담 : 90년대 소설의 흐름과 리얼리즘」, 《창작과비평》, 1993.여름

오민석, 「소통과 고백 그리고 화엄 : 황지우론」, 『단국문학』 제9집, 1993

오세영, 「현대문학의 본질과 공간화 지향」, 《문학사상》, 1986.4~5

우한용, 「창작교육의 이념과 지향」, 『문학교육학』 제2호, 한국문학교육학회,
　　　1998.여름

윤석성, 「대중소비사회에서의 시적대응」, 『한국문학연구』, 동국대한국문학연구소,
　　　1998.3

윤여탁, 「민족현실의 시적 형상화와 장르의 객관화」, 《문학과비평》, 1988.12

유영희, 「패러디를 통한 시 쓰기와 창작교육」, 『국어교육연구소』, 1995

윤지관, 「90년대 정신분석 : 문학담론의 징후읽기」, 《창작과비평》, 1999.여름

이강현, 「사이버문학의 역기능과 전망」, 《현대시》, 2001.2

이경호, 「'집시 노처녀'의 개성 선언」, 《문학사상》, 1996.10

이광호, 「'90년대'는 끝나지 않았다— '90년대 문학'을 바라보는 몇 가지 관점」,
　　　《문학과사회》, 1999. 여름

이문열, 「한국소설과 리얼리즘의 탈색화」, 《동서문학》, 1999.가을

이사라, 「김광균·윤동주 시의 상상적 질서」, 『한실 이상보 박사 회갑기념 논총』,
　　　1987

이상금, 「기법의 자유로움 혹은 정신의 자유로움」, 《오늘의 문예비평》, 1991.4

이상호, 「모든 의식은 새벽을 향해 열려 있다」, 《심상》, 2003.겨울

_____, 「시창작교육에 대한 성찰과 전망」, 『한국문예창작』 제3권 2호, 한국문예
　　　창작학회, 2004. 12

이숭원, 「추억의 그늘에서 피어나는 시」, 《동서문학》, 2003.겨울

이승하 외, 「권두좌담―시 창작 교육의 문제점」, 《현대시》, 2001.3

이인성, 「소설이냐 자살이냐―디지털 시대의 '이야기' 비판」, 《동서문학》, 1999.가
　　　을

이재무, 「시가 있는 아침 : 이정록의 「의자」」, 《중앙일보》, 2005.6.25

이재룡, 「자아―삶―글쓰기」, 《작가세계》, 1993. 봄

이창기, 「놀이, 억압과 해방의 두 얼굴」, 《문학과사회》, 1990.가을

임규찬, 「세계사적 전환기에 민족문학론은 유효한가」, 《창작과비평》, 1998.여름

임수경, 「문화관련 자격제도 현황 분석 연구」, 『한국문예창작』 7호, 한국문예창작
　　　학회, 2005

장석주, 「몸으로 닻 내림을 위하여」, 《문학사상》, 1989.11

_____, 「한 해체주의자의 시 읽기」, 《현대시세계》, 1992.3

장정일, 「〈베끼기〉의 세 가지 층위」, 《문학정신》, 1992.7,8합병호

장창영, 「패러디 시 활용의 교육적 의미」, 『한국언어문화』 제26집, 2004.12

정과리, 「문학의 크메르루지즘」, 《문학동네》, 1995.봄

정근원, 「영상세대의 출현과 인식론의 혁명」, 《세계의 문학》, 1993. 여름

정끝별, 「21세기 시문학 미학적 특성과 시교육 방법론(1),(2)」, 『한국문학이론과 비
　　　평』 제15집, 한국문학이론과 비평학회, 2002. 6

정재서, 「대중문학의 전통적 동기」, 《상상》, 1995. 여름

정효구, 「80년대 시인들 : 장정일 론―도시와 문명 혹은 낙태와 도망」, 《현대시
　　　학》, 1992. 1

진형준, 「문학의 대중성, 상품성, 전통성의 문제」, 《상상》, 1995.여름

최수웅, 「지역문화 운영실태 연구」, 『한국문예창작』 7호, 한국문예창작학회, 2005

최지연,「문학감상교육의 교수학습모형연구」,『선청어문』제26집, 1998

현　희,「세기말 증후군과 희망, 혹은 구원에 손 내밀기」,《현대시》, 1996.10

현기영,「21세기 작가의 운명」,《실천문학》, 2000.봄

홍성태,「〈환상물〉의 유행과〈상상력 산업〉」,《세계의문학》, 1999.　겨울

황순재,「젊은 비평의 주체와 진정성」,《작가세계》, 1996.겨울

5. 관련기사 및 관련 웹 사이트

「문학 공간:1992년 여름」,《문학과사회》, 1992. 여름

「문학 공간:1999년 겨울」,《문학과사회》, 1999. 겨울

〔문학관 전화번호 정보〕, 파란 전화번호 http://local.paran.com/tel/

〔전국 지역문학관　문학행사　지원〕, 2004.04.28, 문화관광부　홈페이지
　　　　http://www.mct.go.kr

〔지역 문학관 정보〕, 네이버 지역정보 http://local.naver.com

〔언어의 새벽 : 하이퍼텍스트와 문화〕http://eos.mct.cgo.kr

「팬포엠(Fan—poem)」http://www.Fanpoem.co.kr

〔생시 生時·생시 生詩(Live poem)〕http://www.livepoem.net

한국멀티포엠학회 http://www.multipoem.com

한국문예창작학회 http://www.koli.info/

한국 문학관 협회 http://www.munhankwon.com

1. 용어

2. 작가·작품명